講談社文庫

恩田陸 選
スペシャル・ブレンド・ミステリー

謎003

日本推理作家協会 編

講談社

目次

序文

日本推理作家協会理事長　大沢在昌

「スペシャル・ブレンド・ミステリー　謎　００３」をお送りします。「謎」の第三弾にあたる本書をお手にとられたあなたは、おそらく、東野圭吾さん、宮部みゆきさんの選による「謎　００１」「謎　００２」をお読みになられて、そのおもしろさを堪能されたことだと思います。もしまだお読みでないならそれは幸せ、これから読む楽しみが待っているというわけです。

さて本書の〝ブレンダー〟は、恩田陸さん。その多彩で香り豊かな作風を思わせる作品が集まりました。底本となったのは、一九七二年、一九八二年、一九九二年、各年の「ザ・ベスト・ミステリー」です。贅沢な選者による、贅沢な作品集は、あなたの時間を確実に〝殺して〟くれることでしょう。

優しく知的で、楽しみに満ちた時間殺しを、どうぞ心ゆくまで味わって下さい。

死者の電話　佐野　洋

1928年、東京都生まれ。新聞記者を経て、'58年「週刊朝日」「宝石」共催のコンクールで「銅婚式」が入賞し、デビュー。'65年『華麗なる醜聞』で日本推理作家協会賞、'97年には日本ミステリー文学大賞を受賞。他の著書に『透明な暗殺』、『蜜の巣』などがある。

帰宅した私を見て、妻の芙左子《ふさこ》が、溜息とともに言った。

「ああ、お帰りなさい。よかったわ。間に合って……」

私は、あっけにとられて、芙左子の顔を見た。結婚以来二十六年、四ヵ月後には、孫もできるはずの夫婦である。帰宅したことを、こんな風に喜ばれると、面映《おもは》ゆくさえなる。

「変な電話があったんです」

着替えを手伝ってくれながら、芙左子が言った。

「いたずら電話か？」

「そうじゃなくて、死んだ人からの電話」

芙左子はそう言ったあと、私の反応をうかがうような目つきをした。

「何を言ってるんだ」

私は、わざと、取り合わない態度をとった。だが、多少は不安であった。ひとり娘の利江子が結婚して以来、芙左子は、淋しくてしかたがない、といつもこぼしていた。淋しいばかりではなく、何をやっても張合いがないのだという。

もともと、本を読むのが好きで、

『利江子が結婚して家を出たら、一日のんびりと本を読んでいるんだ』

などと言って、文学全集などを買い込んでいたのだが、それらを開く気もしないらしい。

私が、そのことを会社で話すと、

『それはよくないよ。そんな状態が続くと、鬱病《うつ》になる』

と言った同僚がいた。

『いや、あと半年足らずで、孫ができるんだ。そうなれば、ときどき、孫の顔を見に行ったりで、気がまぎれるさ』

私は、そう答えたのだが、『死んだ人から電話が来た』と聞いたとき、ふと友人の言った『鬱病』という言葉を思い出したのだ。

鬱病とまではいかなくても、芙左子は軽いノイローゼになっているのではないか……。だが、そういう場合、面と向って、神経がどうかしている、というようなことは、口にしない方がいいらしい。その言葉が暗示になって、病状が進む恐れがある、と何かで読んだ記憶があった。

私は、食卓につき、夕刊をひろげた。

「お願い、あたしの話、さきに聞いて下さい。もうすぐ、その電話がかかって来るはずなんだから……」

「その電話？」

しかたなく、私は夕刊を置いた。

「ええ、六時半には帰ってくると言ったら、じゃあ、そのころ電話するって……」

「いったい、誰からなんだ？」

私は聞き返しながら、時計を見た。六時三十分になろうとしている。

「川越さん。川越達夫と名乗ったわ」

「川越達夫？　それ、前に利江子の恋人だった男だろう？　アメリカに行っていて、ぽっくり病で死んだとかいう……」

「そうなの。でも、たしかに、あの声は、川越さんだったわ。最初に電話に出て、『杉井さんのお宅ですか？』といった瞬間、あたし、あれっと思ったほどだもの……」

——その電話は、四時半ごろかかって来たという。

『杉井さんのお宅ですか？　恐れ入りますが、利江子さんいらっしゃいますでしょうか？』

『あのう、どちら様でしょう？』

と、芙左子は反問した。利江子の友人なら、彼女が結婚したことは知っているはずであり、ここに電話してくるわけはない、と考えたのである。

『川越達夫と申します』

相手は、ひと呼吸してから言った――。

「そう聞いたとたんに、あたし混乱してしまって……。だって、川越さんなら、一年も前に死んでいるはずでしょう？　そのくせ、利江子はもう結婚しました、とは言えなくって……。いま、ちょっと外出しています、なんて言ってしまったの」

そして、相手に問われるままに、六時半ごろには帰宅するはずだ、と答えた。その時刻になれば、大てい、私が帰るから、私に処理をまかせようと考えたのだという。

「だから、もし、お父さんが六時半までに帰らず、また、あの電話が来たら、どうしようと思って、気が気じゃなかったの」

私が帰宅したとたん、あんなせりふを吐いたのは、そのような事情があったためらしい。

――利江子が、商社の社員と付き合っているようだ、と芙左子から聞いたのは、二年ほど前のことである。そのころ、利江子は短大を出て旅行会社に勤めていた。その会社の仕事は五時に終る。そのあと、彼女は英会話学院に通っていた。旅行会社にいる間に、海外旅行をしたいと考え、英会話は、そのための準備だった。

芙左子の話によると、その英会話学院で、利江子はその男と知り合ったという。川越達夫と言い、当時二十六歳。父親は新聞社に勤めており、そのひとり息子だということだった。

『ひとり息子という点が、ちょっと心配なんですがね』

と、芙左子は言った。

『何だ？　もう結婚のことまで考えているのか？』

『あの子は、その気のようね。でも、自分もひとり娘なので、お婿《むこ》さんを貰《もら》わなければいけないのかしら、なんて、この間洩らしていたわ。だから、そんなことは、お父さんだって考えていないから、心配するな、と言っておいたけれど……』

利江子は、女親には、いろいろ打明けていたようだ。

そのころ、私は、親身になって、その相談に乗ってやる余裕がなかった。部下の一人の不正が表面に出て、その事後処理に大童《おおわらわ》だったのだ。結局、その事件の責任を負わされ、私は閑職に回されたのだが……。

利江子は、やがて、川越達夫と婚約した。もっとも、その婚約というのは、仲人を立て結納《ゆいのう》を交すという形のものではなく、当人同士が約束したのである。それも、私は芙左子から知らされた。

『川越さんが、ロスアンゼルス勤務になったんですって。それで、二年間だけ待ってくれるかと言われ、利江子は、お待ちすると答えたというの。親に無断で、そんな約束をしてと怒ったのだけれど……』

芙左子は、一度だけ川越に会っている。デートの帰りに送って来て、玄関先で挨拶を交したのだった。芙左子は、上るように勧めたが、もう夜おそいからと、川越は固辞した。

その一度の会見で、芙左子は、すっかり川越青年が気に入ってしまった。

『こんど、一度暇を作って下さいよ。お父さんにも、是非会ってもらいたいの。きっと、気に入ると思うわ』

私に対して、しきりに、そんなことを言っていた。

だが、私は言を左右にして、ついに、そういう機会を作らなかった。会社がそれほど忙しかったわけではない。部下の不正のあと始末も、どうにか済んでいたころだった。

ただ、私は娘の恋人なる男性に、面と向って会うことが、照れくさい気がしたのだ。ことに、最近の若い男女なのだから、すでに他人ではなくなっているのではないか、などと想像すると、こちらが、どんな態度をとればいいのか見当がつかない。それで、一寸のばしにしていたのだった。

そして、そのうちに、川越の海外赴任がきまり、利江子は、口約束ながら婚約してしまった。

それを、私に報告するとき、芙左子はいかにも嬉しそうだった。だから『親に無断で、そんなことをして……』と叱った、というのも、私の手前を繕《つくろ》った話に過ぎないかもしれない。

ところが、その三ヵ月後に、川越が病死したという知らせがはいった。私の留守中だったが、彼の母親から電話で知らせて来たという。詳細はわからないが、母親が、すぐ飛んで行くことになった。

『利江子も行った方がいいんじゃないか？』

と、私は妻に言った。

『行きたいでしょうけれど、会社が忙しい時期で、ちょっと無理らしいの。それに、あの子、パスポートも持っていないし……向うのお母さんも、ひとりで行くとおっしゃっていたから……』

『そうか……。まあ、婚約と言っても、当人たち同士が約束しただけのものだから……』

利江子を無理にアメリカにやる必要はないと私は思った。変りはてた恋人に対面し、神経が異常になって、自殺でもされたら、取り返しがつかない……。

川越の遺骨が帰って来る日、利江子は成田まで迎えに行った。そして、下北沢にある彼の家まで、遺骨を抱いた母親とハイヤーに同乗したらしい。

『芯が強い方なのね。お母さま、意外なくらい、しっかりしていらっしゃったわ』

あとで、利江子は、そんな感想を洩らしていたという。

問題の電話は、六時四十分にかかって来た。こんどは、

「さきほどお電話した川越と申しますが、利江子さんは、もうお帰りですか？」

という言い方を、相手はした。

「いや、わたしは父親なんですが、もう一度お名前を……」

「川越達夫です」

「川越さんというと、たしかアメリカに……」

「はい、二ヵ月ほど前に帰って来ました。それで、つかぬことをうかがいますが、利江子さんは……」

「ちょっと待って下さい」

私は、相手の言葉を遮《さえぎ》った。電話がかかって来る前に、私が立てた作戦だった。

電話の男は、恐らく詐欺でも企んでいるのに違いない、と私は思った。したがって、こちらの手のうちは示さず、相手に演技をさせてみよう、というのが、私の考えであった。

「いま、川越さんはおひまですか？」

と、私は聞いた。

「え？　まあ……」

「それだったら、こちらにいらっしゃいませんか？　わたしの家はご存じでしょう？」

「ええと……。大体わかっているつもりです。利江子さんを、お送りして行ったことがありますから……」

「じゃあ、とにかくいらっしゃいよ。もし、近くまで来てわからなかったら、電話を下さい」

「わかりました。ここからですと、四十分ぐらいは、かかると思いますが……」

川越は、電話を切った。こまかいことだが、私は、川越の使った『わかりました』という表現が気になった。ここは、本来『かしこまりました』『では、うかがわせていただきます』であろう。

もっとも、これは川越に限ったことではなく、最近の若い人たちの語法らしい。私の会社でも、新入社員たちが、上司から仕事を命ぜられると、この『わかりました』を口にすることが多い。

電話が終ると、芙左子が待ちかねたように問いかけて来た。

「これから来ると言ったんですか?」

「うん、誰が、どういうつもりで現われるか?」

「いやだわ。会うんだったら、会社かどこかで会って下さればよかったのに……」

「しかし、わたしは、川越君の顔を知らないからね。仮りに本物が現われたとしても、判断がつかない」

「そんな……。本物のはずないじゃありませんか」

「うん……。しかし、この世の中、何が起こるかわからない。例えば、向うで死んだというのが、実は別の人物で……」

そうは言ったが、私が本気でそんなことを考えていたわけではない。ちょっと思いついたことを、そのまま口にしただけである。

「小説じゃああるまいし」

と、芙左子は笑った。「だって、あのときは、お母さんが身許確認に行っているんですよ。そして、お骨にして帰って来ているんだから……」

「葬式はどうだったんだ？　あんたも行ったのか？」

「いいえ。東京では、お骨が帰って来たとき身内だけのお通夜をして、お葬式はお父さんのおくにが仙台なので、そちらでやったんだとか……。何でも、そのお通夜がさびしかったんですって……。利江子怒っていましたわ。会社のお友だちなんか、ひとりも来ていなかったんですって……」

「ふうん……」

ことによると、川越は何か好ましからぬ事件に巻きこまれて死んだのではないか、と私は考えた。事実が明るみに出ると、会社の名誉が著《いちじる》しく傷つくので、表向きは『ぽっくり病』として処理された。だが、社員たちは事実を知っているため、会社に遠慮して、遺骨の出迎えにも行かず、通夜にも参列しなかった。

「でも、その男の人、どういうつもりでやって来るのでしょう？」

「そこなんだがね。どうも想像がつかない。何か詐欺をするつもりなら、川越君の知り合いだとか、アメリカで世話になったとかいう言い方をするだろうがね。死んだ本人だと名乗る意味がわからない」

「きっと、川越さんが死んでしまったことを知らない人なんでしょうね」

「しかし……」

私は、ふと思い出して念を押した。「電話の声を聞いたとき、川越君の声だと思った、と言ったね？」

「ええ、あのときは、そんな気がしたのだけれど……」

芙左子は自信なげに言った。

ところが、四十分後に現われたのは、本物の川越達夫だった。少なくとも、芙左子はそう認めた。

彼女は、最初に玄関に出て行き、彼を客間に通したあと、私にささやいた。

「どうしたのかしら？　あれ、たしかに川越さんだわ。あのころより、少し肥った感じはあるけれど……」

「…………」

私は黙ってうなずき、客間へはいった。双生児の兄弟でもいたのか。死んだのは、実は別の人物だったのか。など、いろいろな仮説が胸に浮かんだが、それを一々検討する余裕はなかった。相手が現われた以上、ぶつかってみるより手はないだろう。

「初めまして。川越です」

口調は丁寧だが、目には妙な鋭さがあった。

「いや、娘がお世話になりまして……」

私も儀礼的な言葉を返した。

「早速ですが……」

と、川越は切り出した。「非常に妙な話で、お気を悪くされるといけないのですが……。実は、先日、利江子さんにそっくりの女性を見かけたのです。あんまり似ているので、よほど声をかけようかと思ったのですが、そんなはずはないと思い返して……」

「そんなはずはない？」

「ええ……。しかし、やはり、気になりまして、利江子さんの昔の勤め先に電話をしてみたんです。すると、どうも様子がおかしい。それで、勇気を出して、お宅に電話をかけたというわけで……」

「待って下さい。利江子の昔の勤め先というと、旅行社のことですね？　そこに電話をしたところ、様子がおかしいというのは？」

「杉井利江子さんの昔の知り合いだというと、杉井さんは会社をおやめになった、という返事が返って来たのです。その『おやめになった』と言ったときの、相手の言い方が、ぼくが利江子さんについて聞かされている知識と、ちょっと違った感じだったんです。だから、お宅に電話してみたら、受け答えの感じで何かがつかめるだろうと……」

「おっしゃる意味が、まだはっきりとわからないのだが……」

私は、川越の目を見返しながら言った。いや正確には『川越と自称している男の目』と言うべきかもしれない。ただ、私はそのとき、相手が何者かということについては、敢《あ》えて判断を停止していた。それよりも、相手の言わんとすることを探る方が、重要だと思っていたのだ。

「どういう点がでしょうか？」

「例えばですな。あなたは、利江子について聞かされている知識、というようなことをおっしゃった。その知識とは、どういう内容なんです？」

「つまり、利江子さんが、ドライブの途中で事故に遭い、なくなられたという……」

「何ですって？　じゃあ、あなたは、利江子がすでに死んでいると思っていたの？」

私は、思わず声を大きくした。川越の言葉は、全く予想外だった。

「ええ……。じゃあ、利江子さんは生命を取りとめたのですか？」

「いや、生命をとりとめたという表現は適切じゃないなあ。自動車事故などには遭っていないんだから……。要するに、あの子は、いまでもぴんぴんしていますよ。その自動車事故の話、いつ、誰に聞いたんですか？」

「向うに行って、三ヵ月くらい経ったときでした。本社から向うの支社あての文書が届いて、その中に、ぼくの保証人からの手紙がはいっていたのです」

「保証人？　それは入社のときの？」

と、私は聞いた。

「はい。父の学生時代の友人で、桜井という人です」

「桜井さんは、その手紙で何と言って来たのです？」

私は手をのばし、背後からメモ用紙を取った。固有名詞などは、メモをしておく必要がある。

「手紙には、ほかに、新聞の切り抜きがはいっていたんです。切り抜きは、交通事故を報道したもので、杉井利江子さんが即死したと書いてありました」

「気がつかなかったな。利江子と同姓同名の人が、交通事故で死んだのかな？　しかし、それだったら、わたしのところに、問い合わせてくれればよかったんだ。そうすれば、事故で死んだのが、別の杉井利江子だとわかったはずだ」

「それが……」

川越は、ちょっと言い澱《よど》んだが、やがて思い切ったように顔を上げた。「桜井さんの手紙に、杉井さんのご両親には、何も言わない方がいいだろう、なまじお見舞いを言ったりすると、責められているように感じ、却って心苦しいのではないか、と書いてあったのです」

「却って心苦しいとはどういうことだろう？」

私は首をひねった。

そのあとの川越の話は、私を驚かせた。

——川越がロスアンゼルスで受けとった新聞記事の切り抜きには、杉井利江子（二三）は、遠山仁介という四十歳の男とドライブの途中事故に遭ったと書かれてあったという。そして、二人は、前夜箱根に一泊、この朝早く、ホテルを出て東京に向う途中だった、と説明されていた。

「ははあ、その記事を読んだ人は、当然、二人は特別な関係にあった、と思いますね」

「ええ。しかも、遠山という人の職業は、旅行会社社員となっていました」

「それはまた……。ところで、杉井利江子の住所などは書いてなかったのですか？」

「ありました。だが、念のために、手帳を出して調べてみると、それに書いてあった、こちらの番地と全く一致したんです。ぼくとしては、利江子さんが事故で亡くなったことを、少しも疑いませんでした」

しかも、桜井の手紙には、

『知り合いの新聞記者に調べてもらったところ、杉井嬢と遠山の仲は、会社でも噂になっており、心中ではないか、という見方さえあるらしい。そんな次第だから、杉井家のご両親にお見舞いの手紙を差し出したりしては、却って心苦しい思いをするかもしれないから、控えた方がいいのではないか』

という趣旨が書かれてあったという。

「ぼくとしては、あの利江子さんが、そんな妻子のある男と付き合っていたなんて、とても信じられなかったのですが、箱根まで一泊のドライブ旅行をしたという事実がある以上、認めざるを得なかったので……」

「おかしいな。桜井さんという人は、なぜ、そんなことを書いたのだろう？」

そう言いながら、私は実は、別のことを考えていた。学生時代、同じ下宿に、たしか遠山仁介という男がいたのだ。そのことを思い出し、その遠山が事故で死んだのか、とも思ったが、それにしては、年齢が違っている。私の知っている遠山は、私より一つ上なのだから、五十一歳のはずであった。

「じゃあ、利江子さんが事故に遭った事実はないのですか？」

と、川越は聞いた。

「ないですよ」

「すると、事故で死んだ女性が、たまたま利江子さんの保険証とか免許証とかを持っていたというようなことなのかもしれませんね」

「いや、違うな」

私は首を振った。「そういう場合だったら、警察から、わたしのところに問い合わせがあるはずでしょう？　警察が何かを言って来たという事実は、全くなかったんだ。その桜井さんという方は、会社ではどんな仕事をしているのです？」

「広報室の次長です。ですから新聞記者にも知り合いが多くて……。その桜井さんが、新聞記者に調べてもらった、と言って教えてくれた情報だったので、ぼくは疑う気も起きなかったんです」

「すると、その新聞記事というのは、桜井さんが記者に頼んで、ありもしないことを書いてもらったのかな」

「しかし、いくら、何でも、新聞記者が、そんなことまでするでしょうか？」

「しかし、そんな解釈でもしない限りは、説明がつかないでしょう」

「ぼくも、よく調べてみます。あの記事は、たしか日記帳に挟《はさ》んであるはずですから。こんな話になると知っていれば、持って来るんでした。しかし、よかった。利江子さんが生きていらっしゃったなんて……。これは、何よりのビッグ・ニュースですよ。母も喜ぶと思います。母は、とてもいいお嬢さんだと誉《ほ》めていたんですから……」

「いや、それはどうかな」

私は苦笑しながら言った。「君が向うにいる間、お母さんが訪ねて行ったことがあるでしょう？」

「はい。あれは、利江子さんについての桜井さんの手紙を読んだのと、ほぼ同じころでした。ホテルで母に報告した覚えがありますから……」

「ところが、そのお母さんは、成田空港に降り立つとき、白木の箱を胸に抱いていたそうなんだがね。そして、利江子と一緒に、ハイヤーで君の家に行き、お通夜をしている」

「お通夜ですか？　誰のですか？」

「君のお通夜だよ。つまり、我家では、君はロスアンゼルスで、ぽっくり病になって亡くなったもの、と今の今まで思い込んでいたんだよ。君が利江子の死を信じたように、わたしも家内も利江子も、そのことを全然、疑おうともしなかった」

「なぜです……」

川越は、食いつきそうな表情で聞き返した。驚きの余り、自制できなくなったのであろうか。声も大きくなっていた。「なぜ、そんな途方もないことを信じたんです？」

「いいですか?」

私は、わざとゆっくりと言った。「なぜ、そんなことを信じたかと言うけれど、そもそも、君が死んだという話は、君のお母さんから、知らされたんだよ。利江子にしても、まさか君のお母さんが、そんな嘘を言うとは思わないだろう」

「その電話、本当に母だったのでしょうか?」

と、川越が聞いた。

「そうだろうね。電話には、利江子が出たんだが……」

「利江子さんは、いまどこに?」

川越の声は、一瞬、小さくなった。しかし、彼にしたら、それが最も聞きたいことであったかもしれない。

「川越さん」

私は、もうはっきりさせた方がいいと思った。「本当のことを言いましょう。利江子はすでに結婚しているんです」

「結婚……。ああ、そうなんですか?」

川越は気の抜けたような言い方をした。もっと驚くかと思っていたので、私も肩すかしを食った感じになった。あるいは、人間というものは、驚きが大き過ぎるとき、こんな反応を示すのだろうか。

「何でも、利江子の話では、君と結婚の約束をしていたらしい。しかし、その君は、向うで死んでしまった。だから、利江子は、君との約束を忘れたわけではなく、約束の相手がいない以上、しようがないと思ったわけだろうな。その辺は、わかってやってもらいたいな」

「立入ったことをうかがいますが、恋愛ですか？」

「いや、見合いです」

と、私は言った。「あの子は、君が死んだと思い込んでいた。しばらくは、何をしても面白くないという状態だったらしいな。それで、いやがるあの子を無理に見合いに引っぱり出したんだ。幸い相手は好青年だったし、利江子を気に入ってくれ、とんとん拍子に話が進んだという次第だ」

「そうなんですか……。ぼくとしては、もう今さら何とも言えませんが……。しかし、お話を聞いて、ちょっと引っかかるところがあるんです」

「うん？　どんなところ？」

「ぼくが、ぽっくり病で死んだという話を、母から電話で聞いたんでしたね？　それを聞いたのは、どなたなんでしょう？」

「それは、利江子本人だった」

その点は、先刻、芙左子から確かめてあった。

「成田に、ぼくの母が帰って来たのを、利江子さんが迎えに出て下さったそうですが、そのときは、ほかにどなたか、利江子さんと一緒にいらっしゃったのですか？」

「いや、利江子一人だった。家内にしても、まだ正式に、君のご両親と話し合っていなかったので、遠慮したんだそうだ」

「とすると……」

川越は、つばをのみこむようなしぐさをしてから、言葉をついだ。「ぼくが死んだという情報のすべては、利江子さんを通してお知りになったわけですね？」

「そう言われれば、そうなるが……」

「ぼくは、利江子さんが、母を迎えに成田に来たというのは、嘘だと思うんです」

「まさか……。第一、どんなつもりで、利江子が、そんな嘘を言ったと考えるの？」

「そこまではわかりません。しかし、母は、ロスで利江子さんの自動車事故の話を知ったわけですよ。従って、成田に帰る飛行機の中では、利江子さんが死んだものだとばかり思っていたはずです。そこに、利江子さんが迎えに来てくれていた。これは、母にとっては大変なニュースだから、その日のうちにでも、ぼくに国際電話で知らせてくれてもいいことです。少なくとも、ぼくが知っている母ならそうすると思いますね。ところが、そんなことは全く知らせてくれなかった。いや、こんど日本に帰って来てからも、ハイヤーで成田から利江子さんと一緒に帰ったなどとは話してくれません。だから、そんな事実はなかったのではないか。ぼくはそう思いますね。第一、ぼくが生きているのに、母が白木の箱を抱えて成田に着いたなんて、ちょっとおかしいですよ」

「…………」

私は考え込んだ。たしかに、川越の言葉にも一理ある。

すると、川越が死んだというのは、利江子が作った話なのか。

しかし、そのことを、私は利江子に問い質《ただ》したりはしなかった。彼女は、現在妊娠中であり、妙な話を聞かせて、神経を昂《たかぶ》らせてはいけないと考えたのだ。

一方、芙左子の方も、川越が帰ったあと、私から話を聞き、利江子がそんな嘘を自分で考え出すはずはない、と言い切った。

「だって、あのとき、電話を受けながら、利江子の顔色、すうっと青くなって行ったんだもの。そして、次の瞬間、顔がくしゃくしゃになって、泣き出したのよ。あれがお芝居だとしたら、女優になれるわ。それから、成田にお骨を迎えた日にしても、帰って来てもしょんぼりしてしまって、あと追い心中でもしたら困ると、こっちが心配になったくらいだもの……。自分のこどものことは、よくわかるわ。あれは、絶対に演技ではないわよ。第一、そんな演技をしたところで、あの子には、どんな得があるの？」

「うん、わたしも、利江子が、そんな妙な嘘を考えるとは思えないんだが……」

もし、利江子が嘘をついていないとすると、川越の母が、成田空港に白木の箱を抱えて降り立ったことは、事実になってくる。だが、彼女は、ロスアンゼルスを息子に見送られて、飛び立っているのだ。つまり、息子が元気なのを知りながら、なぜ、そんな演技をしたのだろうか？

もう一つわからないのは、桜井という人物の存在である。彼が、利江子を中傷するような内容の手紙を、ロスの川越に送った真意は何か？

こう考えて行くうちに、桜井と川越の母との間に、何らかの意志の疎通があるのではないか、と思われて来た。

結果からみると、桜井の手紙によって、川越は、利江子の死を信じたのであり、一方、利江子が川越は死んだものと思い込んだのは、川越の母の電話や演技のためである。

つまり、二人の若い男女は、それぞれ、桜井や川越の母によって、相手が死んだと考え、その相手との結婚を諦めたことになる。

この場合、桜井、川越の母の二人が、共通の意志のもとに、共同で工作をしたと考えるのが自然であろう。

二人は、川越達夫と利江子の二人の結びつきをこわそうとし、それに成功したのだ。

しかし、なぜ、そんなことをする必要があったのか？

それについて、芙左子は、彼女流の解釈をした。

「きっと、その桜井さんという方に、年ごろの娘さんがいるのよ。そして、桜井さんも川越さんのお母さんも、その二人を結婚させようと思っているの。だから、利江子と川越さんの仲を割《さ》こうとしたのじゃないかしら？」

たしかに、そう考えると、一応の説明はつく。しかし、私にはその見方は受け入れられなかった。言ってみれば、鶏を割くに牛刀を以てする、の感があるのだ。そんな芝居がかった手を使わなくても、何とか方法はあったはずだ。

翌日、川越から、私の勤め先に電話がかかって来た。

「母に聞いたんですが、母は、利江子さんにそんな電話をかけた事実はないと言っていました。白木の箱のことを言ったら、笑い出したくらいです。それで、ぼくとしては、利江子さんに会って、説明を聞かせていただきたいんですよ。もちろん、利江子さんの家庭をこわそうなどとは思っていません。ただ、どうしても、納得できないものですから……」

「うん、しかし、もう少し待ってやってくれないかな」

と、私は言った。「利江子は、いま妊娠中なんだよ。ショックを与えて、流産されても困るし……」

「ああ、おなかにお子さんが……」

と川越はうめくように言った。「そうですか。それだったら、いま会わない方がいいかもしれませんね」

私は、川越が紳士的な態度を取ってくれたことに感謝した。ひとによっては、『妊娠中だろうと、おれの知ったことじゃない』というせりふを吐くところであろう。

「それから、ちょっとお聞きしたいのだが、君、お母さんから、何か縁談を勧められていない？」

「いいえ……。なぜです？」

「いや、ちょっとね。もう一つ、桜井さんという君の保証人の人には、年ごろのお嬢さんがいるのじゃないの？」

「桜井さんにですか？　彼の家は、二人とも男の子です。第一、桜井さんて、まだ三十七ですよ。年ごろの娘さんがいる年齢ではありません」

「そう……。どうも余計なことを聞いてしまって……」

私は電話を切った。

ところが、その数時間後、私に面会人があった。川越秋子、つまり、達夫の母親である。私は、彼女と、第三応接室で会った。

彼女は、川越達夫から聞いた話では、四十八歳だそうだが、肌などは若々しく、四十になったばかりと言っても通るのではないかと思われた。

初対面の挨拶を終えると、彼女は、

「早速ですが……」

と、切り出した。「杉井さんは、遠山仁介さんという方をご存じですか？」

「え？　昔、同じ下宿に、そういう名の学生がいたことは記憶していますが、その人のことなんでしょうか？」

そういえば、あの新聞記事の問題が片付いていない、と考えながら、私は答えた。

「ええ……。多分……」

川越夫人は微妙な笑い方をした。「すると、その下宿の近くの喫茶室にいたウエイトレスで、江本冬子という子のことは？」

「覚えています」

私は、額に血がのぼるのを感じていた。そのころ、私は、三日に一度ぐらいの割で、冬子の借りているアパートに泊っていた。しかし、結婚する気はなく、いわば、便利な女として、利用していたに過ぎない。

「どんな子でした？」

「さあ、何と言ったらいいか……、色が白くぽちゃぽちゃとして……。気立てもよかったと思いますが……」

「ほめていただいて、ありがとうございます」

川越夫人は、わざとらしく、頭を下げた。

「というと？」

「冬子は、あたくしの妹なんです。今は、仙台で、幸福な家庭を持っていますが……」

「そうですか？　妹さんなのですか。それは不思議なご縁で……」

私の声は上ずっていた。掌に汗がにじみ出て来ている……。

「ええ、本当に不思議なご縁ですわ。あたくし、達夫から、恋人ができた、杉井直行という方のお嬢さんだと聞いたとき、本当にびっくりしたんです。運命の恐しさというようなものを感じました。それで、とにかく、二人の結婚だけは、何としてでも、ぶちこわさなければだめだと思って……。ちょうど、そのころ、達夫が外国勤務になりましたもので、主人とも相談して、あんな手を打ったんですの。何でも、きのう、達夫とお会いになったそうですから、どんな手を打ったかについては、ご説明するまでもないと思いますが……」

彼女は、私に会うに当って、あらかじめ、せりふを考えて来たのかもしれない。私が言葉を挟む余裕がないほど、一気にしゃべりまくった。

「待って下さい。奥さんが、冬子さんのお姉さんだということはわかりました。しかし、そのことと、利江子と達夫君の結婚を妨害することと、どういう関係があるんでしょうか？　わたしが冬子さんに対して誠実ではなかった。そういう不誠実な男の娘を、大事な息子と結婚させるわけにはいかない、というようなことですか？」

「まさか……。それだったら、あたくしが参考意見として、達夫に言えばいいわけでしょう？　あんな大がかりな手を打つ必要はありませんわ」

「すると……」

「実は、達夫は冬子の子なんです。あの子が、どうしても産みたいというし、あたくしは子宮筋腫の手術をして、こどもができないからだになっていたので、あたくしが、妹の子をもらい、あたくしたち夫婦の長男として届け出たんです。そのために、冬子は、あたくしの名前で病院に通い、母子手帳もあたくしの名義でした。このことは、達夫にも知らせてありません。こう言えば、おわかりだと思いますが……」

川越夫人は、何の意味か、烈《はげ》しい瞬《まばた》きをした。

「すると、達夫君というのは、わたしのこどもだと？」

「ええ、冬子はそう申しておりました。正確に言うと、杉井直行氏か、遠山仁介氏か、どちらかのお子さんなのだそうです。杉井さんは、冬子がうるさくなったころ、遠山さんをけしかけて、冬子を誘惑させたでしょう？　計算してみると、ちょうど、そのころ妊娠したという話でしたわ。でも、達夫が杉井さんの息子である可能性も五〇パーセントはあるわけですし、達夫をお嬢さんと結婚させることは、ちょっと問題だと思ったんです。と言って、いまさら達夫に、お前の本当のお父さんは、この二人のうちのどちらかだなんてことも、言えませんから……」

「しかし、新聞の記事は……」

「主人は新聞社の整理部にいます。短い記事ぐらい活字にできるわけです。ただ、本当の紙面には載せなかったそうですが。遠山さんの名前をその記事に入れたのは、主人のちょっとした思いつきでしょう」

「…………」

では、どうすればいいのだ。私はハンカチで額を拭いながら川越夫人の表情をうかがった。

しかし、川越夫人の方は、そんな私をからかうような目で眺めているだけで、助言をしてくれようとはしなかった。

一匹や二匹

仁木悦子

1928年、東京都生まれ。'57年、『猫は知っていた』で江戸川乱歩賞を受賞し、デビュー。'81年、「赤い猫」で日本推理作家協会賞短編賞受賞。「日本のクリスティー」と呼ばれるほど女性推理小説作家の先駆け的な存在。他の著書に『冷えきった街』などがある。'86年没。

1

すてきにいいお天気だった。

空がまっ青で、お日様があったかくて、しかも土曜日だなんて最高だ。

たった一つ、つまんないことがあった。コーヒーの自転車が、ブレーキがこわれてしまって修理に出してあるのだ。二人で多摩堤のほうまでサイクリングするにはもってこいの日なのに。

「図書館行こうか。ＳＬマガジンの新しいやつ、もう来てるぜ」

僕が提案して、結局それに決った。

区立の図書館は、バス通りをずうっと行った電車の駅の近くにある。コーヒーと僕は、バス通りのはじっこの、ガードレールで区切った歩道を、ぶらぶら歩いて行った。秋のお日様が、そこらじゅういっぱい溢れるように照っている。

「あら、杉岡《すぎおか》くんと櫟《くぬぎ》くん。どっか遊びに行くの？」

十字路まで来たとき、声をかけられた。右手の道――というのは学校への道だけど、そっちから羽鳥《はとり》先生が歩いて来たのだった。

「うん」

僕は先生の目をまっすぐ見ないようにして、うなずいた。なぜだかわからないけど、僕は、この先生に会うと、もじもじしちまって、その場所から逃げだしたいような気持になってしまうんだ。羽鳥先生が嫌いなわけじゃない。嫌いどころか、羽鳥先生って、色がしろくて、目が大きくて、とってもすてきだ。黒い髪を長くうしろに垂らしているのもいいし、声もすき通ってきれいだ。あんまりすてきなので、じっと見ているのが恥しくなってしまうんだ。

羽鳥加寿子《かずこ》先生は、僕たちの学校の音楽の先生だ。僕やコーヒーの六年二組は、一週間に二回、羽鳥先生に習う。僕は前は音楽なんかきらいだったけど、羽鳥先生に習うようになってから、音楽の時間がいちばん好きになった。

「じゃあ、車に気をつけて行きなさいね」

「うん。さよなら」

先生が行ってしまったあと、歩き出そうとしたコーヒーが、

「あ、これなんだ？」

と言った。今まで先生が立っていたところに、薄緑《うす》いろの物が落ちている。プラスチックの靴べらだった。

「羽鳥先生が落したんだ！」

僕は、コーヒーに拾われないように、さっとかがんで拾ってしまった。金いろで字が書いてある、きれいな靴べらだ。

「なんでい、おれがみつけたのに」

コーヒーが口をとがらした。

「でも、きみんちより僕んとこのほうが先生のうちに近いもん。僕、あとで届けるよ」

「ちぇ、うまいこと言って」

「いいから、いいから」

僕は靴べらをズボンのポケットに入れて歩きだした。

コーヒーというのは、もちろんあだ名だ。

ほんとの名まえは杉岡康志《こうし》という。杉岡んちのおばあちゃんが、「コウシイ、コウシイ」と呼ぶとき、「コーヒーイ」と聞えるので、こういう名がついた。おばあちゃんは、歯が欠けているので息がヒイと抜けるんだ。

杉岡はべつに、このあだ名をいやがっていない。大きくなったら、きっさ店のマスターになって、いかすチョッキに蝶ネクタイでコーヒーのサイホンをぶくぶく言わせたいのだそうで、そのためには縁起のいい名前だと思っているらしい。

僕の名前もついでに言うと、ほんとの名は櫟究介《きゅうすけ》、あだ名はオバQだ。研究心のさかんな子になるようにと親父とおふくろさんが相談してつけたのだそうだが、究介なんて変な名前だと思う。でも、あんまりありふれたのよりは、いいかもしれない。

杉岡コーヒーと僕は、四年のクラス替えで一緒になったとき以来の親友だ。気が合うということもあるけれど、クラスで二人だけ、塾にもおけいこごとにも行っていないためもある。ほかの子は大抵、勉強の塾やそろばん塾や、そうでなければピアノとか油絵とか英語とかスイミングクラブとかに行っている。僕は、新聞社のカメラマンをしている親父が、

「子どもは塾なんか行かないでいい。元気に遊ぶのが第一だ」

と言うし、コーヒーは、塾に行けと言われたのを、いやだいやだと言って逃げてしまった。僕自身は塾もおけいこも、おもしろそうだから行ってもいいのだけれど、コーヒーが行かないのなら行きたくない。彼と遊ぶのが何といってもいちばんおもしろいからだ。

「おい、いまなんか声がしなかった?」

コーヒーが立ちどまった。

「声?」

「ほら、鳴いてるじゃないか」

「ほんとだ」

かんだかい、細い声が、ピイ、ピイと言っている。

「あそこの草っ原だ」
四、五メートル先の道ばたに、草の生えた空地がある。僕たちは駈けて行ってのぞき込んだ。草の中に動いているものが見えた。
「ネコだ!」

「あ、もう一匹いる!」

手のひらにのるくらいの小さな子ネコだった。空地のまわりはバラ線が張ってあって、僕たちははいれない。

「おいでおいで。こっちだ」

バラ線の下から手を入れて、指を動かして見せたら、草の間をくぐるようにしてやって来た。僕たちは一匹ずつつかまえた。

「わあ、柔らかい」

「あったかいな」

僕がつかまえたほうは黒い縞で、コーヒーのは白と茶色のぶちだった。手の中でむくむくと動くのがくすぐったくて、とてもかわいい。

「捨てられたんだな。どうしよう」

「僕んちは駄目だ。公団だもの。オバQ飼ったらいいよ。君んちは庭だってあるじゃないか」

「駄目なんだよ。うち、お父さんは好きだけど、お母さんは動物嫌《ぎら》いなんだ。死ぬと厭なんだって」

「じゃあまたここへ打っちゃってく？」

「そんなことできないや。こんな小さいんだもの。死んじゃうよ」

僕たちは困ってしまった。

「しようがないなあ。飼ってくれるうちがないか、聞いて歩くか」

僕とコーヒーは、子ネコを抱いて歩き始めた。ネコは、僕をお母さんと間違えているのか、胸に顔をこすりつけて、ポロシャツのボタンを噛んでいる。

僕たちは、最初に目についた角の家のベルを押した。太ったおばさんが顔を出した。

「あのう」

と言いかけた時は胸がどきどきした。

「このネコ、あそこの空地に捨てられていたんです。飼ってください」

おばさんはびっくりしたように目を丸くしたが、すぐに顔をしかめて、

「駄目、駄目。あの空地にはしょっちゅう子ネコが捨てられるのよ。それを拾ってたらきりがないわ。保健所に持ってったらいいんじゃない」

そう言うか言わないうちに、ドアがばたんと閉った。

「保健所に持ってくくらいなら苦労はないよなあ」

その次の家のベルを押すことにした。今度はもうちょっと若い、僕たちのおふくろさんくらいの年の女の人だった。

「このネコ、捨てられてたんです。かわいそうだから飼って」

「あら、かわいいわね」

女の人は僕の抱いていた縞ネコを受け取って、つくづく顔をみた。この分なら――

と、僕とコーヒーはそっと顔を見合わせた。が、

「かわいいネコだけど駄目だわ。うち、おばあちゃんがものすごく動物嫌いなの。ご

めんなさいね」

子ネコはあっさり突っ返されてしまった。

三軒目はどっしりした石の塀があって庭も広そうな立派な家だった。

「こんなに庭が広いんだからチビネコの二匹ぐらいおけないかなあ」

コーヒーが期待をこめた声で言った。

「立派なうちほどネコなんか飼わないいんじゃないかな。飼うんだったらペルシャ猫とかシャム猫とか高いやつ飼いたがるんだ」

言いかけた時、ドアがあいて女の人が顔を出した。僕たちの手の中にいる小さなネコを見るなり「キャア」と叫んでドアを閉めてしまった。

「どっかへ持ってってって。いやよ、そんなの。わたし、犬でも猫でも大嫌い。怖いのよ」

と、ドアの中で泣き出しそうに叫んでいる。

「こりゃ、駄目だ」

僕たちはほうほうの体《てい》で逃げ出した。その次の家には大きなおっかない犬がいた。庭のテラスのそばの犬小屋につながれてこちらをにらんでいる。僕と目が合ったとたんに、グォーッ、ワンワンと吠えはじめた。僕の抱いている子ネコが目にはいったのかもしれない。

「こりゃ駄目だ。こんなうちに飼われたらネコも災難だ」

僕たちはそこも逃げ出した。五軒目の家で顔を出したのは高校生ぐらいのお姉さんだった。

「わあ、かわいい。わたしネコ大好き」

「じゃ飼ってよ。ほら、こんなにすてきなネコだよ。ハンサムだよ」

「駄目なのよ。うちにはもう三匹いるのよ」

「三匹もいるんだったら、あと二匹ぐらい、どうってことないじゃないか」

「それがそうはいかないの。三匹のうち二匹はいいんだけど、いちばん年とったのが神経質なネコでね。この前も子ネコを頼まれて飼おうと思ったら、怒ってノイローゼみたいになっちゃって、うんちしなくなっちゃったの」

「へえ、そんなことがあるのか」

と僕たちはすっかり感心してしまった。僕たちだったら家出しちゃったり、自殺するといって脅すところをネコはうんちをしなくなって抗議するのかな。しかし、そういうことでは仕方がないから僕たちはそこの家も諦めることにした。六軒目はベルを押しても誰も出てこなかった。ずいぶん大きな、わりと古風な家だ。

「留守かなあ。でも車があるぜ」

コーヒーが言った。

玄関の前に、黒や灰色の石が形よく敷きつめてある。その左手のほうがカーポートになっていて、メタリックシルバーのルーチェがはいっていた。

「だけど待てよ」

敷石のいちばんはじっこの一つが、ほんの少し持ち上っているのに僕は気がついた。しゃがんでその石を指先で上げてみた。石の下に鍵がはいっていた。

「やっぱり留守だ。歩いて出かけたんだ」

おんなじやり方をするうちもあるんだな、と思った。僕はもとどおりに石を戻した。ここの家は僕の家と同じやり方をしている。よく出かける時、鍵を牛乳箱の中に入れたり、ドアの上の鴨居《かもい》に隠したりする人がいる。でも、それはすぐ人に見つけられるから危険だと、親父はいつも言う。だから、僕のうちでも、玄関を出たところの敷石のいちばんはじっこのが、ぐらぐら動くようになっているのでその下に隠すのだ。ここに鍵を隠してある以上、留守なことは確かだ。留守では仕方がない。七軒目はやせこけた怖い顔をしたおばあさんだった。

「なによ。知らないうちに来てネコを飼えだなんて、ちかごろの子供は厚かましいね」

眼鏡を鼻の先にずり落して、じろっとにらみながら言った。

「ここも駄目だ」

歩いても歩いてもネコを飼ってくれるという人は見つからなかった。僕たちの足はだんだん重くなってきた。おなかがすいたのかネコはまた、ミイミイ鳴きはじめた。

「月曜日にさあ、学校へ持っていって放送部に頼んで放送してもらったらどうだろう。誰か飼うっていう子、出てこないかなあ」

「やってみるだけの値打はあるな。でも、それまでこのネコをどうしたらいいかなあ。月曜日といったらまだ、一日半ある」

ネコをどこかに飼って、えさをやったり世話しなければならない。

「こいつおなかすいてるんだよ。ほら、こんなに鳴いてる」

「仕方がない。うちへ持っていって牛乳でもやらなくちゃ」

「その前に最後の一軒だけ寄っていこうよ」

それまでは建売住宅らしい、わりと新しい小綺麗な家が多かった。が、この最後の一軒は昔からあるような建て方だ。家のまわりも竹で組んだ垣根で囲ってあるし玄関もドアじゃなくて、格子がはまっている横に引っぱってあける戸だった。この家はこの並びのいちばんはじっこで、道の角だ。角のむこうはキャベツの植わっている畑だった。

「せっかくここまで来たんだ。この一軒だけすませよう」

僕たちは門からはいっていってベルのボタンを押した。誰も出てこない。

「ここも留守のようだね」

「でも、戸が開いてるよ」

「ほんとだ」

格子戸が五センチぐらい開いたままになっている。

「出かけるのに戸を開けっ放して行くなんて。空巣がはいったらどうするんだよなあ」

コーヒーがぶつぶつ言った。

「声をかけてみた方がいいな。昼寝してんのかもしれない」

僕はがらがらと格子戸を開けて玄関にはいった。玄関のたたきも僕のところなんかから見るとずっと広くて、大きなつくりつけの下駄箱があった。

「ごめんくださあい」

声をかけたが返事がない。

「やっぱりいないんだ」

そう言いかけた時、左手の方の廊下の板の上に何か赤いものが目についた。

「コーヒー、あれ何だ！」

コーヒーは首をのばしてのぞき込んだ。

「なんか流れてる」

そう言った声が震えていた。

「なんかって何だと思う？」

そう言いながら僕にもそれが何であるか、だいたいわかっていた。血だった。あんな赤い液体は血のほかにはありはしない。

「どうしたんだろう？」

「誰か怪我したんだろうか。見てみようか」

僕たちは子ネコを抱いたままズックをぬいで玄関を上った。血の跡は左手の廊下をずうっと奥へ続いている。それを踏まないように気を付けながら、僕たちは奥へはいっていった。

「あっ！」

畳敷きのわりと広い部屋だった。立派な黒いテーブルがまん中に置いてある。そのテーブルの横にワンピースを着た女の人が仰向けに倒れていた。四十くらいの人だ。胸にナイフが突き刺さっている。

「ぎゃあ」

コーヒーが悲鳴をあげた。その声に驚いて子ネコは二匹とも腕からとび降りてそこらを駈けまわった。

「ここのうちの人、いるのかなあ。みんな殺されちゃったのかしら」

僕は右手のふすまを開けて次の部屋をのぞき込んだ。コーヒーは、忍び足でダイニングキッチンの方に行った。次の部屋には誰もいなかった。部屋はきれいに片付いていた。ここは板じきで、すみに、レースのカバーのかかったピアノが置いてあった。反対側のすみには机があって、その上に手提金庫がある。手提金庫のふたはあけっ放しで、机の上から床の上にまで、何かの書類がいっぱいちらかっている。誰かが、大急ぎで引っかきまわしたような具合だ。

その時ダイニングキッチンのほうから、コーヒーが震えながらとんできた。

「オバQ、今、裏口から誰か出ていった！　きっとあいつが犯人だ。外、見てみろよ！」

僕は背のびをして窓ガラスの上の透きとおったところから外を見た。一人の男が道を急ぎ足で、というよりほとんど走るように立ち去って行くのが見えた。コートのえりを立てている。背が高くて、頭の毛はちりちりに縮れている。男は走りながら何か気がかりなようにちらっと振り返った。

「あっ！　あの男！」

「どうしたの。君、知ってる人？」

コーヒーが後《うしろ》からのび上るようにして聞いた。男の姿はもう見えない。

「ううん、君はどうなの、知ってる人だった？」

「僕、裏口から出て行くところをちらっと見ただけだから。でも見たこともない男だったよ。背の高い人だった。でも、あれは、もしかしたら犯人じゃなくて、急いで警察に知らせに行ったのかもしれないね」

「犯人だよ」

と僕は言った。

「あいつは、あの人を殺してからこの家の中のどこかに隠れていたんだ。僕らがはいって来たもんだから、あわてて姿を隠したんだよ。そして僕らに気付かれないように裏口から出てったんだ。もし犯人じゃあないんだったら、出て来て『君たちすぐ一《ヒャク》一《ト》〇《オ》番を』とかなんとか言うはずじゃないか」

「そうだね」

僕は体ががたがた震えてくるのをどうすることも出来なかった。僕たちは手をつないで死体のある部屋へ戻った。ネコたちは心細そうにミイミイ鳴きながら歩きまわっている。血のたまっている所を歩いたとみえて足の先が赤く染っていた。黒縞の方が気もち悪そうに足を振って、そこに座りこんでなめようとした。

「あっ、人間の血をなめたら人食いネコになるぞ！」

コーヒーが叫んだ。僕はあわてて子ネコを拾い上げた。ほんとに人間の血をなめたら人食いネコになるかどうか知らないけど、気もちがよくないことは確かだったから。僕たちはネコを一匹ずつ持ったまま半分夢中で外へ出た。

「どうしよう。これから交番に行く？　それとも電話で一一〇番した方がいいだろうか」

と、コーヒーが言った。

「警察になんか言わないほうがいいよ」

僕が言った。

「どうして？」

コーヒーは驚いて聞き返した。

「どうしてもさ」

「だって、女の人が殺されてたんだぞ。それに僕たち犯人らしい男を見たんじゃないか」

「でも言わないほうがいいと思うな。言ったらどうしてそれを見たのかって、聞かれるよ。僕たち、よそのうちに黙って上り込んだりしたんだ。きっとお父さんたちも呼び出されて怒られるよ」

「それもそうだけど。——だけど黙っていいのかなあ」

「僕が責任とる」

と、僕はきっぱり言った。

「あとでこのことが警察にわかっちゃったら、僕はっきり言うよ。コーヒーは『警察に行こう』って主張したんだって。僕がそれに反対したんだ。だから君のせいじゃないよ」

「うん、オバQが責任とるって言うなら、僕はどっちでもいいけどさ」

コーヒーは半分納得したような声を出した。

2

「とにかくこのネコ洗ってやらなくちゃ」

僕たちは走って公園に行った。土曜日の午後なので公園では子供たちがぶらんこにのったり、バドミントンをしたりしている。野球やサッカーはいけないけど、バドミントンだけは許されているのだ。僕たちは公園の水飲み場に行って手に水をすくって子ネコの足を洗ってやった。何回かやるうちにすっかりきれいになった。これで人食いネコになる心配はない。

「かわいいネコね。どうしたの？」

僕たちのクラスの青木るみがやって来て聞いた。

「捨てられてたんだよ。飼ってくださいって何軒も何軒も持って歩いたけど、どこも駄目だったんだ。ねえ、君んち飼ってくれない？」

「駄目よ。うち、マンションの四階だもの。私はほんとうはネコ飼いたいんだけど。マンションってつまんないわね」

そう言った時には、もうまわりに五、六人の子が集ってきていた。知っている子もあれば名前を知らない子供もいた。

「ねえ、そのネコどうするの？」

「どうしたらいいか困ってるんだよ」

「もといた所へ捨てっちまえば」

と、言う女の子もいた。

「そんなこと出来ないよ。捨てたら飢え死《じに》してしまうよ」

「月曜日に学校で放送してもらったら誰かもらってくれるんじゃあないかなあって思ってるんだけど」

「駄目、駄目。そんなこと期待したって無駄よ」

と、その子は意地悪く言う。

「今はたいていがマンションか公団住宅かアパートなのよ。それに一軒の家に住んでいる人だって、ネコなんか飼いたがらないわ。保健所に持ってっちゃうのがいちばん簡単だわ」

「そんなひどいことよく言えるなあ」

僕は腹が立って怒鳴った。

「君んちの、まだ幼稚園にも行かないちっちゃい弟が、どっか知らないところに放り出されたら、どうなると思う。ただ泣くだけじゃないか。泣いて泣いておなかがすいて死んじゃうんだぞ」

「ねえ、ねえ、いいことがあるわよ」

と、まんまるな顔をした女の子が言った。青木るみの近所の子で確か四年生だっていうことくらいは知っている。

「なあに、さとちゃん」

るみが聞いた。

「ネコおばさんとこへ持ってけば」

「ネコおばさん？」

「うん、ネコを十五匹ぐらいも飼ってるの。捨てネコがいるとかわいそうだって言って拾って飼うのよ」

「十五匹もいたら二匹くらい増えても大丈夫だろうなあ。どこなのそれ」

「教えてあげる」

さとちゃんは先に立って駈け出した。僕とコーヒーと、それに青木るみもあとについて走りだした。ネコおばさんの家《うち》はかなり遠かった。線路を越えて、ポンコツ自動車の置場をぐるっとまわって、それからまた二百メートルぐらい歩いた。

「あそこのお宮さんの裏なのよ。ネコいっぱいいるわよ」

なるほど、お宮の角を曲ったあたりから、ネコの姿が目につきはじめた。お宮の石造りのへいの上に二、三匹の猫がすわっている。道を三毛が一匹横切っていった。

「おばさん」

さとちゃんが呼んだ。ごそごそ音がして、ネコと一緒に家のうしろから女の人が出てきた。五十ぐらいだろうか。ネコおばさんなんていうから、うすぎたない前かけでもかけた田舎っぽいおばさんだと思っていたら、とんでもない。えりのところをリボンのように結ぶ真白いきれいなブラウスを着て縁なしの眼鏡をかけた、上品な女の人だった。あとで聞いたら大学教授の奥さんなのだそうだ。

「ねえ、この子たちが子ネコ拾ったの。何軒も何軒も聞いて歩いたけど、どこでも飼ってくれないんだって。おばさんとこで飼ってよ」

さとちゃんが説明した。そういってる間にも、黒い猫、白い猫、茶と黒の混ったきたならしいやつなどが、あとからあとから出てきては、おばさんの足にこすりつく。

「おばさんだって趣味で飼ってるわけじゃあないのよ。ただかわいそうだと思ってえさをやっていたら、こんなに増えちゃったのよ。お隣りがお社《やしろ》だから、ご近所迷惑にならないで遊べるので助かってるけど。あとからあとから持ってきてもいいなんて思われちゃ困るわ」

「だけど、ほっといたら死んでしまうと思うんです。月曜日に学校の校内放送で誰かもらってくれないかって頼みますから、それまでおいてください」

僕は一生懸命に頼んだ。

「そこまで考えてるの。感心ね。じゃ、月曜日までよ。あら、わりといいネコじゃない」

おばさんは、口ではあんなことを言いながらほんとはやっぱりネコが好きでたまらないらしく、二匹を抱きとってそうっとなでた。二匹は最初捨てられていた時と同じようなかん高い声で鳴き叫んでいる。

「おなかがすいているんです。牛乳かなんかやってくれない？　僕、あとで牛乳のお金持ってくるから」

「えさ代なら僕が持ってくるよ」

コーヒーが言った。

「えさ代の問題じゃないの。これ以上ネコが増えては困るのよ。えさ代のことは心配しないでいいから、必ずもらい手を見付けていらっしゃいよ」

「はあい」

それでもチビネコたちが、差し当って寝かせてもらったり、ご飯をもらったりする場所が出来たので、僕はいくらか気が軽くなった。

「よかった」

女の子たちと一緒に、またたくさんのネコをかきわけるようにして外に出た。

帰り道、駅のこっちまで来た時、ランランランランというサイレンの音がした。

「あら、パトカーだわ」

と、さとちゃんが言った。黒と白のパトカーが僕たちのすぐ脇をすり抜けてすごい勢いで走っていった。コーヒーがちらっと僕の顔を見た。

「行ってみましょうよ。すぐそこみたいよ」

青木るみが言った。女の子たちが駆け出したので僕たちも走り出した。僕たちだけがためらっていると変に思われるかもしれないからだ。

パトカーが止っているのは案の定、あの家の前だった。近所の人たちが遠巻きにしてたかっている。

「何かあったの？」

と、女の子たちが聞いた。

「殺されたのよ、ここの人が」

「へえ」

「今ね、新聞の集金の人が声をかけたけれど誰も出てこないのでおかしいと思ってのぞいたら、殺されていたんですって。怖いわねえ。こんな昼日中に」

「どんな人が殺されたの？　男？　女？」

青木るみが熱心に聞く。ほんとうなら、僕とコーヒーはこんな時、まっ先にいろんなことを聞きたがるはずなのだが、今はとてものを言う気にはなれない。うんと頭のいい名探偵がいたら、僕たち二人が黙り込んで何も聞こうとしないのをおかしいと思うにちがいないのだが、ここにいるのはそんな名探偵じゃない人ばかりだから助かった。

「住谷《すみたに》さんていう女の人なの。住谷世以子《せいこ》さん」

「うちの人はいなかったの？」

「独り暮しだったのよ。お父さんの代からここに住んでてね、お父さんもお母さんも亡くなった後ずうっと独りでいたの。いつもの日はお勤めに行くんだけど今日は土曜日だからね。うちにいたところを殺《や》られたのよね」

「強盗が居直ったのかしら？」

と、知らないおばさんが、怖そうに声を低めて言った。

「そうかもしれないわね。押し売りみたいな変な人もよく来るしねえ、この辺りは」

「どうやって殺されたの？　えっ」

と、さとちゃんが目を輝かせて聞いた。

「よくわかんないけどナイフが胸に刺さってたとかいう話よ」

「わあ、こわい。そんなの見たらご飯食べられなくなっちゃうわ。ねえ、櫟くん。そうでしょ？」

ご飯を食べられなくなるかどうかは晩ご飯の時になってみなければわからない。僕とコーヒーが女の人の胸にナイフが刺さっている現場を見たなどということは、女の子たちは夢にも知らない。もし知ったら、彼女たちは街じゅうをしゃべって歩いて、僕たちはあさって学校へ行ったら質問責めにあわなければならないところだ。

「うん、怖いねえ」

なんとか返事をしなければならないので僕はボソボソと言った。パトカーの警官が玄関から出て来て、

「近寄っちゃ駄目だ、駄目だ」

と怒鳴った。警官の一人がパトカーのところへ戻って、しきりに報告をしている。みんながその場を立ち去ろうとしないので僕とコーヒーもそのまま付き合うことにし

た。こんな滅多に見られない事件が起ったのに僕たちだけがこそこそと帰ってしまったら、それこそおかしいじゃないか。

しばらくたってパトカーではない普通の乗用車の型をした車がやってきた。でもこれも警察の車で、普通の背広を着た偉そうな人が何人かだあっと降りて家の中へ走っていった。旗をたてた新聞社の車もやってきた。

「あれは鑑識だよ。ほら何か道具を下ろしたじゃない」

などと言っている人もいる。警察の人たちが次々と家の中にはいっていき、現場を調べているらしい。

「もうじきテレビ局も来るわね。今晩のテレビに出るわ」

さとちゃんが息を弾ませた。

うちに帰る道は、僕もコーヒーもあまり口をきかず、黙り込んで歩いた。ほかの人と一緒のときは、せいぜいふだんと変りないように見せていなければならないけど、コーヒーと二人きりになると、さっき見たものが目の中に浮んできて、気持が沈んでしまうのだ。

「ねえ、オバQ。ほんとにあのこと、警察に言わなくていいのかなあ。僕たち目撃者なんだぜ」

コーヒーが、思いきったように言った。

「うるさいなあ。秘密にしておけっていったら秘密にしておくんだよ」

「だって、僕とオバQが、警察に行ってあの男のことを話したら、犯人が早く捕るかもしれないじゃないか。それに、目撃者だっていうので僕たちの写真が新聞に出るよ。――テレビにも」

「馬鹿だなあ。僕たちのことがテレビになんか出たら、犯人は今度は僕たちを殺そうとしてつけねらうぜ。〝目撃者を消せ〟っていうの、知らないのかい？」

「あ、そうか」

ふだんから臆病なコーヒーは、ぶるっと震えてうなずいた。

「僕、絶対言わないや。オバQってやっぱり、えらいんだな。考え深いよ」

ほんとのほんとのことを言うと、僕は、べつに犯人につけねらわれるのを怖がって、目撃したことを秘密にしようと言っているわけではない。コーヒーの知らない、僕一人の理由があるんだ。

もう一度ほんとのほんとのことを言うと、僕はいまとても悩んでいる。この悩みは、たとえ相手がコーヒーだって、話すわけにはいかない。

コートのえりを立てて小走りに走って行った縮れっ毛の男。実は僕は、あの男が誰だか知っているんだ。僕は今日まであいつが大嫌いだった。いや、いまだって大嫌いだ。男のくせに頭にパーマなんかかけて厭なやつ。

あいつが警察に逮捕されたら、どんなにいい気味だろうと思う。そんなら、いまからすぐ三丁目の交番に駈けて行って、見たことを全部しゃべっちまえばいいんだけど。——でも、それはやっぱりできない。なぜできないのかって？　あの男は羽鳥先生の恋人なんだ！

羽鳥先生が、あの男と仲よくしていることは、僕は少し前から知っていた。そのうち結婚するつもりでいることも。先生が、前にははめていなかったすてきな指輪をはめているので、友だちの誰だったかが「この指輪なあに？」と聞いたら、恥しそうに「エンゲージ・リング」と言ったのだ。

あの男は、楽器の会社に勤めていて、アルバイトにピアノの調律をやっている。このあたりのピアノのあるうちによく来るのだ。

ほんとに、あんなやつのどこがいいのだろうと思う。羽鳥先生が、あんな男のところへお嫁に行くのかと思うと、頭がかっとしてくる。僕が十何年か前に生まれていたらよかったのに。でも、それならば、あいつのことを警察に知らせてしまえばいいようなものだけど、それはできない。羽鳥先生がどんなに悲しむかわからないからだ。

もしかしたら絶望して自殺するかもしれない。

だけど、やっぱりあの男のことは警察に言ったほうがいいのだろうか？　あの男は、人殺しなのだ。このままわからないですんでしまったら、人殺しが羽鳥先生と結婚してしまう。そんなことってあるか！　羽鳥先生は泣くかもしれないけど、ほんとのことをばらして、あの男は悪いやつだから結婚なんかしちゃだめだよと、教えてあげるのがいいのだろうか。でも、先生が自殺なんかしたら――。

ああ、考えれば考えるほど、どうすればいいかわからなくなってしまう。こればっかりはパパにもママにもコーヒーにも相談するわけにいかないのだ。

3

ところが、僕があんなに悩んでいるあいだに、あの縮れっ毛の男――森戸四郎という名前なんだそうだ――は、あっさり警察に捕ってしまった。

僕がそのことを知ったのは、日曜日だった。

日曜日の夕方、屋代《やしろ》さんがうちにやって来た。屋代さんは、親父の勤めている新聞社、東都新報社の社会部の若い記者だ。

「このすぐ近所で殺人事件があったのでね。きのうからこの辺を駈けずりまわっているんですよ」

屋代さんは、しょっちゅううちに遊びに来るので、半分はうちの人みたいだ。ダイニングキッチンのいすに腰をおろすなり、おふくろさんに言った。

「ナイフで胸を刺されたんですって？　テレビで見たわ。怖いわねえ」

「土曜日の真昼間《まっぴるま》なのに、物騒な話だなあ。やっぱり強盗の居直りかしら？」

親父が言うと、屋代さんは首を振って、

「知り合いの人間らしいですよ。実は、今朝容疑者が一人捕ったんです。いまのところ本人は犯行を否認しているようだが、逮捕状がもう出ていると思いますよ。森戸四郎という男なんです。明音《めいおん》楽器の社員で、ピアノの調律ができるので、頼まれるとアルバイトにやってたらしいんです。殺された住谷さんのとこにも出入りしていたという話です」

そばで聞いていて僕は、思わずあっと叫びそうになって、あわてて口を押さえた。

「その男には、その女性を殺す動機があったの？」

うちの親たちは、僕がショックを受けたことには気づかないで、熱心に屋代さんの話を聞いている。

「それはまだよくわかりません。住谷さんという人は高級ブティックに勤めるかたわら、趣味としてはピアノを弾いたり、リボンフラワーを作ったり、一見優雅な生活をしていたそうです。が、その反面、相当な悪女でもあったようで、人に小金《こがね》を貸して高利を取りたてるようなことをしていたようですね」

「すると、森戸という男も、金を借りていて、そのトラブルから殺してしまったのかな」

「警察としては、そういう見方と痴情関係と二とおりの動機を考えているみたいですね。つまり森戸が、年上のあの女性と親しくしていた。ところが新しく恋人ができてそっちに心が移った。住谷さんと切れたいのだけど、むこうはしがみついて放さない。そこでブスリ、というわけ。森戸は、学校の先生かなんかしている女性と最近婚約したんですよ。そこでこっちの動機を重く見ている者も、警察内部にはいるようです。が、被害者の手提金庫が壊されて、金《かね》の借用証が部屋の中に散乱していたので、金銭問題を動機として考えている者もいます」

「つまり犯人が、自分の借用証を探して持ち去ったというのね。だけど、それにしても、そんな臆測や想像だけで逮捕されるものなの？」

「いや、彼に疑いのかかった直接の理由は二つあるんです。一つは、犯行のあったちょうどその頃に、彼が被害者の家のほうから走ってくるのを見たという人が数人いるんです。真青な顔をしてあたふたした感じだったそうです。もう一つは、現場の部屋の中に落し物があったのです」

「落し物？」

「ええ、薄緑色をしたプラスチックの靴べらなんです。そいつに明音楽器ＫＫの名がはいっていたんです。つまり会社が、サービス用に配る品で、森戸自身も一つ持っていて使っていたのだそうです」

僕は頭がくらくらした。靴べら！　そうだ、あの騒ぎですっかり忘れてしまっていたが、僕は、羽鳥先生が落した靴べらを拾って持っていた。いま、こっそりポケットの中を探ってみたが——ない。ないんだ。

「じゃあ、殺人をしたとき、その靴べらを落したわけ？」

おふくろさんは、おもしろそうに乗りだして聞いている。

「本人は、靴べらは確かに以前は持っていたが、どこかになくしてしまって、このところは持っていなかった、と言っているそうです。自分は持っていなかったし、いろいろな人に配ったから、それをもらった人の誰かが落したのだ。自分ではない。——と言い張るわけです」

誰かじゃあない。落したのはこの僕なんだ、森戸という男は、会社の名前のはいった靴べらの一つを、恋人の羽鳥先生にあげたんだ。でも、現場に落ちていたというのが、その靴べらだとは、あの男自身だって想像つかないだろう。

僕のしたことが、よかったのか、悪かったのか、いくら考えてもわからない。僕は何だか胸がつっかえたようになってしまって、晩ご飯は一ぜんの半分くらい食べただけで残してしまった。

「どうしたの？　究介の好きなカキフライにしてあげたのに」

と、おふくろさんが心配そうな顔で聞いた。でも、これは、きのう人が殺されている現場を見たからではない。いま頃、羽鳥先生はどうしているだろうかと思うと、どんなおいしい物もはいっていかないのだ。

あくる日、僕は学校へ行くのが怖かった。月曜日の五時間目は音楽の時間だった。音楽室で席について待っていると、ちょっと遅れて羽鳥先生がはいってきた。きのう一日会わなかっただけなのに、先生はすっかり変ってしまっていた。病気みたいな青い顔をして、目が真赤で、まぶたが腫れあがってよく目が開かないみたいな感じだった。ゆうべは一晩中、寝ないで泣いてたのに違いない。

「ねえ、ちょっと。羽鳥先生どうしたの？　具合悪いのかな」

隣の席の小関《おぜき》が小声で聞いた。

「わかんない。多分そうだろう」

するとうしろの席の南田が、

「おれ知ってるぞ。三丁目の殺人事件で、羽鳥先生と結婚する人が逮捕されたんだ」

とささやいた。森戸四郎が逮捕されたということは、まだテレビにも新聞にも出ていない。それに羽鳥先生の婚約者がどういう人かということも、クラスで知っている者はあまりいないだろう。だが、南田は、お父さんが町内会と防犯協力会の会長をしているので、この近所のことについてはとても詳しいし、ニュースもあっというまにはいってくるらしい。このぶんでは、うわさはたちまち学校中にひろがるだろうな、と思った。

「さ、今日は音楽鑑賞と楽典のおさらいね。初めにレコードをききましょう」

先生は、かすれた声で言って、レコードをしまってある戸棚をあけた。できるだけ、いつもと同じようにしようと努力している。そういう先生を見ているのはつらくて、涙が出そうになった。

森戸四郎がどんなに厭なやつだっていい。あいつが本当は犯人じゃなくて、無事に釈放されたら、どんなにいいだろう。そうならない限り、羽鳥先生はもう前みたいにすてきな笑い顔で笑うことはないに違いない。

だけど、森戸四郎が犯人じゃないなんていうことは、とても考えられない。問題の靴べらは、あいつじゃなくて僕が落っことしたのだということが僕にはわかっているけれど、あいつがあの時、あの家の中にいたのは間違いないし、あわてて逃げて行ったのもこの目で見たのだ。犯人じゃないのだったら、すぐ一一〇番するはずじゃないか。

音楽の時間は、先生がレコードをかけ間違えたり、話をとちったり、時々声をつまらせて黙り込んでしまったりするので散々だった。大部分の子は、先生が病気なんだと思っていたようだが、僕は先生がかわいそうで、早く時間が過ぎればいいと、そればかり考えていた。

やっと音楽の時間が終って、僕は、帰り支度をして外に出た。いつも途中の分れ道まで一緒に帰るコーヒーは、姿が見えなかったし、僕も今日は一人で帰りたかったので、すたすたと道を歩きだした。

百メートルくらい行った時、

「おーい、オバQ、待てよオ」

コーヒーが追いかけて来た。女の子二人と男の子が一緒だった。

「この子たちね、ネコを欲しいっていうんだ」

「えっ？　ほんとかい？」

「うん。今日の昼、僕の名前で放送頼んだろう？　六年二組の杉岡康志って。だから、僕が出て来るのを待ってたんだって」

おさげの女の子が、

「わたし、ネコ飼いたくってしようがないの。かわいい子ネコなんでしょ？　欲しいわ」

と言った。

「僕も」

「わたしは、うちで飼うんじゃないのよ。五丁目におばあちゃんが住んでいるの。この前おばあちゃんが子ネコ飼いたいって言ってたの。だから一匹もらってゆくわ」

と言ったのは、おかっぱで眼鏡をかけた子だ。

どこの誰にもらわれて行くのでもいい。かわいがってくれる人のところへ行けたら、あのチビネコたちも幸せになれるだろう。

実を言うと僕は、今日は羽鳥先生のことで頭がいっぱいで、ネコどころではなかったのだ。朝、学校に来て、コーヒーが、

「放送部のやつに子ネコのこと頼もうよ」

と言った時、

「うん、きみに任せるから、うまくやってよ」

と言ってしまったのだ。

昼休みの校内放送で、放送部の女の子が、

「ネコ好きの皆さんにお願いします。かわいい子ネコを拾ったので、誰か飼ってください。一匹は茶色と白で、一匹は縞の……」

というような話を読み上げていたけれど、それも頭の片すみでぼんやり聞いていたありさまだった。

でも、校内放送に出して、ほんとによかった。ネコは二匹なのに、三人ももらい手が出てきて、これはジャンケンかちゅうせんでもしなければならないぞ、と思った。

少し遠いけど、ネコおばさんの所に寄ってみようということになった。一旦うちに帰ってしまうと、方角もばらばらだし、塾に行かなければならない子もあって、もう一ぺん集って行くには都合がわるいのだ。

ネコおばさんのうちの近くまで来ると、おとといと同じように、早くもネコの姿が目についてきた。お宮の横っちょの細い道なので、車がはいって来ないもんだから安心しているのだろう。道路の上にも二、三匹寝そべっている。サファリパークに行った時見たライオンみたいだ。

「あらそうなの。もらい手があってよかったわね」

ネコおばさんは、今日は薄手のセーターに金色のネックレスなんかしている。なかなかおしゃれだ。

「あの二匹には苦労したわよ。おなかに寄生虫がいて、ひどく下痢するのでね。クッションを汚されるやら、シーツを汚されるやら。でも虫下しを飲ませて、やっと今日はおなかの調子もよくなってきたわ」

ネコおばさんは、ネコが病気でも獣医さんにはかけないで、自分でお医者さんをするらしい。こんなに沢山いては、獣医さんにかけたら、お金がいくらあっても足りないのだろう。

「わあかわいい。わたしこれ」

「僕は縞の」

一緒に来た子たちは、大喜びで子ネコの取りっこだ。ネコが二匹なのに希望者が三人で困ったと思ったけれど、同じくらいの大きさの真白な子ネコがネコおばさんのうちにいたので、おさげの女の子はそれをもらうことになった。男の子は、僕の拾った縞のがいいと言い、おばあちゃんの所に持って行くと言った子は、コーヒーが拾ったぶちのやつに決った。

「これはどれも、いいネコよ。おなかさえなおったら丈夫なたちだし、利口でトイレのお行儀もいいわ。すてきなネコになるわよ」

ネコおばさんが、ほしょうしてくれた。それから、子ネコのえさのやり方や、トイレをさせる砂箱のつくり方、子ネコはあんまりかわいがり過ぎて抱いてばかりいると睡眠不足になるから十分に眠らせなければいけない、ということなどを詳しく教えてくれた。

「じゃあ、このノートに、めいめいの住所と名前、それと電話番号を書いてね。おばさんの番号も書いてあげるから、ネコのことで相談があったら、いつでも電話ちょうだい」

三人は、言われたとおりにして、一匹ずつ子ネコを抱いて帰って行った。

僕とコーヒーも、家に向って歩きだした。

その時だった。コーヒーが、とんでもないことを言い出したのは。

4

「ねえねえ、オバQ。僕、見たんだ」

真剣な口調だった。

「何をさ」

「今日はごたごたしてて話すひまがなかったけど、ほんとに見たんだ。絶対間違いない」

「だから、何を見たのさ」

「あの男だよ。住谷さんを殺した、犯人」

「なんだって？」

「裏口からこっそり出て行ったたって言ったろう？　あの男だ」

「だってコーヒー。あの男は、もう捕ったんだよ。昨日の朝からずっと警察で取調べを受けてるんだ。犯人だということは間違いないらしいぜ」

コーヒーは、ぽかんとした顔で僕を見つめた。

「だって……おかしいよ。僕、ゆうべ見たんだもの」

「見たって、どこでさあ」

「ゆうべ、僕、お父さんとお風呂屋に行ったんだ。うちのお風呂、具合がわるくなってるんだ。バーナーが詰って、火がよくつかなくて――」

「いいよ。お風呂の話は。で、お風呂屋さんに行ってどうしたんだい?」

「帰りに自転車屋の前を通ったんだ。そしたら、あの男が、自転車屋のおじさんと何か話してたんだ。僕、あっと思った。でもお父さんにそんなこと言えないじゃないか。うちへ帰って、ふとんにはいってから、繰返し繰返し考えたんだ。だけど、間違いなくあの男だよ」

「でもあの縮れっ毛の男は――あの人、森戸四郎っていうんだけど、あの男は、ゆうべ自転車屋なんかにいるはずないんだ。警察にいるんだから」

コーヒーは、また、ぽかんとした顔になった。そして、ぼそりと、

「縮れっ毛って、なんのこと?」

と聞いた。

「あの男のことじゃないか。男のくせに頭にパーマかけてたろう? そしてコートのえりを立てて」

「違うよ。パーマなんかかけてなかったよ。ふつうに分けてたよ。着てたのは、青い

ジャンパーだった」

　今度は、僕がぽかんとなる番だった。

「そういうことは、コーヒー、きみの見た男と僕の見た男は、べつの人間なのかな。きみ、窓から見たろう？　あの縮れっ毛の男が走って逃げて行くのを」

「見ないよ。僕が窓からのぞいた時には、人間の姿は見えなかった。オバQが『犯人が走って行った』って言ったので、僕はてっきり、僕の見た青いジャンパーの男だと思ったんだ」

「僕はまた、きみが、『裏口からこそこそ出て行った』と言ったのが、縮れっ毛の男のことだとばっかり思っていた」

　とんだ思い違いだった。僕とコーヒーは、べつべつの男を見たのに、同じ人間を見たと思い込んでいたんだ。コーヒーの見た青いジャンパーの男は、裏口からこそこそと出て行ったというから、これがいちばん怪しい。多分これが犯人なんだろう。だって、家の中にいたのだから住谷さんが殺されたのを知っているはずなのに一一〇番しなかったし、事件が新聞やテレビに出ているのに目撃者として名のって出ていないのだから。

　じゃあ、僕の見た縮れっ毛の男——森戸四郎は、事件に関係ない人間なのだろうか。ぐうぜん、あの時、あの家の窓の外を通りかかっただけなのだろうか。そうは思えない。関係のない人が、あんなに青ざめた顔で、逃げるようにして行くとは思えない。それだから、僕はあの人が犯人だと思ってしまったんだし、ほかの目撃者も警察にそういうふうに話しているんじゃないか。

だけど——だけどだ。もしかあの森戸四郎が犯人ではないのだったら。——

僕の頭に、羽鳥先生の顔が浮んだ。うれしさいっぱいの笑い顔だ。その瞬間、僕の心は決った。

「コーヒー。きみの見た男がほんとうの犯人だよ、きっと。いま捕っている人は何もしてないのに間違えられているんだ。ねえ、二人でほんとの犯人を探偵しようや」

「いやだよ」

コーヒーは、びくっとして、一歩あとに退《さが》った。

「オバQ、言ったじゃないか。この事件のことは知らん顔していないと、犯人に命《いのち》をねらわれるって。僕だけが犯人の顔を知ってるんじゃや、僕、殺されちまうよ」

「心配するなよ。その男の人相を教えてくれよ。そしたら、あとは僕がやる」

「人相って言っても」

コーヒーは考え込んだ。

「口では言えないんだよ。背は高かったけど、背の高い人間はいっぱいいるし、縮れっ毛とか、ホクロがあるとかって特徴が何にもないんだよなあ」

「じゃあ、その人間をみつけだして、こっそり教えてくれ。自転車屋さんに行って聞いてみたらなんか手がかりがつかめるだろう」

それには、邪魔なかばんを、うちに置いて来なければならない。あとでコーヒーのうちへ迎えに行くからと約束して、途中の角で別れた。

うちへ帰って、大急ぎでおやつを食べた。腹ペコでは、探偵もなにもできやしない。それに今日のおやつは、大好きなドーナツだったから、いくら急いでいても食べないわけにはいかない。

食べ終って、自転車を出そうとしていたら、おふくろさんが、

「究《きゅう》、電話よ。西陽子《にしようこ》さんて方」

「西陽子なんて、知らないなあ」

「ネコのことで――って言えばわかるって」

「あ、ネコおばさんかあ！」

そういえば、ネコおばさんのノートに、僕も名前と電話番号を書いてきたのだった。

「櫟くんね。実は困ったことが起きたのよ。さっき縞の子ネコをもらって行った吉田くんが、返しに来たの。うちへ持って行ったら、叱られて、すぐ返して来なさいって言われたんですって。ま、そんなこともあるかもとは思ってたけど」

「じゃあ白ネコを持ってった女の子は？」

「あっちは大丈夫みたいよ」

「そんなのひどいや。僕たちが一生懸命校内放送のこと考えついて頼んだんじゃないか。それなのに、おばさんとこのネコがちゃっかり、もらい手がみつかって、僕のは駄目だなんて、ずるいよ」

「その点はわたしも考えたわ。だから今、あの丸山さんて女の子に電話して、白い子ネコと取替えて縞のほうをもらってくれないかって頼んでみたのよ。でも、あそこのうちでは、一家がシロを気に入って大騒ぎしてるんですって。だから駄目なのよ」

「困ったなあ」

「でも、校内放送を考えついたのは、やっぱりよかったわよ。だって茶ぶちのほうはちゃんと、もらい手がついたんだもの」

「うん、あれは大丈夫だよね」

「あの女の子は、おばあちゃんが飼いたいってはっきり言ってたんだからね。――まあ、こういう事情なんだから、縞ちゃんは当分うちで預っといてあげるわ。でもネコはなるべく小さいうちにもらわれて行くほうがいいから、わたしももらい手を探すけど、櫟くんのほうでもできるだけ努力してね」

「うん、そうする」

それ以上文句を言うわけにはいかない。だって、おとつい、子ネコを二匹も抱えて困りきっていたとき、預ってくれたのはこのおばさんなのだから。

「西さんてどなた？　きちんとした言葉づかいの方だけど、究にあんなお友だちができたの？」

受話器を置くと、おふくろさんが珍しそうに聞いた。

「詳しいことは、あとでゆっくり話すよ。いまは急用があるんだ。……あ、お母さん、うちでネコ飼っちゃいけない？　とってもかわいい子ネコなんだけど」

「なによ、だしぬけに。犬やネコは駄目って言ってるでしょ。お母さん、動物は嫌いじゃないけど、むかし飼っていたジョンが車にひかれたので、もういやなのよ」

やっぱり駄目か。でも、ともかくいまは、ネコのことよりも、あの男のことが先だ。

自転車でコーヒーの家に行くと、彼も、自転車を団地の入口のところまで持ち出して待っていた。ブレーキは、きのう修理ができて来たのだ。

　僕たちは、よく自転車を壊すし、十円玉を入れる空気入れの機械を使わせてもらうこともあるので、自転車屋のおじさんとはおなじみだ。

「ゆうべ、八時過ぎに来た、男のお客さんだって？　さあてね」

　おじさんはちょっと考えていたが、

「確か三人来たと思うけど、その中のどれかな」

「三人て、どこの人？」

「松下《まつした》さんと、菅《すが》さんと中元《なかもと》さんだ」

「よく名前知ってるなあ」

「修理に持って来る自転車には、みんな名前書いてあるからね。自然に憶えるんだよ」

「その人たちのうちも知ってる？」

「詳しくは知らないな。松下さんのことはよく知ってるけど。区役所に勤めてる人で、公団の三号棟だ」

「なんだ、僕んちの近くだ」

　と、コーヒーが言った。

「そうかい？　菅さんは、会社員らしいな。薬局の二階に下宿してるとか聞いた。どこの薬局か知らないけど。中元さんは大学生で、家は、三丁目の消防署の先らしい。ま、そんなとこしかわからないよ」

「それだけでもわかればいいよ。ありがと」

僕たちはまず、松下さんから始めることにした。コーヒーのうちのある団地に逆戻りした。三号棟の入口の名札を一つ一つ見てゆくと、

「あった。四〇三だから四階だ」

「四〇四に、僕の知ってる子がいるんだよ。中学生だけど。その子に聞いてみよう」

その中学生は、ちょうど学校から帰って来ていた。

「ちょっとちょっと。聞きたいことがあるんだ」

コーヒーが、中学生を階段の下まで呼び出した。

「松下さんのこと？　どんな人って、とってもいい人だよ。アンパイアの資格もってて、野球のことならよく教えてくれるよ」

「へえ？　じゃあ審判をやるの？」

「ああ、草野球のね。土曜日に、弟のはいってるリトルリーグの試合が、区のグランドであったけど、その時は主審だったらしいよ」

「土曜日っておとつい？」

「うん。おとついの午後だ。二時から四時頃まで」

それが確かなら、松下さんは人殺しなんかできなかったはずだ。いくらリトルリーグだって、主審が試合の途中で姿を消したりしたら変に思われるに決っている。

僕たちは、中学生にお礼を言って、また自転車を走らせた。

今度は大変だった。この近くの薬局を一軒一軒聞いて歩くのだ。

六軒目のアガタ薬局でやっと聞き込みが成功した。

「菅さんならいるわよ。うちの二階に」

店番のおばさんが、僕たちの質問に答えてそう言ったのだ。

「いまもいる？」

「いまはいないわよ。お勤めだもの」

「毎日お勤めに行くの？」

「当りまえじゃない。サラリーマンが、毎日行かないでどうするのよ」

「土曜の午後も？」

「土曜日は大抵休んでるわね。週休二日制なんじゃないかな」

それだったら、犯人である可能性はおおいにあるわけだ。

「おとついの土曜日は、休んでうちにいた？　それとも出かけた？」

「あんたたち、なんでそんなに聞きたがるのよ。ひとのことなんか。へんな子」

「そのう……ちょっと調べてるんだよ。ほら、あの……何とか言うでしょう？　そうだ。実態調査だ」

「実態調査？」

「うん。僕たちも大きくなったらサラリーマンになるんだから、サラリーマンが、土曜日や日曜日にどんなことをして暮しているか調べてるんだよ。そしてグラフにかくんだ」

「いまの子供って苦労性なんだねえ。なにもいまっから大人になったときの休日の過し方なんか研究しておくことないじゃない。それにね、折角だけど、菅さんがおとつい何をしていたかなんて聞かれても困るわよ。いなかに帰ってたんだから」

「いなかに？」

「そう。親戚の結婚式があるとかでね。金曜の夜、帰ったのよ。戻ってきたのはきのうの夕方。いなかは仙台だから、かまぼこをおみやげに持って来てくれたわ」

菅さんは、金曜の夜から日曜まで、東京にいなかった。とすると、これも犯人ではないわけだ。

僕たちは三人目の調査にとりかかった。中元さんという人のうちは、消防署の先だという話だ。それだけのことで、わかるかどうか心細いけど、ともかくそっちのほうに行ってみることにした。

消防署を過ぎ、おとつい靴べらを拾った十字路を過ぎ、子ネコが鳴いていた空地のあたりまで来た時だった。自転車を並べて走っていたコーヒーが、

「あっ！」

と叫んだ。

「なんだ？」

「あそこにいる。あいつだ」

コーヒーは、よろけそうになって、自転車をとめて片足をついた。二十メートルくらいむこうの角のところに、大学生らしい若い男が四、五人かたまって何かしゃべっている。

「あの中の二人目だ。あいつだ」

「白いセーターを着てるの？」

「そうじゃない。反対だよ。左から二人目」

「あのジーンズのか」

背は、例の森戸四郎と同じくらい高い。顔が四角ばって、目も鼻も大きいほうだ。

「間違いないんだね？　あれが裏口から出て行った男だね」

コーヒーは、がくがくとうなずいた。

「ぼ……ぼ……僕。もう帰るよ。怖いや。あいつ人殺しなんだ」

「いいよ。帰っても。顔がわかったから、あとは僕が何とかする」

「だいじょうぶかい？」

「大丈夫だよ」

そうは言っても、僕だって怖くないわけじゃない。コーヒーが、自転車をくるりとまわして走って行ってしまったあと、しばらくは足がこわばったみたいで、その場につっ立っていた。

男たちは、二、三人は向うに、一人はこっちにというふうに、ばらばらの方向に歩き始めた。中の一人の白セーターが、こっちへやって来た。学校の帰りだとみえて、本をひもでしばったのを抱えている。やせて、わりと小柄な人だった。

「あのう」

と、僕は声をかけた。

「あそこにいた、ジーンズ着てた人、中元さんですか？」

「そうだよ」

白いセーターが立ちどまって答えた。

「中元さんのうち、どこですか？」

「あそこの角を曲って六軒目だよ。どうしてそんなこと聞くんだい」

白いセーターの目が、きら、と光ったような気がした。怖い怖いと思っているので、気のせいかもしれない。僕は「ありがとう」と言って、自転車で走り出した。

「中元」と表札の出ている家はすぐみつかった。玄関の前に敷石の敷いてある古風な家だ。カーポートにルーチェがはいっている。このあたりは、おとつい、ネコを飼ってくれるうちを探して一軒一軒歩いたので、どの家も見憶えがある。

その時だった。

「あっ、あんた。ちょうどよかったわ、ここで会えて」

うしろから声をかけられた。振返ると、眼鏡をかけたおかっぱの女の子だった。手に、茶色と白のぶちの子ネコをぶらさげている。

「このネコ、返すわ」

「えっ？」

「ネコおばさんのとこまで行くの遠いから、ここで返すの」

「だって、きみのおばあさんが飼いたいって……」

「おばあちゃんとこに持ってったのよ。そしたら、おばあちゃん、このネコ見て、これは、大きくなりそうだから厭だって。足が太くて長い子ネコは大きくなるんだって。だから返しに来たの」

「そんな勝手な」

「何が勝手よ。どうせ捨てネコじゃないの。おばあちゃんが、こんなのいらないから捨てておいでって言ったんだけど、捨てないで持って来てあげたのよ。リボンまでつけてさ」

ありがたく思え、と言わんばかりに、僕の手の中に子ネコをぽんと放り込んで、走って行ってしまった。

僕はもう、がっくりだった。結局子ネコは二匹とも返されて来てしまった。僕たちのやった努力は全部無駄だった。

子ネコは、乱暴にぶらさげられて来たので、くたびれたのだろう。僕の腕に顔をかくすようにしてすぐ眠ってしまった。その柔らかい毛をなでながら、もう一がんばり、がんばらなくちゃと思った。差し当ってしなければならないのは、中元という男のことを、もうすこし調べることだ。そうしないと、警察に行って話しても、取上げてくれないかもしれない。

僕は「中元」と表札の出ている門のブザーを押した。

ドアが開いて、男が顔を出した。ジーンズを着ている。背の高い、角ばった顔の男――中元だ。

「このネコ、空地に捨てられてたんです。飼ってやってください」

僕は、思いきって言った。

「おとついの午後三時頃にも一ぺん頼みに来たんです。そしたら、留守だったから」

「おとついの午後？」

中元の顔色が変った。が、すぐに、

「ははは。そりゃあ、きみの思い違いだよ。おとついといえば土曜日だろう？　土曜の午後は友だちが来て、二人で戦争ゲームやってたんだ。留守のわけはない。土曜の午後は、おれは一歩も外へ出なかったよ。ともかく、ネコなんか飼うわけにはいかない。持って帰れよ」

ドアが目の前で閉った。友だちと戦争ゲームをしてたって？　あの日の午後は、一歩も外へ出なかったって？　うそだ。だって、あの時、家の鍵が敷石の下に隠してあったじゃないか。僕は、ちゃんと憶えてるんだ。

僕はしゃがんで、いちばんはじっこの敷石を持ち上げてみた。今日は鍵はなかった。中元は、出かける時だけ、鍵をここへ隠して行くのだ。

僕は自転車で走り出した。片手で子ネコを抱えているので片手ハンドルだ。

電話ボックスをみつけて、自転車をおりた。サッカーボールの形をした小ぜに入れはポケットに入れて来た。だけど、どこへ電話をかけたらいいだろう？　警察？　たったこれだけの証拠で、警察はまじめに話を聞いてくれるだろうか？

しばらく考えて僕は、東都新報社のナンバーを回した。この番号なら、僕はそらで憶えているのだ。

「写真部をお願いします。写真部の櫟です」

でも、親父は仕事でどこかへ出かけていて、いなかった。僕は社会部の屋代さんを呼んでもらうことにした。

「なんだ、究ちゃんか」

電話口から屋代さんの声が聞えた。

「あのね。三丁目の殺人事件ね。住谷さんを殺した犯人をみつけたの」

僕は夢中でしゃべった。

「犯人は森戸四郎って人じゃないんだ。すぐ近くの男。あの時、あのうちの裏口から出て行ったんだ。それなのに、あの午後はうちにいて、どこにも出かけないで戦争ゲームやってたなんて言ってるんだ。でも、そんなのうそだっていう証拠があるんだ。僕……」

その時だった。いきなり肩ごしに、ぬっと腕が出て、電話の送受器をかけるところのボタンをガチッと押した。あっと思った瞬間には、僕はくびを絞めあげられていた。息が苦しい。気が遠くなりそうだ。子ネコが腕の中であばれる。ネコを落っことさないようにしっかり抱えたまま、僕は電話ボックスから引きずり出され、車の中に押込まれた。ハンドルをにぎっているのは白セーターだった。

車は、ほんのちょっと走って、中元の家の前に止った。人通りのないのを見すまして、男二人が、僕を押えつけて家の中に連れ込んだ。大きな手で口と鼻を押さえられているので、声をたてることもできない。

「しばらくここにはいっていろ。騒いだら絞め殺すぞ」

中元が、すごい目つきで言った。

そこは、物置みたいな部屋だった。窓は片ほうの壁に小さなのが一つあるだけで、木の格子がはまっている。タンスや茶箱なんかが、薄暗い部屋の中にごたごた置いてある。中元と友だちは、隣の部屋で、小さな声で何か話している。

僕は、体ががたがた震えだした。大変なことになっちまった。「騒いだら殺す」と言っていたけど、ここのうちは、わりあい大きな家で、格子のはまった窓の外は竹やぶだか雑木林だかになっているし、騒いだって人に聞えるかどうかわからない。誰かが助けに来てくれるとも思えない。

僕は、さっき屋代さんに電話で話した時、中元という名を言ったかしら？　どうも言わなかったような気がする。屋代さんは、電話がぷつっと切れたので、僕に何か起ったと思って心配しているだろうけど、犯人が誰なのかは、わかるわけがない。電話した時、何よりいちばん先に、中元の名前とここの家のことを言えばよかった。馬鹿だった。

たった一つ、よかった、と思うことがあった。それは、電話でコーヒーの名前を言わなかったことだ。あの男は、電話を立ち聞きしていたに違いないから、秘密を知っている子供がもう一人いると知ったら、つきとめて、コーヒーも殺すに決っている。

隣の部屋では、二人がまだ、ひそひそ何か相談している。何の相談か、僕にはわかるような気がした。秘密を知られた以上、あいつらは僕を生かしておくわけにいかない。どうやって始末しようかと相談しているのに違いない。

不意に、僕の足に柔らかいものがさわった。子ネコだ。僕が必死に抱えていたので、子ネコも一緒にこの部屋に放り込まれたのだ。チビネコは、おそろしいことも知らないで、そこらを歩きまわり、ひもの切れっぱしにじゃれている。

僕が殺される時、このネコも一緒に殺されるのだろうか。そんなのひどい。何とかしてネコだけでも助けてやりたい。

いいことを思いついた。窓だ。格子は、僕にはとても抜けられないが、子ネコなら、らくらく出られる。もう一度のらネコになるのはかわいそうだけど、殺されるよりはいいだろう。

僕は、ちょろちょろしている子ネコをつかまえて、窓のガラス戸をそっと開けた。ネコを外に出そうとして、はっとした。そうだ。こういう手がある。うまくいくかどうかはわからない。でも、こうなっては、うまくいってもいかなくても、できることは何でもやってみなくちゃ。

ポケットを探ったら、ありがたいことに、ミニ色鉛筆が一本出てきた。長さ五センチくらいで、両はじが赤と青になっている。チューインガムの当りくじでもらったのだ。部屋のすみに包み紙みたいなものがあったので、それをちぎって色鉛筆で字を書いた。

「ぼくは三丁目の殺人はん人の中元にとらえられている。殺される。この手紙を見た人、すぐけいさつに知らせてください。それから、公団住宅五号との杉岡に話をきいてください。早く。たすけて。六年　櫟　究介」

部屋の中はもうだいぶ暗くなっていた。窓のそばで、紙に目をくっつけるようにして書き終った。紙を細長く折って、子ネコのくびのリボンに結びつけた。

「頼む。うまくやってくれ」

格子のあいだからネコを突き出して、ぽとんと落した。

へんな裏庭に追い出されたので、子ネコはピイ、ピイ、と鳴き始めた。隣の部屋のやつらに気づかれないかと、僕は気が気でなかった。

そのうちに、鳴き声はだんだん遠くなって、どこかへ行ってしまった。

子ネコの声が聞えなくなると、僕はもうどうしていいかわからないほど淋しくなった。涙がぽろぽろ出て止まらなかった。

どのくらいの時間がたったろう。あたりはもう真暗だった。急にふすまがあいて、部屋の電灯がぱっとついた。

「おい。観念しろ。お前が余計なことをかぎまわったのが悪いんだからな」

二人の男は、僕の手や足をガムテープで動けないようにし、口にもガムテープをはりつけた。僕は、されるとおりにじっとしていた。もう、あばれたり騒いだりする元気がなかったのだ。

「おい毛布かなんかでくるんで、荷物みたいにしろ。近所のやつに見られたりすると困る」

中元が言った。

毛布にくるまれていても、いま外にかつぎ出されたな、いま車のトランクに入れられたな、ということはわかった。エンジンがかかって、車が走りだした。僕は、息が苦しくてちっ息《そく》しそうだった。頭を振って、やっと毛布に少しすきまを作ったが、それでも気が遠くなって、このまま死んでしまいそうだ。

どこかでパトカーのサイレンが聞える。

――ああ、また誰か殺されたのかな。――

と、ぼんやり思った。

ところがだ。僕は助け出されて、無事にうちに帰って来た。まったく夢みたいだ。

手紙をつけた子ネコが歩いているのをみつけたのは、知らない高校生のお姉さんだった。その人は、手紙を読むと、びっくりして、すぐに警察にとんで行った。

パトカーが中元の家に駈けつけた時には、家にはもう誰もいなかった。でもあの家の車がメタリックシルバーのルーチェだとわかったので、東京中のパトカーに指令が出て、追跡されて、青梅街道でつかまってしまった。中元は、僕を毛布でくるんだまま貯水池に放り込むつもりだったのだ。

中元という大学生は、あの家の一人息子で、お父さんとお母さんが仕事で三ヵ月ほど外国に行ったのをいいことに、悪い友だちと二人でいろんな物を持ち出して売ったり、住谷さんからお金を借りたりした。住谷さんに『高い利子をつけてお金を返せ、返さないと、もうすぐ帰って来るお父さんに言いつける』と言われて、困ってしまって、殺して借用証を取って逃げたのだ。

釈放された森戸さんは、今日、羽鳥先生と二人であいさつに来た。森戸さんという人は、僕が考えていたほど厭な人ではなかった。大人にするようにていねいに、僕にお礼を言った。あの縮れっ毛はパーマをかけているんじゃなくて生れつきなのだそうだ。

「あの日は、住谷さんのピアノの調律をする約束があったのです。ところが行ってみたら殺されていた。その時、すぐその場で一一〇番すべきだったのですが、警察に通報したら何時間も事情を聞かれるだろうと思って。——あの日はどうしても仕事で行かなければならない所が三軒もあったのです。それでためらっていたところへ誰かはいって来たので、顔を合わせないように、べつの廊下を通って玄関から出たのですが、実はあれが究介くんたちだったのですね」

つまり、僕とコーヒーがあの家にはいって行った時、家の中には二人の人間がいたのだ。森戸さんと中元だ。中元は、人殺しをしたとたんに森戸さんがはいって来たので、あわててダイニングキッチンに隠れた。森戸さんは、僕たちがはいって来たので、べつのほうに隠れた。そして、中元は裏口から、森戸さんは玄関から逃げ出した。それをコーヒーと僕が一人ずつべつべつに見たものだから、ことがややこしくなったのだ。

「確かにねえ。警察とかかわりをもつと時間をくいますからね。敬遠したくなるのも無理はない。しかし、究介たちは子供なのに、現場を見ても通報しないで知らん顔をしていたのだから、どうかと思うな」

と親父が言った。そんなことを言われても困る。いまだに誰にも言ってないけど、僕が黙っていたのは、羽鳥先生のためなのだから。その羽鳥先生は、

「ほんとうに櫟くんのおかげです。結婚式には櫟くんを一番のお客さんとしてご招待しなくちゃ」

と言った。僕が心にえがいたような、うれしさいっぱいの笑顔だった。

森戸さんと羽鳥先生が帰って行ったあとで、僕は、親父とおふくろさんの顔を見くらべながら言った。

「ねえ、お願いがあるんだけど」

「なんだい、言ってごらん」

「あのチビネコ、うちで飼っちゃいけない？」

「究の手紙を運んでくれたネコか。いいとも。命の恩人なんだものな。いや恩ネコか」

「ほんとにいい？　お母さん」

「いいわよ。あんたが無事に帰って来たんだもの。ネコの一匹や二匹――」

「えっ？　いま何て言ったの？」

「ネコの一匹や二匹飼うくらい何でもないって言ったの」

「ほんとだね。あとで冗談だったなんて言うの厭だよ」

僕は、電話にとびついて、コーヒーのナンバーを回した。手紙を運んだネコは、コーヒーが警察から受け取って、ネコおばさんの所に戻してくれていた。

「コーヒー！　ニュース速報！　ニュース速報！　あのチビネコ、うちで飼っていいってさ。しかも、二匹飼っていいって。これから二人で連れに行こうよ」

親父とおふくろさんは、あっけにとられた顔で、僕のほうを眺めていた。

ミイスケとシマ子が、うちのネコになったのには、こういうわけがあるのだ。

眠れる森の醜女

戸川昌子

1931年、東京都生まれ。'62年、『大いなる幻影』で江戸川乱歩賞を受賞し、デビュー。著作活動の他に、シャンソン歌手としての音楽活動も行う。『猟人日記』は直木賞の候補にもなった。他の著書に『蒼ざめた肌』、『深い失速』、『火の接吻』、『青い部屋』などがある。

1

当日は、雷雨であった。

窪谷《くぼたに》浩三は、福岡から飛ぶはずの定期便が欠航したために鉄道に乗りかえ、K県のはずれまで、五時間もよけいに汽車の旅をしなければならなかった。

窪谷が、県境いの漁港を見おろす丘の上の病院に到着したときは、すでに日が暮れていた。

昼の一時に面会の約束をした病人と会えるかどうか心配であった。

丘の上まで、かなり急な石だたみの階段が続いていた。

専用のS字型のくねくねとしたコンクリート舗装の道もついていたが、窪谷は一直線に病院の玄関まで続いている階段を駈けのぼったのであった。

彼はまだ二十六歳の若さであったが、かなりの息切れを覚えた。その肉体的な苦痛が、かえって彼に自分は健康なのだという意識を強くさせた。

それにひきかえベッドの上に横たわっているあの女は、一足駈けることも、歩くことさえもおぼつかないであろう。

そう考えただけで、彼は胸に迫ってくるものを覚えた。

病院の入口で、警察からの紹介状と、タクシー会社の身分証明書とをさし出した。

病院はキリスト教系の病院で、看護婦はみな尼僧のような服装をしていた。そのことが窪谷に奇異な感を抱かせた。

「あなたが、K県の警察から照会のあった窪谷さんですね」

三十過ぎの受付の看護婦は、つとめて職業的な表情を保たせながらも、目の奥には好奇心の炎《ほむら》をちらつかせていた。

「ええ、わたしが窪谷浩三です。この悪天候で飛行機が遅れたものですから……患者には今日中に会えるでしょうか。もし駄目な場合は、すぐにとんぼがえりに帰って明日の勤務につきたいのです」

「大丈夫ですよ。担当の医師も、立ち会いの教会の神父さんも、あなたの来るのを待っています」

看護婦が微笑を浮かべた。それは、窪谷を無理にでも落ち着かせようとしている微笑であった。

「その前に書類に書き入れることがありますから、こちらの質問に答えてください。奥さんのお名前と生年月日は……」

「窪谷弘子、昭和二十二年四月十四日、二十三歳になります」

「家出をされたのはいつからですの」

「一年以上前です。すぐに警察にも届けましたし、心当たりの友人や知人のところを尋ねたのですが、今日まで消息がわかりませんでした」

「奥さんの持ち物で、とくに目印になるものはありますか」

「金のかまぼこ型の結婚指輪をしていましたが、たぶん、家出のときに処分したと思います。海の中へ投げ捨てるとか……そのくらい、わたしのことを嫌っていましたから……」

窪谷は、節くれだった自分の左手の薬指の結婚指輪を見つめた。彼は未だに妻の弘子を愛していたし、別れるつもりは毛頭なかった。

地面に頭をすりつけても、ただただ妻の弘子に帰ってきてもらいたい、それだけが、彼の願いであった。

「奥さんの躰に特徴はございますか。盲腸の手術の痕《あと》があるとか……」

「盲腸の傷痕があります。腹膜炎をおこして、かなりはっきりとした引きつれが残っています」

窪谷は躰を乗り出すようにして、看護婦の顔を覗きこんだ。心なしか看護婦の顔に、明るい表情が浮かんだ。

「患者さんにも盲腸の傷痕があります。あとで確認していただくことになると思いますわ」

「彼女の一番の特徴は、糸切り歯です。とても可愛らしくて、金で裏から補修してありますからすぐにわかります」

窪谷は、とても可愛らしいと言ってから、頬を赫《あか》らめた。間もなく、あれほど会いたかった妻に会うことが出来るのだ――。

今まで世間の人々にあられもなく見せてきた、ただ一方的に愛している捨てられた夫の顔はもうやめようと決心したばかりなのであった。

「お気の毒ですが、歯並びは参考になりません。本当に歯を治療したカルテがあると一番よろしいのですけれど……患者さんは、フロント・ガラスと激突したときに、歯が全部駄目になってしまっています。とてもひどい事故だったんですよ。奇蹟的に命は助かって、今日まで呼吸が出来ていることだけでも、天主《デウス》に感謝しなければなりませんわ」

看護婦は、胸の十字架を握りしめるようにした。

「ご対面のときには、担当医と神父さまが立ち会いますけれど、落着いて取り乱さないと約束してくださいますか。難しいかもしれませんけれど、ぜひ心の用意をしておいていただきたいのです」

「なるべく落着いているつもりですが、妻の顔はそんなに変ってしまっているのですか」

「片方の目は完全に失明しています。右の目はぼんやりと外界の光りの動きに反応するはずです。ときどき手はほんの少し動かしますが……それだけです」

「しかし……話は出来るのでしょう」

「そのことで担当医から説明がありますけれど、患者は病院に運び込まれたときから現在にいたるまで、ずっと眠り続けています。正確に言えば、眠り続けているというよりも意識がとざされている状態なのです。専門的な病名は、脳挫傷《のうざしょう》といって、激突のショックで脳の中がぐしゃぐしゃになってしまったのです」

「ああ……ひどい奴だ！　誰が運転していたんですか。殺してやる……」

窪谷は立ちあがった。おさえきれぬ怒りが躰中を駈けめぐっていた。

「神様がすでにお裁きになりました。運転者は衝突の折に即死しています」

「でも……しかし……弘子はなぜそんな男の車に乗っていたんだ！　相手は酔払っていたんでしょう」

窪谷は思わず顔を両手でおおうと、嗚咽《おえつ》をあげた。

「警察の調べでは、酔ってはいませんでした。もうすべて終ったことです。憎んではいけません。許してあげるのです」

窪谷は口を動かしたが、声にはならなかった。誰が許すものか……。

「患者さんは、一言も口が利けません。眠っている人間と同じことです。まだ強くゆさぶったりしてはいけません。おわかりですね」

看護婦は、取り乱している窪谷を見て、毅然《きぜん》とした態度にかわった。窪谷はズボンからハンカチを出すと鼻先をおさえた。

「それじゃ……顔を見ただけでは、妻の弘子かどうかわからないくらいひどいのですね」

「まあ、顔はじょじょに整形してもとに戻っています。最近では、眉毛の移植手術にまですすんでいますから、いつ意識が戻っても大丈夫ですわ。とにかく、お医者さまが全力をあげて努力してくださっているのですよ」

「妻は……意識を取り戻せるのですか。いつごろ取り戻せるのです」

「神様だけがご存知ですわ。病院のほうではここ一年のあいだ、考えられるだけの治療はほどこしました。アメリカやドイツから見えたお医者さまが、珍らしい例だというので診察していってくださったくらいです。人間の尽くすべき努力は、ぜんぶ尽くしたのです。あとは神様の御心だけですわ。対面の準備がすぐに終ります。あとしばらくお待ちください」

「わたしの他に、今まで何人の人が対面したのです」

立ちあがりかけた看護婦に、窪谷は質問した。

「十人近い方が対面なさいました。皆さん、一応の心当りがあっていらっしゃったんですけれど、どなたも違っていましたわ」

「彼女が病院に運びこまれたとき、持ち物は何も持っていなかったんですか。身分証明書とか、定期とか、手帳とか……」

「それがあれば問題なかったんですけれど……残念なことに……いいえ、不思議なことに、彼女が持っていたのはロザリオと祈禱書《きとう》だけだったんです」

看護婦はそう言うと、窪谷に背中を向けた。看護婦のかたちのいい脚首を見ながら、窪谷は、家出前に彼の前で活発に、時には挑発的に動いていた肉感的な妻の白い脚を思い出していた。

2

女はベッドの上に横たわっていた。

周りをかこんでいる医師と神父と看護婦が邪魔になって、顔は見えなかった。

病室の人間が、いっせいに窪谷のほうを振りかえった。

目には猜疑《さいぎ》心と、希望と、憐みと、一種の感歎の表情のようなものが、微妙に入り混っていた。

「あなたが窪谷さんですね。患者のことで、一言ご説明しておきます。患者は昏睡《こんすい》状態で、誰のことも識別出来ません。向うからは、あなたがご主人かどうか決めることは出来ないのです」

白衣の担当医は、先ほど看護婦が言ったのとほぼ同じ内容のことを、医学用語をまじえて説明した。

医者の結論は、さし当っての判断の基準になるのは、患者の肉体的な特徴だけだということであった。

「あなたは警察でも、それからわたしどもの看護婦にも、家出された奥さんには盲腸の傷痕があると仰言ったそうですね」

「ええ、家内のやつは腹膜をやりましたからね、だいぶ引きつれていました。見ればすぐにわかります」

窪谷は意気ごんで言ってから、ベッドの上の患者のほうに視線を移した。

患者の顔は白いデスマスクのようなものでおおわれていた。

「先に盲腸の傷痕を見ていただきましょう」

窪谷のデスマスクに対する関心を無視して、医師が事務的に看護婦に命じた。

部屋には看護婦が二人いた。若いほうの看護婦が、患者の毛布をそっと取った。

患者の寝巻は、唐草模様の入ったネルの寝巻だった。

鮮かな紫色の腰紐を結んでいる。

バザーなどの寄贈物が多いせいで、病人が普通とは違う寝巻を着ているのだと、窪谷はあとで教えられた。

そのときは、唐草模様の寝巻の柄と紫色の腰紐の対照が、強い印象で窪谷にせまった。

一時期、博物館でアルバイトをしたことのある窪谷には、日本の宝物がこのような感じで包まれていることを思い出したのだった。

年上の看護婦が、馴れた手つきで病人の腰紐をしごくようにして、抜いた。病人の体重のせいであろう、腰紐がシーツにすれるキュッという音が、しんとした病室の中に鳴った。

看護婦は二枚の純白のタオルで、患者の胸と少し盛りあがった叢《くさむら》の上をさりげなく隠した。

それから、寝巻の合わせ目をひろげた。

突然、患者の白い下腹部がむき出しになった。

窪谷にとっては、一年ぶりに見る妻の下腹部の柔らかな肌であった。

彼の内側から、欝積した吐き気のようなものがこみあげてきた。

「うっ……」という呻き声を、窪谷は思わず洩らしていた。彼は狼狽《ろうばい》し、目を血走らせ、それから、病室の全員が窪谷の反応を真剣に見つめていることを知った。

窪谷を前に、病院の関係者全員が彼の反応を測定しようと、真剣になっているのだ。

窪谷を本当に患者の夫かどうか、病院のほうでも独自の判断をしなければならないのであろう。

窪谷は患者のそばに寄り、白い下腹部の右側に、薄桃色にひきつれた盲腸の傷痕を見た。

傷痕は十センチ近くあった。あきらかに腹膜か、ないしは他の疾患が併発し、かなり困難な手術をした痕であった。

窪谷は、自分の掌を患者の下腹部の傷痕の上に置いた。生ま暖く、太いみみずのような傷痕の部分だけが、しこりのように硬かった。

おさえきれぬ感情が涙になって、自然にすっと流れた。

たしかに似ている傷痕であった。彼が妻と一緒に風呂に入り眺めたときの――あるいは結婚後一年ほど経って、寝室の明りをつけるのを妻が認めるようになったあとで、彼が欲望の波の昂まりに思わず唇をつけたその傷痕に、酷似《こくじ》していた。

けれども、妻の弘子の手術の傷痕とは、はっきりと違っている。

彼の妻の手術の痕のほうがずっと不手際で、傷の幅が広いのである。

少なくとも、そのときは、そうはっきりと判断が出来た。

ただ、出来ることなら、彼は患者の腿のあいだをおおっているタオルを剝ぎとり、下腹部のなだらかな起伏と、そこに続く黒い茂みとの距離をもった、いつもの妻の傷痕を見たいと思っていた。

彼はしばらく逡巡《しゅんじゅん》したあとで、思わず右手をのばすと患者の脚のつけ根をおおっているタオルを剝ぎ取った。

患者の花芯の周りをおおい隠している茂みは、彼の妻のにくらべてずっと柔らかく、栗色の感じであった。

神父は、窪谷の発作に似た行為と同時に顔をそむけて、視線をそらしていた。

「奥さんなのですね、間違いないのですね」

担当医が、先程とはうって変った興奮した声で念を押すように言った。

今までに十人ほどの対面者があったが、誰一人として患者の下腹部にかけたタオルを剝ぎ取ろうとした者はいなかったのだ。

窪谷の場合は特別であった。彼は家出した妻のあとを追い、妻に会った瞬間に、妻を裸にすることだけを考えていた。

それだけが、彼の執念そのものになっていたのだ。

病院の関係者は、窪谷の異常な熱意を、本当の夫だからなのだと錯覚したようであった。

神父が、ベッドのそばにひざまずいている窪谷の肩に両手を置いて、なにやらラテン語のようなもので祈禱をはじめた。

窪谷は目を閉じた。

《早く違うと言うのだ……これは妻の弘子ではない……ぜんぜん違う女なのだ……》

窪谷はうっすらと目を開いた。看護婦がちょうど、患者の白い大腿部に、寝巻をかけているところだった。

患者は一年も眠っているあいだに、かえって栄養が行き届くのか、まるで色街の女が糠《ぬか》で磨きあげた肌よりも、さらに白く滑らかな美しい肌をしていた。

「神様の思《おぼ》し召《め》しです。誰も恨んではいけません。神はあなたのために、妻の肉体を奇蹟的に守ってくださいました。あなたの妻は、今、眠っていますが、いつか神がお許しになればきっと目覚めるでしょう。それまでは、忍耐と奉仕の心をもって妻を看病し、その恢復を祈らなければなりません」

髪の毛の黒い神父が片言の日本語でゆっくり喋るのを聞いて、やっと相手がスペイン系の外人だということがわかった。

神父の片言の日本語が、妙に窪谷の心にしみる。

逃げてゆく妻のかわりに、たとえ眠り続けてはいても、いつも傍にいられる妻の躰があったとしたら、なんと仕合せなことだろうか。

「病院の皆さんもわたくしたちも、すべてがあなたを応援します。神の御心にしたがって、妻を傷つけた者を許し、妻を看取《みと》りなさい。キリストは仰言いました。汝、病めるときも健《すこ》やかなるときも妻を愛し……」

「わかりました。一所懸命に看病します。事故を起こした人間も憎みません」

窪谷は口の中でぶつぶつと呟いた。

神父や看護婦がいなくなると、担当医が窪谷をそばに呼んだ。

「わたしは医者の立場として、別のことを申しましょう。じつは、奥さんは、現在の医学の力では、意識が恢復する可能性は九十九パーセントありません。今日まで生きていることが、すでに奇蹟なのです……しかし、まだまだこの状態で生命力を持ち続けることが考えられます。ごらんのように、この患者の意識はすでに死んでいます……もっと悪い言葉で言えば、生ける屍《しかばね》です。それでも、奥さんを看病してゆく自信がありますか」

「でも……最後の一パーセントの望みはあるのでしょう。ぼくでやれるだけのことはやってみたいと思います」

窪谷は力なく言った。弘子のためならば、たとえ相手が実際に死にかけていても、十年でも二十年でもそばにいて看取ってやりたいと思うが、これが赤の他人だとなると、やはり心の躊躇《ためら》いを覚えたのであった。

「それから、たとえあなたがご主人でも、病人を相手のセックスは許されませんよ。

正直に言うと、患者の肉体は完全に健康です。月々の女性の生理も順調にあります。それだけに妊娠が心配なのです。患者は入院の際に、ロザリオと祈禱書を持っていました。病院と教会は、患者を信者と考えています。教会の信仰からいって、患者の避妊も堕胎も絶対に許されません。看護婦が二十四時間、病人のそばに付き添っています。もしも、あなたが普通の家庭生活を送りたいと思ったならば、奥さんと正式に離婚する手続きをおとりなさい。わたしは教会の立場とはべつに、あなたに協力しますよ」

担当医が、窪谷の目をじっと見つめるようにして、最後の条件を確認した。

窪谷はふと、自分の心を覗かれたのではないかと、慌てた。彼はベッドの上の眠っている女を抱きたいと、それだけを考えていたのだから……。

「仰言るとおりにします。しばらく弘子のそばに置いてください」

窪谷は、吃りながら言った。

3

病院側の窪谷に対する協力と心づかいは、百パーセントのものであった。

窪谷は勤務先のタクシー会社に休職届を出し、そのあいだの収入は病院側から支給されることになった。

だんだんと周りの人々の話で、この眠ったままの患者の療養費その他はいっさい教団から支給されているのだということがわかってきた。

窪谷が病院に来てから早くも一週間経ったが、彼にわからないことが二つ残っていた。

一つは交通事故を起こした相手であり、もう一つは患者の顔のことであった。

医者は近いうちに見せるからと言いながらも、なかなか患者の顔のマスクを取ってくれようとはしなかった。

窪谷の面会時間も、一日に二時間ほどと限られていたのである。

「先生、お願いです。妻の顔を見せてくださいませんか。どんなにひどい顔になっていてもかまいやしません。やはり妻の顔を見て、はっきりと確かめたいのです」

窪谷は担当の医者にくいさがった。もしかして顔を見たら、いくらひどく傷ついていても、妻の弘子だということがあり得るかもしれない——そういう奇蹟が起こり得るかもしれない——と思ったのだった。

不思議なもので、日が経ち、周りから眠り患者のご主人だと言われているうちに、ふと、先日見た患者の盲腸の傷痕は、やはり妻のものだったのではないかと思うことが多くなった。風呂あがりや、酒に酔ったときにほんの少し色づく、あの懐しい妻の盲腸の傷だったのではないか。

「顔を見せるのはかまわないが……もう少しあなたの気持が落ち着き、出来ることなら強い信仰を持ってからでないと困りますね。それが教団の方針なのです」

担当医は、ちょっと説明しにくそうであった。

「やはり……そんなにひどいのですか……しかし、ぼくは、妻がたとえどんな顔になっていても諦める決心をしています」

「顔の美しい醜いの問題ではないのですよ。あなたがベッドの上の病人を心だけで愛せるようになってもらわなくては困るのです。ベッドの上の病人を、肉の対象として考えるあいだは駄目です」

担当医の言葉から、教団の信者にならなければ患者の顔は見せてもらえないらしいと、窪谷はそのとき悟った。

そのあと窪谷は二週間ほど、丘の上の教会のミサに熱心に出席した。

洗礼も受けたのだった。

病人との面会時間も二時間に限られ、のどかで単調な漁港の風景を見おろす丘の上の病院なだけに、退屈に悩まされることもあった。

けれども、尼僧や漁港の素朴な信者たちに混じり、賛美歌の合唱とオルガンの響きに包まれていると、なぜか窪谷の心は休まるのである。

この期間の窪谷の心の動きは、比較的純粋なものであった。

ベッドの上で眠り続けている患者の秘密をあばいてやろうなどという、妙な思いつきや野心は少しもなかった。

洗礼を受けて三日後に、やっと初めての、妻との正式の対面を許された。

ベッドの上の患者がつけている、デスマスク状のものを取りはずし、顔を見てもよいとの許可が出たのだった。

窪谷は、たとえマスクの下から現われる患者の顔が、目鼻立ちの失われたのっぺらぼうであっても一生奉仕をし続けようと、真剣な気持で決心していた。

そうすれば、この一年のあいだ味わい続けたような、逃げた妻に対する狂気に近い思慕《しぼ》も忘れていられるだろうし、奉仕の精神で心も慰められるのではないだろうか。

この病院にいるかぎり、生活の心配はなかった。病院関係の車の運転などを自発的に手伝うと、人手不足のせいか大変に感謝される。

デスマスク状のものを取り除いての対面の時間まで、窪谷のこの純粋な気持に変りはなかった。

いよいよ対面というときは、スペイン人の神父と担当医と看護婦の三人が立ち会った。

「祈りの気持を持って、あなたの妻の顔を見つめてください。たとえ、どんなに以前と変っていても、疑いの心を持ってはいけません。奉仕の精神で暖く包んであげてください」

神父のラテン語の祈りの言葉が続き、ついで看護婦が、患者の顔をおおっているデスマスク状のものをそっと取った。

窪谷は、動悸を激しくさせ、その女の顔を凝視した。そしてしばらくのあいだ、躰が動かなかった。

ベッドの上の女の顔は、やはり彼の妻とは違っていた。いや、しかし、眉毛のあたりが似ているような気もする。

それ以上に窪谷を驚かせたことは、かなり修正したにしても、女の顔が女優にしてもおかしくないほど美しいことであった。

「出来るかぎりのことはして、もとの顔に近づけようとしました。けれどもひどい傷だったのです。わたしたちは、これが彼女の顔だという自信がありません。整形手術の枠は尽くしたのですが……」

担当医がなんとなく後めたいような表情で説明した。彼等は患者の顔を美しく整形したことに、躊躇《ためらい》を持っているようであった。

窪谷は、患者の顔が隠されていたのは醜さのためではなく、かえって成功しすぎた整形手術のためだという事情がわかってきた。

「妻の弘子とは、だいぶ顔が変っています」

窪谷は肩の力を落して言った。

病院側から、妻の写真を提出するように言われていたが、窪谷は人違いだと判定されることを恐れて、わざと不明瞭に映った若い頃の写真を見せただけであった。

「整形手術のせいも手伝って、顔の表情はほとんど動きません。視力もゼロに近いことですし、今までどおりマスクをかぶせておきます。あなたも奥さんの昔の顔を頭に思い浮べるようにしてください。それにこの整形の顔は暫定《ざんてい》的なものです。本人が意識を恢復したあかつきには、本人とよく相談して、もとの顔に近づけるようにします」

担当医が弁解するように言った。

意識の恢復の可能性が九十九パーセント絶望だとしたら、結局、顔の再手術も行われないということになる。

病院側が患者の顔にマスクをかけているのは、いろいろな問題を回避するためなのだろうと、窪谷は推察した。

「わたしは、妻の心の問題だけを考えるようにします。肉のことには、わたしの心をわずらわさせません。そのことが妻の魂を救うことになるのです」

窪谷は、優等生らしい発言をした。ミサのときに、神父がじゅんじゅんと説いてきかせた説教をそのまま口移しにしただけであった。

窪谷の奉仕の態度が固まってきたのをみると、一ヵ月後に窪谷は患者の半日間の看病を許されるようになった。

妻と夫という立場からいえば当然のことだが、そのくらい病院側は警戒していた。看護婦がそばに付き添っているのは前どおりだったが、患者の排泄物の処理は夫である彼の手ですることを認められた。

患者は鼻腔から胃まで通した細い管で、栄養物を摂っていた。そのほか栄養剤の注射はあるが、自分の意志で物を食べたり飲んだりということはない。

組織体は生きているが、完全に眠っているのと同じ状態なのである。

しかし患者の排泄物を処理するとき、相手の肉体が生きているのだという新鮮な感動を、窪谷は持った。

「ご自分の手で、奥さんのお世話が出来て嬉しいでしょうね」

看護婦は涙ぐんで言った。

窪谷は、患者の寝巻の前をひろげるとき、少し汗くさい、けれどもいかにも若い女らしい体臭が彼の鼻腔にまつわりついても、肉の欲望は抱かなかった。

その段階でも、窪谷はまだ純粋な気持だったのである。

彼の心の中で、肉欲の悪魔が蠢《うごめ》きはじめ、それが強い衝動となって彼をつき動かしたのは、病人の世話をして更に一週間ほど経ってからであった。

立ち会いの看護婦が急患で、窪谷ひとりが病人のそばに残ることになった。

彼が白衣を着て、患者のおしめの交換をしているときであった。

窪谷は誰の視線に邪魔されることなく、患者の裸をゆっくりと見ることが出来た。

神父は、病人の裸を、決して肉の対象として見てはならないと言った。けれども窪谷は、もう一年近く妻と交わっていなかった。

妻というよりも、女と交わっていなかった。自分から逃げて行った妻に対しての強い執着と未練が、他の女を抱く気持を彼に起こさせなかったのだ。

夜、眠りの中で、彼のすぐ傍《かたわら》に女の白い肢体があらわれ、彼はその肢体と交わり、夢精をした。

今、目の前にあるのは夢の中の女ではなくて、現実の世界の手応えのある女の躰であった。

もともと肌の白い女なのであろうが、それに栄養と休息が行き届いて、とくに腿の内側の皮膚などは、薄桃色につやつやと光っていた。

窪谷は、そっと女の膝の裏側の窪みに手を触れた。

手先にじーんとその感触が伝わり、欲情が躰中を突き抜けるような気がする。

突然、自分でも抑制出来ないほどの激情が襲いかかってきた。

彼は、うっという呻きを洩らすと、女の腿の内側に顔を埋め、子供のように頬をすりつけた。

その単純な発作を実行することで、彼は気持がやや静まるのを感じた。

神父さんの言葉に反してはならない……肉欲の対象にしてはならない……。

窪谷は自分に言い聞かせた。けれども彼の手と指だけは、意志に反して動き続けた。

彼の所有物である、夫としての権利の領界である女の柔らかい隠微な部分へと近づいていた。

彼は後めたさと肉欲とのあいだでさいなまれながらも、そろそろと指を動かし、茂みをかきわけるようにして割れ目の奥をさぐった。

反応が感じられたのは、しばらく経ってからのことであった。彼は自分の指先に微かな潤いが拡がりはじめ、患者の芯が生き生きと息づくのを知った。

神父たちが恐れていたのは、そのことなのである。

窪谷は思わずあたりを見廻すと、病室のドアの鍵をおろした。付き添いの看護婦が戻るまで、もう暫くの猶予のあることを祈った。

彼は裸になり、夫としての権利を果そうとして逞しくいきりたっている躰とともに、ベッドの上の眠り続けている患者の脚を押しあけるようにした。

彼の躰の下には生きた人形があった。

彼はふと、神父の叱責や担当医の怒りを思い出し、躊躇《ためら》った。

彼は猛りたった自分の躰を患者の腿のあいだに托し、なだめすかすように躰を動かすとすぐに欲望を果し終えた。

窪谷のこの行為は、あっけなく病院側の知るところとなった。

彼は、神父と担当医のところへ呼び出された。

「申訳ないと思っています……二度とこのような真似は致しません。しかし、眠っている妻とは交わりませんでした」

窪谷は誓いの言葉を述べたあとで、病院に残ることを許された。

二度と同じようなことを繰り返せば、ただちに病院を追放するという約束をしたあとで……。

4

窪谷が病院側にとって、ややもてあましものの感じになったのは、さらに半月ほど経ってからのことであった。

彼のすることに異常なところが見えはじめたのだった。

病人の枕もとに立って、一時間でも二時間でもじっと胸のあたりを見つめている。

そんな頃、それに油を注ぎかけるように、事故の原因を窪谷に耳打ちする者が現れた。

悪気でしたことではなかったが、病院側に対する武器を与えたようなものであった。

「眠り患者のご主人さん、あんたは仕合せ者だねえ。本当に神様に感謝しなければいけないよ」

　調子にのって窪谷に話したのは、病院の賄《まかない》婦の老婆であった。人は悪くないのだが口が軽く、そのうえ考えが浅墓《あさはか》であった。

「わたしは感謝していますよ。こんなに病院でよくしてもらって、なんの心配もなく妻の看病をして暮せるなんて夢のようですよ」

「そうだろうね。これもみなロドリゲス神父さまが、あんたの奥さんの身替りになって死んでくださったからだよ」

「それは……どういう意味なんです」

「これはもう、あんたの信仰が固まったから言うのだけれど、奥さんが事故にあった車を運転していたのは、ヨーロッパから来たばかりの若い神父さまだったんだよ。前途有望の、みんなに親切にしてくださる、そりゃ立派ないい神父さんだった……本当に惜しいひとを失くしてしまったわ」

　賄婦は、一瞬、ベッドの上で眠り続けているあの患者が生き残ったのがいけないのだといわんばかりの表情をした。

《神父さまが生き残って、あの女が死ねばよかったのに……》

「それじゃあ……あの女は……いや、家内は、その神父さまの教え子だったのですか」

「いいえ、教会に来ている女じゃなかったんだよ。ロドリゲス神父さまは親切な方だったから、きっと乗り物がなくなって歩いていたあんたの奥さんを、助手台に乗せてあげたんだろうよ」

「事故が起こった場所は、一体どこだったんです」

「馬車坂の、一番カーブの険《けわ》しい崖《がけ》のところだったね。ブレーキが駄目になっていた様子もないから、きっと上から飛ばしてきた車を、神父さまのほうで落ちるのを承知でよけてあげたんだろう。あの神父さまときたら、そういう優しいところのある方だったからね……」

賄婦の老婆は、まるで死んだ恋人を回顧して自慢するように、目を輝かせて、とくとくと喋っていた。すべて、運転をしていた神父にとって有利なように説明し、推測するのであった。

窪谷は、最初は賄婦の言葉を素直に聞いていた。なんの疑問も持たなかった。

「その神父さまは、どこに出かけられたのです」

「H県に集会があったんですよ。自分で車を運転して行かれてね……あんたの奥さんをどこで乗せたのか、警察やなにかでずいぶん調べたらしいけれど、全然わからなかったらしいよ。とにかく、あの若い神父さまは、眠り患者の身替りになって死んでくださった」

「本当に……感謝しなければなりません」

窪谷は、六十過ぎの喋り好きの賄婦の話を聞いたあと、暫くして素朴な疑問を持った。

なぜ、病院や教会側は、最初から運転者のことを伏せていたのであろうか。

なぜ、窪谷に、ありのままの事実を知らせようとしなかったのだろうか。それに、未だに黙っているのはなぜなのだろうか。

もしもベッドの上の患者が本当に窪谷の妻だとしたら、どんな理由があろうと、それ相応の謝罪と賠償があってしかるべきなのである。

なんとなく、窪谷が、夫としての当然の発言が出来ないような立場に置かれてしまっている。

病院や教会側のやり方が巧みなのであろうか……。

それとも何か、他に隠された理由があるのだろうか。

少なくとも最初の段階で、運転していた人間の名前くらい教えてくれてもよいではないか。

窪谷の気持に荒廃した部分が生れたのは、この頃からであった。

窪谷は街まで降りてゆき、警察署に行くと、事故の模様を改めて質問した。

この地方の警察は、終戦以来、丘の上の病院と教会の外人に対して、治外法権的な感情を持っているらしく、遠慮がちに大ざっぱな事故の模様を話しただけであった。

「対向車を避けて、自分からガード・レールを突き破って崖から落ちたとも考えられますな。事故現場にブレーキの跡が全然ないんですよ。神父さまが自殺をするなんてことは考えられませんものな……一緒に乗っていたあんたの奥さんには気の毒だったが、まあ、考えようによっては、家出していた奥さんと毎日会うことが出来るんだ。終ったことをくよくよ考えないで、未来に希望を持ちなさい。奥さんの意識が戻れば、事故の模様もくわしくわかる……」

年寄りの人の好さそうな警部は、窪谷を慰めて肩を叩いた。

窪谷が妻に家出されていた事情は、すでに町の人々は知っているようであった。眠り患者は家出人で、やっと夫が発見し、今は仕合せに日夜看護に励んでいるという伝説が、自然と出来上っているふうであった。

窪谷は警察を出てから町の映画館で二本立の映画を観、それから赤いネオンのついている小さな一軒のバーに入った。

あのベッドの上の女が、事故当時、若い神父と同乗していたということを聞いて以来、彼の気持はどうにも落着かなくなっていた。

窪谷は悪魔の水と知りながら、久しぶりにウイスキーをあおった。

酔が急速にまわってくる。

窪谷にとって決定的に不幸だったことは、バーに来ていた地元の客が、丘の上の病院の眠り患者のことで噂話をはじめたことであった。

「この前、テレビ局の人間が来て取材して行ったけれど、丘の病院の眠り患者は大変な美人だという話じゃないか。整形手術をしてもとの顔に戻すのに一年もかかったとか……普通の人間と違って眠り続けているので、皮膚の恢復ぶりが奇蹟的なのだそうだ。そりゃ、ふるいつきたくなるような美人になったとよ」

「テレビ局で写真を撮らせろと言ったけれど、病院で断わったそうだ。なんでもあの眠り患者は、もとはあまりいい顔をしていなかったらしい。それどころか、たいへんな醜女《しこめ》だったそうだ。それが教会の奇蹟で、驚くほどの美人に生れ変ったのだ。しかし、信者以外には、あの女の顔は見せないそうだ」

カウンターの前で飲んでいたのは、地元の商店街の旦那衆らしい数名の男たちであった。

それぞれが口々に、情報と称するものを披露しあっていた。

誰も、ボックス席で頭をかかえて酔っている窪谷のことには注意を払わなかった。

「そりゃ奇蹟じゃないよ。教団のほうに弱味があるんで、めったやたらと金をかけて整形手術を一年がかりでやったんだ。もともと女優の卵かなんかで、いい女だったらしい。私の聞いた話じゃ、神戸のクラブで歌をうたっていたんだそうだよ。それが失恋かなにかして教会に行ったところ、あの若い外人の神父に甘い言葉をかけられたんだ。尼僧にしてやるからとかなんとか言われて車に乗せられて、一日がかりで馬車坂まで来た。あの辺は車を茂みの中へ入れれば誰にも見えやしない。外人の若い神父に口説かれて躰を許したんだ。つまり、カー・セックスの最中に車のサイド・ブレーキがゆるんで、あの事故が起きたというわけさ」

町の人間は、丘の上の教会や病院の人間たちに悪意と妙な好奇心を持っているとみえて、次々と意地の悪い噂話を続けていた。

「いや、違う、違う……真相はそうじゃないんだ。これは警察病院で事故の処理をした医者から聞いた話だから、間違いないよ」

本屋の主人だという男が、最後に立ちあがるとわざと声をひそめた。いかにも信憑《しんぴょう》性《せい》のある話といった感じだった。

「あの生き残った女のほうは、顔が滅茶苦茶になり、歯も全部砕けていたそうだ。その女の口の中に、死んだ外人の神父の血液型と同じ精液が、大量に残っていたそうだ。事故の処理をした警察の医者がそう言うのだから間違いない。まあ、これは大きな声じゃあ言えないことだが、こういう話はすぐに拡がってしまうものなのだ」

頭の禿げた、かなり年配の男はそう言うと、大きく咳をした。

この話が窪谷にとって致命的となった。それからあとの、彼の行動の発条《ばね》となった。

窪谷はふらふらと立ちあがると、勘定をすましてバーの外に出た。

「なんでも女の亭主が大阪から来て、看病しているそうだ。だけど女のほうは意識がなくて、もうすぐ死ぬっていうじゃないか……」

無責任で苛酷な話題が、またしても窪谷を追いかけた。

しかし、彼はもうバーの客たちの言葉を聞いていなかった。

彼の目には、ベッドの上で眠っている美しい患者の唇と、その柔らかい唇に包み込まれている若い外人神父の薄桃色のセックスしか映っていなかった。

5

窪谷が病院の担当医や神父を手こずらせはじめたのは、そのあとのことだった。

「家内を連れて帰りたいのですが……今の状態で退院出来ますか」

「馬鹿なことを言ってはいけないよ。二十四時間、完全看護をしていないかぎり、患者の生命は保証出来ない。いつ、どんな異変が起るともかぎらない」

担当医は婉曲《えんきょく》に断ったが、病院側が本当に恐れていたのは、窪谷が患者を勝手に病院の外へ連れ出し、自由にすることであった。

病院は、ベッドの上の患者を、保護を必要とする赤ん坊のようなものと考えていた。無知な夫の手に引き渡せば、当然おこるのは夫の肉体上の交渉である。

患者が、奇蹟の美人といわれているだけに、なおさらであった。

「家内が事故を起こしたときに運転していたのは、神父さんだっていうじゃありませんか。理由はどうあれ、どうしてわたしの家内をこんな傷ものにしてくれたんです。そっちが一生、家内の面倒を見るのは勿論、わたしにも損害賠償を払ってもらいたいね」

「きみ、病院に対してそんな口を利くものじゃない。出来る限りのことを精一杯やっているじゃないか。みんなが、あの患者のために、どれだけの苦労をしていると思っているのだ」

担当医はまだ若かったので、患者の夫を怒鳴りつけるようにした。

窪谷は毎日、病院の中で酒を飲むようになった。

病院の中での飲酒は、当然、禁じられている。

「病院の規則だから、酒を飲んではいけない。酒を飲むくらいなら、すぐにここを出て行きなさい」

担当医が厳しい声で命令した。

窪谷は反撥した。

「冗談じゃない。家内さえ帰してくれれば、いつだって病院を出て行くさ。女房を祭りの見世物にすれば、てき屋の世界でだって喰っていける。あんたたちが、女房を絶世の美人にしてくれたんだ。世の中には物好きな男だって一杯いる。眠っている女房に売春をさせれば、金だってざくざく入ってくる」

窪谷は、言ってはならないことを口にした。担当医に思いきり殴られたのは、この時である。

一、二ヵ月のあいだに、患者の夫と病院の関係は急速に険悪な状態になっていった。

窪谷は病院の中に、看護婦用の個室を一つもらっていた。

真夜中に、この個室のベッドをおりて、眠り患者の部屋の前までやってくる。酒を飲んでいるので、付き添いの看護婦が怖がって、病室のドアの鍵を内側からかけていた。

窪谷は、そのドアを音を立てて叩くのである。

「あけろ！　なぜ、自分の女房に会っちゃいけないのだ。あけろ！　警察を呼ぶぞ。おれは被害者なんだ。あけろ！」

大声で叫ぶが、誰も相手にしなかった。深夜の病院の中は、無気味なくらいしんと静まりかえっている。

他の病人から苦情が出そうなものだが、病院全体がこの一種の受難に耐えていた。

そんな状態が、一週間ほど続いた。

窪谷は夜中になると病室のドアを叩き、朝まで廊下で眠りこけているようなことがある。

昼間、酒がさめると、体裁わるそうに恐縮したような顔で、薪割りなどを手伝っていた。

ある日、意外なことに病室のドアが開いた。いつものように泥酔し、真夜中に嫌がらせのために病室のドアを叩きノブを廻すと、ドアが開いたのである。

窪谷は、かえって驚いた。酔いが急速にさめてゆくような気がした。

深夜の病室は、シェードをかけた小さなスタンドがベッドの枕もとに一つ置いてあるだけだった。ぼんやりとした明りの中に、女の躰を包みこんでいる純白の蒲団の盛り上りが目にしみる。

病室の中には看護婦がいなかった。急患ができ、鍵をかけ忘れて病室を出たのだと、窪谷は酔いで混濁した頭の中で判断した。

彼は病室のドアの鍵を内側からかけた。とうとう妻の躰を独占出来るのだという歓びが、躰中に湧いた。

ベッドの上の患者は、相変らず白いデスマスク状のものをつけて、安静を保っている。

窪谷はスタンドのシェードをずらし、光りを患者の下半身にあてるようにした。

彼がたしかめたかったのは、下腹部の盲腸の傷であった。腹膜を併発したその傷痕が、彼と、家出をした妻とを結ぶ一番の思い出なのであった。

窪谷はおそるおそるベッドの上の患者の毛布を剥いだ。寝巻の腰紐をほどいた手先が微かに震えていた。

患者にはおしめが当ててあった。

幼児のようなおしめを取ると、突然、目の前にクローズアップされるように、成熟した女の下半身がむき出しになった。

窪谷は、自分の酔眼を疑った。

下腹部の傷痕は、いつも見るときよりも更に縮んで見えた。傷あとは変化するのかもしれない——と窪谷は思った。

《なにしろ奇蹟の女だからな……》

窪谷は心の中で呟き、そっと患者の下腹部を撫ぜた。傷の上だけが、わずかにこりこりと硬かった。

もしかしたら、この女はやはり家出した自分の妻かもしれない……。

いや、絶対に違う女だ。なんの関係もない、外人の神父が拾ってきた女だ……。

窪谷はそんな自問自答を繰りかえしたあとで、患者の花びらの薄い花芯に、彼の節くれだった指を埋めた。

家出した妻の躰の記憶を、少しでもさぐろうとしたのだった。

眠っているはずの、意識の全くないはずの患者の躰の芯は、滑らかに潤いはじめていた。窪谷の接触の深さの度合に、敏感に反応していた。

窪谷は、さらに深く指を沈めた。寝巻の前合せからこぼれて見える乳首が、かすかにゆれたような気がする。

患者の下半身全体も、心なしかゆるやかに蠢動《しゅんどう》し、波打っているように思えた。奇蹟がおこって、患者の躰の機能がよみがえるかもしれない。眠りから、突然さめるかもしれない——窪谷はこのことを、ある程度、真剣に考えた。

その考えと、彼の性的な欲望とがちょうど一致した。

ベッドの上の患者と交わろうという考えが、はっきりとした形をとった。それまでは、直接の営みは考えていなかったのである。どちらかといえば、眺めることや軽い愛撫に心をとらわれていた。

窪谷はベッドの上に乗ると、眠り患者の脚を両膝で押し開き、彼の固く屹立《きつりつ》した躰を押し沈めた。

また、患者の下半身が波打つような気がする。

不安と快感とが、交互に窪谷をとらえていた。

彼が強く動くたびに、ベッドが大きく軋《きし》んだ。患者の躰は無抵抗で、柔らかな物体のようでもあり、ときには下肢の痙攣とかすかな硬直が混るようにも思えた。

窪谷は一気に快楽の坂をのぼりつめた。一年以上欝積していた欲望が、一挙に激しく吐き出された。

彼は渾身《こんしん》の力で患者の躰を抱きしめ、背中に爪を立て、両脚で砕けんばかりに締めつけ、さらには患者の首筋に歯の痕を残した。

マスクの裏側から、軽い呻きのような声が洩れたのは、そのときであった。

眠り患者はそれまでにも、小さな呻き声のようなものと、左手で物を軽く握りしめるような、かすかな筋肉の反応は見せていた。

けれども、そのときの呻きは連続して起こった。

窪谷は、「弘子……弘子……」と叫びながら、患者の顔をおおっているデスマスク状のものを取った。

薄暗い明りが下からきているせいか、患者の顔が歪《ゆが》んで見えた。患者は、血が出るほど下唇を嚙みしめていた。

それは窪谷の動きにつれて、更に激しくなった。必死に快楽の昂まりに耐えているのが窪谷にもわかった。

次の瞬間、窪谷の全身に恐怖の感情が襲いかかった。

《患者は完全に目覚めている！》

窪谷は、うっと喉の奥で呻いた。そして改めて、患者の顔の上にスタンドの明りを持って行った。

患者の顔は溶けていた。少なくとも、あの整形で無表情なまでに整えられていた美しい顔ではなかった。

汗が噴き出し、狭い額に皺が刻まれ、低い鼻腔はふくらんで、むき出しになった歯ぐきが下唇を噛んでいた。

完全に醜女《しこめ》の顔であった。

三十分ほど経って、窪谷は蹌踉《そうろう》と、眠り患者の部屋を出て来た。

その患者の顔が、第三病棟のほうでときどき見かける見習い看護婦の顔と酷似しているにもかかわらず、彼は一度もそのことには気づかなかった。

奇蹟が起こったのだと思いこんでいた。彼が禁じられていたことを破って醜い肉の交わりをしたために、眠り患者の美しい顔が無残にも崩れ、溶けてしまったのだとばかり考えていた。

6

窪谷が、馬車坂峠の断崖から青い海めがけて身を投げたのは、それから数日後のことであった。

病院の人々は同情はしたものの、当然のこととしてこの事実を受け取った。

神父だけが、窪谷からこの晩のことで告白を受けていた。

「神父さま、どうかお許しください……あの意識不明の眠り続けている妻と、とうとう肉の交わりをしてしまいました。気狂いみたいに妻を愛していたのです……欲しかったのです……妻の心も、肉体も、どこもここも愛していました。でも、いけないことだったのですね。神様がわたしをお罰しになりました。あの最中に、妻の顔を変えてしまわれたのです……」

窪谷は躰を震わせて、神父に訴えた。

告白を受けた神父は、その晩の事情を知らなかった。

彼は患者の夫の訴える奇蹟を、どのように扱ってよいのかわからなかった。

敬虔《けいけん》な祈りを捧げたあとで、窪谷の肩に手を置いた。

「なにもかも神の思し召しです。あなたは許されるでしょう」

「もしかしたらベッドの上の女は、わたしの妻ではないかもしれません。それでも、わたしが妻を愛してきたことには間違いありません」

「それでも、あなたは許されるでしょう」

神父は優しく、患者の夫と自称する男の頭の上に手を置いた。

神父が担当医から本当の事情を聞いたのは、そのあとのことであった。

「眠り患者のことですが、看護婦全員が患者の夫のことを恐れています。深夜に騒いで、他の病人たちに迷惑をかけても、誰も黙っています」

「あの男の立場を考えたら、それも許してやらなければなりません。やがて本人が悟るでしょう」

「しかし……看護婦たちは、われわれのやり方が生まぬるいと感じました。患者の夫は、さかりのついた犬と同じだというのです。第三病棟の看護婦で、自分から、このさかりのついた犬の犠牲になることを申し出たものがいます。短い時期ですが、結婚の経験があり、将来、修道尼看護婦になれる資格のない女です。信仰心と犠牲心の強い女で、赤ん坊のような眠り患者が犯されて妊娠するくらいなら、自分が患者の夫の相手をすると申し出ました」

「あなたのところに申し出たのですか」

「そうです。他の看護婦には黙っていて欲しいと申しました。自分が許されなければ、きっとあとの看護婦が自発的に申し出るであろう。いや、それよりも当直に当った看護婦が、たとえ処女の身でも眠り患者のために身替りになってしまうだろうと言うのです。第三病棟の自分ならば、結婚の経験もあり、犠牲になるのに一番ふさわしいと申し出たのです。わたしは彼女の申し出を聞かない振りをしました。そのようなことを、わたしの立場から認めるわけにはいきません。といって、やめさせることも出来ないのです」

「その見習い看護婦は、眠り患者が子供を生んだことを知っていますか」

「いや、知らないと思います。眠り患者が入院後、妊娠していることを発見され、普通人のような分娩をして、外人神父との混血児を生んだことはほとんどの者が知りません。病院の関係者でも、付き添いと古い看護婦の数名だけです」

「生れた赤ん坊が、北海道の孤児院で育てられていることも、誰も知りませんね」

「ええ、知りません」

担当医は心もち蒼ざめた表情で答えた。

神父と担当医とのあいだで、しばらくのあいだ長い沈黙があった。

「あの男は、わたしのところに告白にきたが、また何日かして躰の中に欲望が昂まってくると、患者のベッドへ戻って行くだろうか」

「もちろん行くと思いますね。かなり性欲の強い男のようですから……第三病棟の見習い看護婦は、そのたびに患者の夫の相手をすると言っています」

「そのような看護婦の犠牲はやめさせなければいけない。あの患者の夫を、病院から追放するより仕方がないだろう。神もお許しになると思いますよ」

神父と担当医のあいだで、おおかたこのような会話が交されたあとで、窪谷の自殺事件が起こったのであった。

窪谷は自殺の前日に神父に呼び出されて、病院を去るように申し渡された。

「これ以上、無垢《むく》の病人を肉欲の対象にしようとすると神の罰がくだる。病人の顔が溶けるだけではない。この次は本当に死んでしまうだろう。それでもよいのかね。病人のそばにいると、どうしても欲望が起こる。看病は病院の人間にまかせ、あなたは丘を降りて町で働きなさい」

神父の片言の日本語が、ようやく患者の夫を納得させたように見えた。

けれども翌日、彼は、自分で自らの命を絶った。

自殺は禁じられているので、信者としての立場も失ったわけである。

この事件は比較的目立たなかったが、地元の新聞記者が動き、東京からも週刊誌の特ダネ記者が取材に来たりした。

しかし、取材に来た記者たちは、すぐに壁に突き当った。

病院関係者の口が意外と固かったのである。

町の人々の噂で、交通事故で意識を失った女の患者が、一年近く眠り続けているうちに美しい顔に生れ変ったというような伝説じみた話は、ひんぱんに聞かされた。

奇蹟の眠り美女だというのである。

面白いニュースになるというので、取材記者や地元のテレビ局の人間が、この噂の真偽を問いただし、患者に面会を申し込んだが、病院側から婉曲に断わられた。

患者は絶対安静が必要だという言い分であった。

事故の加害者が神父だということで、かなり積極的に取材に向った記者もいるが、病院や教会関係から一切相手にされなかった。

特ダネ記者の中には、眠り患者が子供を生んだらしいという噂を聞き込んだものもいた。

しかし、これも病院や教会側から否定された。

交通事故で脳挫傷をおこし、そのまま病院にかつぎこまれ、意識を取り戻さないまま子供を分娩した女性が、かつてマスコミの話題になったことがあるので、たぶん、それと混同したのではないかというのであった。

患者の夫の自殺事件以後、病院は沈黙のベールに包まれた。

ひとり、勇敢で執拗な記者がいて、深夜、病院に潜入した。

目ざす眠り患者の病棟に、やっと忍び込んだのだった。

彼は意外にも鍵のかかっていない窓をあけ、病室の眠り患者のベッドの枕もとに、胸をときめかせながら立った。

本人が体験談として、あちこちで話したところによると、この時も付き添いの看護婦はいなかったそうである。

取材記者は、眠り患者がデスマスク状の面で顔をおおっているのを確認した。

噂どおりであった。

彼は思いきってデスマスク状のものを取った。

白蠟のような肌の端正な顔が現われるかと思って息をのんだが、現われたのは、茶色く汗ばみ、鼻腔はふくらませているものの、ほとんど鼻のない醜《しこめ》女であった。

取材記者は慌てふためき、病室の窓から飛び降りるときに、くるぶしをひどく挫《くじ》いた。

この事件のあと、取材熱は急速におさまった。

数ヵ月後には、東京や大阪から取材に来る者もいなくなった。

日本の南端に近い、この馬車坂峠の絶壁は、藍色の油絵具を流したような海に向って、厳しくそそり立っている。

ときどき、ここを車で通り過ぎる地元の人たちが、丘の上の白壁の病院を指さして噂するだけである。

「ここで事故を起こした関西の女が、あそこでまだ眠り続けている。もう三年も経つというのになあ」

純情な蠍

天藤　真

1915年、東京都生まれ。'62年、『陽気な容疑者たち』が江戸川乱歩賞の最終候補作となり、デビュー。'63年『鷹と鳶』で宝石賞、'79年『大誘拐』で日本推理作家協会賞長編賞を受賞。他の著作には、『親友記』、『遠きに目ありて』、『天藤真推理小説全集』などがある。'83年没。

1

上条千吉は四十五歳。中の上とまではいかないが、中の中ぐらいのランクには入る会社の中級管理職。同期のトップではないがビリでもなく、会社へも社会へも、大した貢献もしていない代りに悪いこともせず、収入も貯蓄も年代相応に人並で……そして適度に愛妻家で恐妻家で、つまりはすべてに中ぐらいのごく平凡な都民のひとりである。

妻の和子は三十八歳。今は亡い彼女の父と同郷の先輩が世話をしてくれた見合結婚で、ことしが結婚十五年めの、ものの本によると水晶婚の年。色白の丸ぽちゃ型で、夫の目から見るとかなりの美人のほう。子どもは二人。上が娘で中一、下が男で小五。どっちも自慢するほど優秀でもないが心配の種になるほど不出来でもなく、……つまりは日本じゅうのどこにもありそうな、ごく平均的な家庭のひとつといっていいだろう。

従ってかれら夫婦の日常も、ときには人並にケンカもするが人並にすぐ仲直りもし、大した波風も立たず、子どもたちを人並に進学させ結婚させる日を夢みながら、やがては来る定年に備えて貯めるものは貯め、……つまりは戦争か大地震か革命でもないかぎり、きのうと同じようなきょうが来て、きょうと同じようなあすが来て、このまま人生が過ぎてゆくものと何とはなしに思い込んでいるかのような、平々凡々のその日その日だった。

だがやはり、きのうと違うきょうもあれば、きょうと別のあすもあるものであった。五月半ばの気持のいいある日、突然その「きょう」が来た。

その日も、千吉にとっては、帰りがけにちょっと変な電話があった以外には、何の変哲もない一日だった。いつものように妻に起されて出勤し、会社でもいつものように仕事をし、有楽町のブックセンターをのぞいて、いつもとあまり変らない時間に小岩の家に戻り、いつもの時間に一家でテレビを見ながら夕食をし、いつものように子どもたちを叱って二階へ追いやって、勉強させせて寝かせて、自分はプロ野球のナイター中継のあと、これもいつも見るようなテレビドラマを観て……つまりは外見上はふだんとそっくりの一日だった。

帰りがけのちょっと変な電話……シモジマ（下島と書くそうだ）と名乗る未知の男からの電話である。かかって来たのは退社時間の五時のほんの間際だった。

「もしもし、上条千吉さんでいらっしゃいますか。初めてお電話をさし上げますが、わたくしシモジマと申すものでございます」と名乗った第一声からしてへんに違和感があった。

言葉遣いは丁寧だし、調子もいんぎんで紳士風だが、最初の電話なら、千吉の名もふつうは部課の名をつけて呼ぶものだし、自分もまず身分を告げるのが常識だ。それをこの男はどちらも名前しか言わない。

何かプライベートなことかな、と千吉の人並な判断力では想像せざるを得ないが、それなら自宅へかけて来そうなもので、いきなり会社へというのはそぐわない。

「で？　どんなご用件ですか」と尋ねると、その答えがおよそ意想外だった。

「はあ、それがその……まことに何なんでございますが」とひとしきり恐縮してから、

「実は、奥様の和子さまのことで、ちょっとお話がございますんですが」というのである。

「え？」

まさか妻の名が飛び出してくるとは思わなかったから、千吉はめんくらい、急いで頭の中で和子の親類や知人の名を繰ってみたが、どこにもシモジマなんて男の存在は思い当らない。

「はて、どういうお知り合いでしたか」

聞いてみると、その答えがまたおかしい。

「は、実は奥様には一度もお目にかかったことはございません。奥様もわたくしのことはご存知ないはずでございまして……つまり、直接には何の関係もないもんなんでございますけれども」というのだ。

からかい電話かな、と瞬間思ったが、様子はいかにも真面目で、どこにもそんな気配はない。

「よく判らないんですが、それで？」

自然に詰問口調になったようだった。当りまえである。千吉でなくたって、こんなわけの判らない電話を聞いたら、たいていは頭に来るに決っている。

「は、ごもっともで……上条さんは全くご存知ないことですので、ご不審はごもっともなんでございますけれども」男はまた恐縮して、

「実は、少々入り組んだ事情がございまして、電話ではちょっと申しにくいことでご

ざいますので、いかがでございましょう、突然でまことに申し訳ないんでございますけれども、一時間か……いえ、三十分でもよろしゅうございますので、お時間を割いていただけませんでしょうか。直接お目にかかって、お話申し上げたいんでございますが。……ちょっと急ぐ事情もございますので、できましたらきょうこれからでも。いろいろご予定はあることと存じますけれども」

……いかにも平身低頭といった感じだったが、要するにそれがきょうの電話だった。退社時間を狙ってかけてきたのはそのためだったのである。

〈へんな男だね、きみは〉

相手が低姿勢であればあるだけ、千吉は自分のひたいにそれが癖の小じわがきゅっと寄ったのを覚えている。

〈態度さえ丁重ならいいってもんじゃないんだよ。見ず知らずの、おまけに自分で何も関係もないと言っている男から、妻のことで話があると言われて、はあ、さいですか、なんて、急いでのこのこ会いに行く亭主が、日本じゅうに一人でもいると思ってるのかね。それじゃこっちに何か後ろ暗いことでもあるみたいじゃないか。予定なんてないさ。ないけど、そんな話に乗るほど暇人でもないし、物好きでもないんでね。どっかよそを当ってみるんだな〉

周りの社員たちがそれとなく聴き耳を立てていなかったら、そうとでも毒づいてやりたいところだったが、さすがに見合わせた。代りに千吉としては最大限の冷たさをこめて、

「どうもそんなお話では。きょうは予定もありますしね、じゃ」

相手が急いで何か言いかけるのを構わずにガチャンと電話を切ってしまった。

……が、思い出しても気色が悪かった。こうしていつものように茶の間に落ち着いて、いつものようにテレビを見ている、そういう今の自分がごく日常的であるだけに、いっそうあの電話が黒いおりになって胸の中を揺れ動くのを感じるのである。

〈いったい何の話だったんだろう？　和子に話してみようかな。どうしようかな〉

これもいつものように、一しょに座ってテレビへ目をやっている妻の横顔を目の端に入れながら考える。

〈話したって、向うも奥さんはご存知ないことだって言ってるんだから、判るわけもないし……話すこともないかな、どうしようかな〉

迷っていると、和子がテレビへ目を向けたままで、不意に言い出した。

「話したほうがいいかな、どうしようかなって考えてたんだけど……あのね、きょうへんな女の人がうちへ来たのよ」

2

聞いてみると、こっちも相当におかしな話だった。

和子の話では、その女客が来たのは、午後二時ごろだったという。

ブザーが鳴ったので、インターホン（このごろはもとは静かな住宅地だった小岩周辺も、居直り強盗などの物騒な事件が起るようになったので、千吉の家でも人並にインターホンを備えているのだ）で名を聞くと、

「あの、こちら様は、川田和子さんのお宅でございましょうか」と急き込んだ調子で聞かれたそうだ。川田というのは和子の旧姓である。

今どき川田姓で呼ぶのは故郷の静岡の同窓生ぐらいだから、不思議に思いながら、

「さようでございますが」と答えると、

「まあ、よかった。わたくし村井ノボルの家内ですの」とほっとしたように言う。

「は？　村井さま？」

急には思い出せなかった。しかし怪しい人物ではなさそうだから、玄関へ出て戸を開けると、女客はよろめくような足どりで入って来て、

「ほんとに川田さんですのね。よかった。ほんとによかった」

うるんだ目で和子を見つめて、急に苦しそうに和服の胸を抱いて、たたきへしゃがみこんでしまった。感極まったといった風情だった。

驚いて、助け起して、応接間へ案内して、話を聞いているうちに、だんだん思い出して来たのだが、村井というのは和子の高校時代、どちらも電車通学だったので、時折り顔を合わせたことがある男子生徒らしいのである。

「電車通学の男子生徒？　じゃ同じ高校だったのかい」千吉にもこんな話は初耳だ。

「いいえ、あたしは女子校だし、村井という人は男子校だし、中学も別々なの」

「じゃ、電車で知り合っただけ？　どうしてそんな人の奥さんが、今になって突然おまえさんを訪ねて来たんだ？」

「それがあたしにも判らないわけよ。知り合うと言ったって、あたし男子校の人と口を利くようなズベ公じゃないし、友達から噂話ぐらい聞くことはあったけど、だからってどうってことないし、とにかく二十年も前のことでしょ、名を聞いても、もしかしたらあの人かな、と思うぐらいで、顔もはっきりしないんだから」

「それじゃ、ますますおかしいじゃないか」

「おかしいのよ。だから話そうか、どうしようかって、ずいぶん迷ったんだけど……

とにかく、その女の人の話をすると、こういうことらしいのよ」

女客の名はさわ子、年は和子と同じくらい、和服が似合うなかなかの美人だという。村井ノボル（登と書くそうだ）と結婚したのは千吉たちと同じ十五年まえ。ところが三年ほどまえに夫は病没した。

「え？　亡くなったの？　じゃその人、いま未亡人かい」

「そういうことね。それがまた亡くなったご主人を、今でもこよなく熱愛している未亡人なのよ」

さわ子は、不幸にして子はなかったけれど、かえってそれだけに結びつきが深く、彼女らのように完璧に愛し愛された夫婦は、知る限りの周囲のどこにもない、と誇らしく語ったそうだ。

そういう二人だったから、夫の死後一年ほどは、虚脱状態で何をする気もなく過したが、一周忌を迎えたころ、このまま生きた屍で終っては、あれほど愛してくれた夫に申し訳がない。夫と共に生きたあかしを是非この世に残したい、とかれらの半生記を一冊の本にまとめることを思い立った。

幸いそれには好い資料があった。というより、そういう資料があったから、半生記の出版を思い立ったのかも知れなかった。夫の登は筆まめなたちで、青年時代からほとんど一日も欠かさずに書き綴った二十数冊もの日記帳を残していたのである。

「それまでは涙の種になるばかりだと思って、手を触れる気にもなれなかったんですけど、そう発心してから読んでみますと、結婚まえのことはいうまでもなく、結婚してからあとも、こんなにも登のことを知らなかったのかと、われながら恥ずかしいほどでしてねえ。それだけ理解が足りなかったわけですものねえ」と、さわ子はしみじみ述懐したそうだ。

折り折りの夫の心情だけではなく、日記に登場する人名で、彼女が存在さえ知らなかったものさえ無数にあった。

「それからというものは、そういう方々をお訪ねして、わたくしの知らなかった登の面を教えていただくのが、わたくしの生き甲斐になりましてねえ。幸い、妻の口から申すのは何でございますけれども、登の人柄が人柄でございましたもので、どちら様でも快くご理解下さいまして、数々の貴重なお話をいただきまして……」

さわ子には夫の遺産のほかに親譲りの資産もかなりあって、生活には何の不自由もない身だそうで、この二年間は専ら暇と金にあかせてこの種の知人めぐりに費して来たのだが……というのが、この女客の話のあらましなのだそうである。

「ふうん、舞踏会の手帖じゃなくて、夫の日記帳というわけか。奇特な未亡人もあったもんだね」ここまで聞けば、千吉にも話の筋は飲みこめる。「舞踏会の手帖」は美しい未亡人が手帖のメモを頼りに昔の男友達を尋ねて回るフランス映画の名作である。そこまでは判るが、そのさきが夫としてはちょっと気がかりだ。

「すると、その日記帳におまえさんの名も出ていた、ということなのかね」

「そうらしいのね」和子の、これだけは儲けた、といつも千吉が思っている色白の頬に、珍しくポッと朱がにじんだ。

「きょうは、どうしてあたしを探し当てたか、という苦心談でいっぱいで、そこまで話が行かなかったんだけど、二十何年か前の日記に二回か三回、あたしの名が出ているらしいの」

「ふうん?」

「とにかく苦労したらしいのね。日記には旧姓しかないし、高校生らしいと判ってもどこの高校かも年次も判らないし、もちろん住所も判らないし、それから間もなく東京へ引っ越しちゃったから、静岡には知ってる人はいくらも残ってないし、同窓会名簿を見ても、和子なんてよくある名だからどの和子かも判らないし……コネからコネをたどって、どうやらあたしらしいって、突き止めるまでが大変だったらしいの。やっと本人とわかったときはがっくり力が抜けちゃって……お恥ずかしいとこをお見せしました、って恐縮してらしたけど、あれは芝居でも何でもなかったのね。こっちはどっかおかしいんじゃないかって、びっくりしちゃったけど」

「ふうん？」

「それに身内でもあたしんちへの訪問は反対する人がいたらしいのね。相手が男性ならともかく、二十年もまえの女高生なら、もう結婚して、夫も子もあるに決っている。そういうとこへこんな話でお伺いしたら、よそのご家庭によけいな風波を立てる心配がある。少なくともご主人に事前にご了解を得ておかなくては、と忠告もされたらしいんだけど、この人らしいと判ったら、もう矢も楯もたまらなくて……ご主人には申し訳ないけれど、その節はどうかよろしく、と言ってらしたわ」

「ははあ、それかな」

……千吉は忽然と思い当った。引け際のおかしな電話。直接には何の関係もないとか、お互いに相手を知らないはずだとか、それでいて急ぐとか、へんなことばかり言っていると思ったが、こんな事情でのさわ子の訪問を案じている身内とすると、ちゃんと辻褄が合うのではないか。またそういう人間としたら他に言いようもなかったのではないか。

「実は、わしんとこにも、きょうこんな電話があったんだよ」と妻に話して、

「そのさわ子という人、また来ると言ってたのかね」と聞いてみる。

「ええ。こんどはその日記帳を持ってくる、とおっしゃってたわ」

「それを見ればわかるわけだね。……いったいどんな感じの人？　その未亡人」

「そうね……何だかぬるっとした人ね」

「え？」

「あら、へんなこと言っちゃった」和子は自分で笑いだして、

「初め玄関を入って来たとき、あそこ植込みの反射で緑っぽいでしょ。その緑の光の中をするするって入って来たのが、何だか河童みたいなぬるぬるした感じだったの」

「へえ？」

「目の錯覚ね。はっと思って見直したら、上品な和服姿の女の人だったんだから。……でも、どこか変った人ね。うまく言えないんだけれど」

「ふうん？」

千吉はその年まで妻のほかに女を知らない。女性についての想像力は乏しいというより皆無に近いから、それぐらいの説明ではさわ子がどんな女性か見当がつかない。だが何となく感じはわかる気がする。

……そんな女が突然わが家に舞い込んで来たということは？

いやな予感があった。もしかすると、船乗りが晴れ渡った青空の中に一点の黒いしみを見つけたときに感じるような、そんな予感かも知れなかった。

3

千吉が下島という男と会ったのはその翌日だった。

きのうと同じぐらいの時間にまた電話して来たので、「村井さんのお身内の方ですか」と聞くと、「はあ。ではアネがもうお伺いしましたのでしょうか」とびっくりした声で認めたので、接待によく使う小料理屋を指定して、そこで会うことにしたのである。

約束の時間にわざと二十分ほど遅れて行くと、下島はとうに先着していて、千吉が部屋に入ると、座布団から飛びしさって丁重な礼をした。

電話の声で想像していたように、千吉より少し年下らしく、小肥りでわりに恰幅《かっぷく》のいい男で、笑うとまなじりに小じわが寄るのが愛敬があった。

恭《うやうや》しくさし出した名刺を見ると、肩書に「共栄リサーチ所長」とある。

「調査関係のお仕事ですか」と愛想に聞くと、

「いえいえ、弁護士さんのほうの使い走りでございまして」と仕事のことはそれで切り上げて、

「このお店はお顔のようでございますけれど、きょうはわたくしのお願いで会って頂くのですから、失礼ですが会計は持たせて頂きたいんでございますが」と言う。物腰もだが、すべてに几帳面なたちらしい。

「それはともかくとして、電話ではアネとおっしゃったようですが」

千吉がまず聞いたのは、妻の話のさわ子より、こっちが年長に見えたからだが、

「これは言葉が足りませんで。わたくし、わけがあって養子に参りましたので、姓は変っておりますが、亡くなりました村井登の弟でございます。さわ子さんは、年は下ですけれども嫂に当りますので、日ごろも姉さんとか姉とか言い慣れておりまして。……そう、そう、昨日は嫂が突然たいへんにご無礼をいたしまして、今もお話を伺いまして、さっそく電話で注意しましたところ、きょうもまたお邪魔いたしましたとのことで、返す返すもまことに申し訳ございません」

電話でもだったが、こんどは目の前でペコペコ平身低頭の実演だった。

……そして、それからの話というのも、頼みというのも、言ってみれば千吉の全く

想像外だった。

「奥さまからあるいはお聞き及びかと思いますけれども、嫂は兄をこの上ない夫のように思い込みまして、半生記など出版するつもりでおりますが、実はとんでもありませんで、死んだ兄というのは、飲む打つ買うの三拍子そろった、どうしようもない道楽者だったんでございますよ」

女中が酒食を配って去ると、冒頭にまずこうぶちまけた。

その話では、登というのは正業らしい正業に就いたことがなく、親からの遺産も相当にあり、時にはブローカーやギャンブルで濡れ手で粟をつかんだこともあるが、「三拍子」の方に蕩尽して、弟妹はもとより親類という親類から借りられるだけ借り倒し、一族の間の鼻つまみだったという。さわ子との結婚も半ばは財産目当てで、夫を信じ切っているのをいいことに、動かせるものは悉く使い果して、いまさわ子に残っているのは彼女名義の柿の木坂のマンションの権利ぐらいだろうとのことだ。これもさわ子の親が買い与えたもので、さすがにそこまでは手がつけられなかったとみえるのだ。

「へーえ、驚きましたねえ。家内が聞いた話とは大違いだ。しかし、どうしてそういうことがさわ子さんに判らなかった……いや、今でも判っていないんでしょうねえ」

千吉の当然の疑問に、下島は丸い顔を苦っぽくゆがめて、

「一つには、兄が女房をだますことにかけては天才だったからでしょうねえ」と言う。

その例として挙げたのが、和子も聞いているあの日記である。

「結婚のふた月ぐらい前のことでした。兄が七、八冊の日記帳を抱えて来て、わたくしに預かってくれ、処分するなら処分してもいい、うちで焼いたりすると量が多いから目立つんでね、と置いて行ったんです。そのとき、どうしてだって聞きますと、さわ子には、おれがどんなに几帳面かというPRに青年時代からこまめに日記をつけている話もしたし、実物を見せたこともある。さわ子はすっかり感心していたから、一緒になったら見せないわけにいかないが、この分には見られると困ることが書いてあるから、家へ置いとけないんだ、というわけです。どれもよく出る型の当用日記で、年を見るとその年を入れて結婚まえの七、八年分なんですね。見られてもいい分は残してある、というから、でもこれだけ抜けてるんじゃおかしいだろうと言いますと、心配ない、代わりの日記は作る。もう五年分ぐらい作ってある、と言うんです」

「代りの日記？」

「ええ、当用日記は年次が入ってるからごまかしが利かないけど、同じ日記帳でも自

由日記は年が入っていないでしょ。中に何年と書いておけばその年で通る。神田の古書展で古い日記帳が大量に売りに出ているのを見たんで、思いついて必要分を買っといた、というんです」

「ほう」

「でも、そう何年分も偽作するのは大変だろう、と言いましたら、女ひとりの心をつかむ投資だと思えば知れた労力さ。結婚してからも、せっせと女房向けの日記を書くつもりだよ、どうだ、おまえには思いもつかない知恵だろう、って笑って帰って行きました。……これでお判りですか。いま嫂が金科玉条みたいに思い込んでる兄の日記は、青年時代のもの以外は、こうして偽作したものか、嫂向けに書かれたもんなんですよ。今の嫂のあの打ち込みぶりを見ますと、なるほど安い投資だったと思わざるを得ないですね」

「へえ、それはそれは……呆れたと言っては失礼ですが……しかし、そんな話、聞いたこともありませんな」

　言いながら、千吉の心はふっと冷える。

　妻をさえ、それほど完璧にだませる男なら、他の女を手玉に取るぐらいお茶の子ではないか。……とすると？

思わずひたいにしわが寄ったのを、敏感に読んだとみえて、下島は急いで、

「いえいえ、奥様のことは全然別でございます。どんなことが書いてあったか、わたくしもよくは存じませんが、たしか兄もまだ純情な高三のころのことですから、おそらく他愛のない、夢みたいなことでございましょう。しかし、それにしましても、そんな昔のことを突然持ち出されたのでは、どなたにしても好い気持のもんでないと存じます。今まではそういう方々へは、事前にわたくしが連絡して、いいようにお話下さるようお願いしていたのでございますが、こちらさまばかりはつい手筈が狂いまして、後先《あとさき》になってしまいまして、まことに申しわけございません。その点は重々おわび致しますが、その上で改めてお願いなんでございますけれども、いかがでしょう」と改まった。

「嫂といたしましては、そうした兄の若いころの様子を知りたい一心で、奥様のところへもお伺いしました次第で、ほかには何の邪心もございません。ご迷惑とは存じますが、ほんのしばらくのあいだ、奥様に適当にお相手になって下さいますよう、お計らい頂けませんでしょうか」

「とおっしゃいますと？」

「は、今申しました兄のことは、こうしたお願いをする以上、嘘偽りは申せませんの

で、ざっくばらんに内幕を申し上げたわけですけれども、これはここだけの話として上条さんの胸ひとつに収めて頂きまして、奥様には嫂の持っておりますこうした夫の美しいイメージをこわさないように、……実際にはどうお考えか存じませんけれども、これも功徳と思し召して、たいていのことは笑って聞き流して下さって、いわばお守りをして頂けましたら、これ以上のことはないのでございますが。何分、嫂という人は、トマス・ハーディの『イマジネイティヴ・ウーマン（夢の中に生きる女）』のように、兄の思い出だけが世界のすべてでございますので」

……風変りな、それにずいぶん身勝手といえばいえる頼みではある。そして本人に他意はないといっても、そこからどんな陰の過去がほぐれてくるかも知れないといった気がかりのようなものが全くないと言ってはうそになる。

しかしそんなことを理由に断ったら、かえって自分たちの自信のなさを暴露するようなものだし、要は夫気違いの中年女の面倒をちょっとみてやるというだけのことだ。それも和子の担当で、彼自身ではない。向うとしたら身内の恥をさらけ出しての懇請なのだから、その程度のことは認めてやるのが男の度量というものだろう。

「判りました」千吉は内心の気がかりは押し隠して短く言った。「あなたのお気持を無にしないよう、家内には適当に申しておくことにしましょう」

「お聞き届け下さいますか」下島の丸い顔が笑みに輝いた。

「ありがとうございます。ほんとうにありがとうございます。嫂も一とおり気が済みましたら、他にも何人かお会いしたい方があるはずですので、そうそうお宅だけにご迷惑をかけることはないと存じます。それまではどうぞよろしく……よろしくお願いいたします」

両手をついて、深々と頭を下げる。

……どういう光線の具合だったろう。窓辺の大きな八つ手の葉に別に光が当ったわけでもないのに、室内に不意に緑色のかげが流れて、その姿がひき蛙がはいつくばっているみたいに見えた。

むろん錯覚だった。はっと目を瞬くと、座卓からゆっくり頭をもたげたのは、嫂思いの義弟の、嫂に劣らないロマンチックな、純情そのものの童顔だった……のだが。

4

その日帰宅して、千吉がすぐにピンと来たのは、妻の和子が内心ひどく浮き浮きしているらしいことである。顔には出さないようにしているが、ちょっとした動作や声に、いつもはない弾みがあるから、十五年の経験でカンで判るのである。

例によって夫婦だけになった茶の間でさっそく聞いてみる。

「きょう義弟という人に会って来たんだけど、きのうの未亡人、また来たそうだね」

「ええ」と和子は渋々といった感じでうなずく。

「日記を持って来たのかい」

「ええ、二冊ほど」

「どんな日記帳だった？　当用日記かい？　自由日記かい？」

千吉にはそれが第一の関心事だ。

「何、それ？」和子は目をパチクリして、

「当用とか何とかって」

「おまえさん、日記帳の区別も知らないのか。当用日記ってのは、表紙に年号が入っていて、中も一日ずつ日付がついてるんだ。自由日記ってのは、そのどっちも刷ってないやつだ」

「さあ、どっちだったかしら。それがどうかしたの？」

「どうもしないけど、それぐらい見たら気がつきそうなもんじゃないか。……まあ、いいや」妻には秘密という男の約束だから仕方がない。千吉はいったん追求はあきら

めて、

「それで、どんなことが書いてあったんだい」

「それがねえ……」和子は一層渋々と、「たいしたこと書いてないのよ」

「だから、どんなことだよ」

「そうね。あたしが言うより、見た方が早いかな」

「え？　未亡人その日記帳置いてったのかい？」

「あたしに関係があるとこだけ一っしょにコピーを持って来てくれたの。読んでみる？」

千吉がうなずくと、和子はいやいやそうに立って、茶ダンスの上の電話帳に挟んであったハトロン紙の袋を持って来た。中に数枚のコピーがホチキスで束ねてある。日付順になっているようであった。最初のに目を当てて、千吉はまずホッとする。日付、曜日がちゃんと刷ってある。では本物の当用日記の方である。

一枚目　日付六月五日
行きの電車、ドアがしまるギリギリにとび込んだので、よろよろして一人の女高生にはげしくぶつかった。わざとぶつかったと思ったらしくて、怒った顔をして人のかげに行ってしまった。気がつくと、ときどき電車で会う、色白の生徒だ。

決してわざとじゃなかった。ぼくはそんな人間じゃない。誤解されて残念だ。一日このことばかり考えていた。

二枚目　日付六月十八日

あの日から彼女と一度も会わない。乗る車両を変えたのか。グレ公と思われていてはくやしい。

三枚目　日付七月二日

おとといから三日続けて会えた。目が合うと、どっちもすぐさけた。でも会えるだけでうれしい。こんな気持、生まれてはじめてだ。

四枚目　日付八月三十一日

おととい遊びに来たNが彼女の名を教えてくれた。前からぼくの様子に気がついていたらしい。友人はありがたい。

その人の名は川田和子。S高一年生。家はM町だそうだ。

川田和子、川田和子。百回書いて寝た。

あしたからまた会えるだろうか。

五枚目　日付九月一日
やっぱり会えた。K・Kよ、ぼくが名を知っているのがわかったら、どんな顔をするだろう。
六枚目　日付九月六日
帰りにM町をぐるっと回ってみた。グレ公みたいで恥ずかしかった。K・Kには会えなかった。
七枚目　日付十二月三十日
あと二日で年が変る。K・Kの存在を知っただけで有意義な年だ。大学へぜひ入りたい。新聞へ名が出れば、彼女もぼくの存在を知ってくれるだろう。
八枚目　日付二月四日（二冊目、これも当用日記だった）
偶然てあるものだ。帰りの電車でぐいと足を踏まれた。「あいた」といったらK・Kだった。真赤になって「すみません」と言った。「いえ」といってあわててよそを向いた。あとでNにひやかされた。口をきくチャンスだったのにと。でもそんなことはできない。

九枚目　日付四月二日

いよいよあした上京。とうとう一度も口をきけなかったが、くいはない。はかないから思い出は美しいのだ。ぼくに美しい思い出を残してくれたK・Kよ、ありがとう。S市で過した三年間は忘れても、君の名は忘れない。そうだ、君の名は！

コピーはそれで終りだった。一息で目を通して、千吉はぽかんとした顔を上げた。

「これだけかい？　一ぺん体がぶつかって、一ぺんおまえさんが足を踏んで……たったそれだけのことかい」

千吉の様子に安心したらしくて、和子は急に雄弁になった。

「そうよ、それだけよ。あとコピーは取ってなかったけど、『K・Kの夢を見た』とポツンと書いてあるのが三回ぐらい。それから一冊目の九月から二冊目の二月まで、日付のところに小さい白丸と黒丸がついてるの。ウイークデイだけで日曜、祭日はないし、休暇中もついてないから、さわ子さんの推理だと、電車であたしと会った日、会わない日のマークじゃないかっていうの。結婚してから、どんなマークか言わなかったけど、セックスした日はちゃんと印がつけてあるらしくて、それからの連想みたいなんだけど」

「ふうん。そうだとすると相当のお熱だけど、要はそれだけだろ。さわ子さんはどうしてこんなことで、親のカタキみたいにおまえさんを追っかけ回す必要があったんだい？」

「女心の微妙さね」和子は笑ったが、すぐ真面目になって、

「この人が日記をつけ出したのは高一の年からで、あたしの名が出てくるのは三冊目の高三の年でしょ。前の二冊にはこういう記述は全然ないんだって。だから、さわ子さんから見ると、あたしは彼の初恋のひとってことになるわけよ。それがあの人にはすごく気になってたのね。どんな人だろう、自分と共通のタイプだろうか、全然別のタイプだろうか、彼は本当はどんなタイプの、どんな感じの人が好きだったんだろうって考え出すと、夜も眠れなくなるんだって。きのう初めてあたしを見たとき、急にくたくたってなったのも、あれは、やっと突き止めたうれしさもあったけど、そのあたしが彼の初恋の人というイメージにぴったりだったんで、ああこういう人でよかった、という感動の方が強かったからだって言っててらしたわ。ちょっと気障っぽい言い

方すると、あの瞬間に、あの人の中の主人についての美しい構図が完成したってことらしいのね」

「ふうん」千吉は改めて妻の横顔を眺めてみる。十五年ものあいだ、見倦きるほど見て来た顔だが、そのときは明るい電灯の光りで一際白玉のように輝いていて、ふだんの十倍も美しく見えたから、人間は不思議なものである。

「でも、おまえさんの方じゃ、そういう彼のことはろくすっぽ知らなかったわけなんだな。ぶつかったり、足を踏んだりも覚えていないのか」

「覚えてっこないわよ、そんなの一々。毎日の電車通学だもん。村井という名前だって、そういえばだれかに聞いたような気がするって程度だし……それにね」と和子はふっと笑って、

「ちょうどそのころだわね、あたしにはひそかにお慕いしていた別の人があったのよ」

「へえ、それも初耳だな。どこの何て人だい」千吉はぎくりとする。

「大原さんという隣村の人。家の事情で近くの農高に通ってたんだけど、とても秀才でスポーツも万能で、あたしたちまで名を知ってたぐらい。駅へ行く途中の十字路でよく会うの。こっちは歩きでいつも二、三人、向うは自転車で、すーと行き違うだけ

なんだけど、しょっ中会うもんだから、ときどき目礼するようになって……」

「そして?」

「それっきり。でもその人の目礼するときの白い清潔な歯なみはまだ覚えてる。村井さんの逆で、向うじゃあたしの名も知らなかったはずだけど」

「ふーん」

「そういうことって、だれにでもあるんじゃないの、二度や三度」和子はしんみりした声で言った。「聞いたことないけど、たぶんあなたにだって。村井さんの場合、それがたまたま、あたしだったってだけだわ」

「かも知れないな」千吉もボソッとつぶやいた。「してみると、未亡人のお相手をしてやるのも、だれかの言い草じゃないが、功徳ってもんなのかな」

……何となくムードに乗せられた感じで、どこか納得がいかない気はあったのだが。

5

いくら功徳にしても程があるじゃないか、と思い始めたのは、六月に入ってからのことだ。

いつも千吉や子どもの留守なので会ったことはないが、和子の話ではさわ子はそれからもしばしば和子を訪ねてくる。近ごろはわが家同然に自由に出入りしているようで、和子の方も結構お相手を楽しんでいるらしい。

一応は公認したのだから、建前上は反対もできないが、家の中に異分子が入り込むこと自体いい気分のもんでないし、下島の予想と違って、さわ子が他へ転進する気配がなく、当分和子のところへ腰を据えるつもりでいるらしいのも気に食わない。

夫婦のあいだで、最初にその気持が爆発したのは、和子がさわ子のマンションを訪ねた話を聞いたときである。

「どうしても一度、と言われて、断り切れなくて」と口では言ったが、実は好奇心満々だったようだ。

ちょっと古びたマンションだが、造作はしっかりしていて、どこか風雅な趣があり、いかにも純情未亡人のお城にふさわしい感じがしたそうだ。

さわ子の部屋は三階の２ＤＫで、奥の部屋は、「ここだけはあなたにも見せられないの」という夫婦の秘密の間で、夫の没後は猫一匹入れたことがないという。

その代り、登との思い出のアルバムと例の二十何冊かの日記帳は、一つ一つ念入りな解説つきでたっぷりと見せられた。

アルバムの方は三十代以後の写真ばかりで、「こんな人だったのかしら」と眺めただけで別に感慨もなかったが、「これはあなたにだけ初めてお見せするのよ」と言われて開いてみた結婚後の日記は、どの分にも顔が赤らむようなラブシーン描写がいっぱいで、ほとほとあいさつに窮したという。

しかしさわ子には、その一つ一つが思い出の種らしく、「女には自分のことは判らないもんなのね。わたしこれを読んで、自分が女にされてゆく過程が、はじめてはっきり判ったの」といとおしげに行を指でたどってみせたりしたそうだ。

「じゃ、半生記もそういうことが中心になるわけ?」と照れ隠しに聞くと、「そのつもりで原稿も七、八分できてるんだけど」と言って、次に「もしかして登の日記、一冊だけ奥さんとこへ行ってない?」と思いもかけないことを訊いたという。

「どうして? 口もきいたことがないのに」と驚いて聞き返すと、「それもそうね。でも、どういうわけか奥さんに前にお見せした次の年、彼が大学二年になった年の分だけが無いのよ。奥さんにもお会いできたし、それさえあれば彼の青春期の像が完成するのにって残念で……でも無いものは仕方ないわね」

……それから話は、もとの「さわ子がどう女にされていったか」に戻ったというのだが。

「あきれたね、おまえさんたち」千吉は本気で腹を立てた。「女二人、まっ昼間マンションにこもって、そんな話でおでこを寄せ合っていたのかい」

「だって、彼女にはそれが何よりの大事な思い出なんだもん」と和子は抗弁する。

「彼女にいくら大事だって、おまえさんまで大事がってやることはないじゃないか。お守りもいい加減にするんだな。世間並の義理ならもうとっくに済んでるよ」

千吉は珍しく声を荒げて、和子は白い目をして黙り込んでしまった。


……それが前兆だった。

そして、不意に嵐がやってきた。千吉の船乗りの予感は本物だったのである。

それから十日ぐらいして、夫婦が寝に就いてからのことだ。横になって間もなく、真暗な寝室で、和子が急に言い出した。

「さわ子さんが、あたしを探してた、ほんとうのわけが判ったわ」

「え？　何だって？」千吉は二重にめんくらった。その言い方もだし、宵っ張りのわりには、床に入ったらすぐ眠りに入るのが二人のこれまでの習慣だったからである。

「言うと怒られそうだから黙ってたけど、実はあたし、きょうさわ子さんとお墓参りに行って来たの静岡の登さんの」

「……？」

「S市のちょっと外れの方の小さなお寺。家はとっくにないけど、お墓だけ残ってたのね。村井家累代の墓って墓石があって、登さんのお骨も入ってるわけ」

「……？」

「お墓の前に行くとね、さわ子さんが生きてる人に言うみたいに呼びかけるの。『あなた、とうとう来てくれましたよ、和子さんが』って」

「……？」

「それからあたしに言うの。登さんはね、死ぬ一週間ほど前、昏睡状態の中で『和子さん、和子さん』て繰返して呼んだんだって。目がさめたとき、さわ子さんが聞くと、『そうか、名を呼んだか』って寂しそうに笑って、『いま若いときの美しい夢を見ていた。和子さんてぼくの初恋の人なんだ。ほんとうに純粋な初恋で、手ひとつ握ったわけじゃないから、おまえは何も焼餅焼くことないけど、それだけに死ぬまでにもう一度会いたいと思ってた。それが夢になったんだろうね』と話したそうなの。さわ子さんが、じゃ探して会わせてあげましょうかと言うと、『ばかいうな。とうに結婚して幸福に暮してるのに決ってる。こんな話ができるもんでもなし、第一ぼくのことを覚えてるかどうかも怪しいんだから、話したって来てくれるわけがない』と言って目をつむったんだって。それからあとも、もう一度名を呼んだことがあるそうよ」

「…………」

「さわ子さんには、それからあたしをお墓と対面させるのが悲願になったのね。二年がかりでやっと見つけたけれど、いきなりこんな話をしても信用されそうもないし、あたしが登さんの夢にふさわしい人かどうかも見定めたくて、このひと月じっと待ってたんだって。ご主人にはさぞ図々しい女だと思われたろうけど、どうぞ許して下さいっておわびしてらしたわ」

「…………」

「でも、こうして宿題が果せたんだから、もう二度とお邪魔はしない、その代り、きょうは一緒にお参りをして、これからも心の姉妹として清く付き合って下さい、って涙をボロボロこぼしながらおっしゃるの。あたしもつい泣けて、泣けて……そういうわけだから、あなたも、できたらあの人を理解して、いやな思いをしたのは忘れてあげてね」

……あとは布団をかぶったらしく、こもった低いすすり泣きがきこえて来た。

千吉は凝然と聞き入ったまま、一言も声を返さなかった。

目がいつまでも冴えていた。……男というものは、何もなかった女、電車で会っただけの女に、死際にもう一度会いたい、と言うものだろうか。「美しい夢」とはどんな夢だったのだろうか。

6

翌日、千吉は会社から共栄リサーチへ電話した。事務員らしい女が出て、所長はいま外出中とのことだったので、帰り次第連絡するように伝言を依頼した。

下島から電話が入ったのは、やはり引けどきの五時の間際である。

「いつか預かったとおっしゃったお兄さんの日記、まだお手もとにあるんですか」

卒然とした問いに相手はまごついたようだった。

「はあ、新聞紙にくるんだまま、どこかに放り込んであると思いますが……それが何か」

「ちょっと見せて頂きたいんですが……。あの方には内緒で」

「上条さんのことですから、それは構いませんが……でも、どういう？」

「わけはちょっと申せませんが、すぐ探して頂けますか」

「はあ、事務所が即、住居ですので、大した手間ではございませんが」

「では、見つかったらお電話を下さい」

いつかの小料理屋の電話番号を教えて、そこで待つことにした。

待ち時間は長かった。見つかったという連絡が六時、千吉の希望で料亭に下島が現われたのがそろそろ七時だった。

下島の方も極度に緊張し切っているのが一目で判った。あの童顔が恐ろしいほどにそそけ立っていたのである。

「わたくしも今見たばかりですが、どうしてお判りになりました？」

座につくと、あいさつ抜きの、それが第一声だった。

「一冊だけ欠けていると判ったからです」千吉の沈痛な答えだ。

「七年分も八年分も偽造する人が、一年分だけ偽造しなかった。これだけ周到な人が作り忘れるわけがない。としたら、偽造したくてもできなかった……無理に作ればすぐ偽造とわかる、生き証人がいるからだ、という他に理由は考えようがないでしょう」

「でも、ほかの偽造分にも同じことは言えるわけでしょう。どの年にもそれぞれの証人はいるんですから」

「ほかにはそういう危ない連中は初めから登場させなければいい。この場合はもう登場しているし、狭い地方都市だから、ちょっと調べればすぐ足どりがつかめる……全然偽造するわけにいかなかったんです」

下島は沈黙して、しばらくして上目を使って言った。

「上条さん、知らないほうがいい、ということもあるのではありませんか」

千吉は心もちうなずいた。

「かも知れません。でもわたしは知る必要があるんです」

下島はホッとため息をした。

「致し方ありません。原本はお渡しできませんが、必要と思える分だけ大急ぎでコピーしましたので、それだけ差し上げておきます。ご照合下されば判りますが、この原本のコピーに間違いございません」

黒革のバッグから一冊の当用日記と分厚いハトロン紙の封筒をとり出して、並べて座卓の上に置いた。

日記帳を取って年度を見る。「昭和三十×年」の金文字が光っている。二十一年まえの……登大学二年、和子高三の年にまちがいない。

たくさんの挟み紙がしてある。コピー分のメモであろう。最初の挟み紙のページを開けて、封筒からコピーの束を出して一番上のと照合してみる。念のために二枚目、三枚目……。

「たしかに」確認して、原本を下島に返す。

「ではわたくしは」

そそくさと立とうとするのに声をかける。

「ご面倒ですが、一時間ほどして、またいらして頂けませんか。ご相談したいことができると思いますので」

下島は驚いた顔をしたが、無言で会釈して席を立った。


……そのコピーは。

千吉は読みながら何度もほおがひきつけ、体がガクガクしたのを覚えている。下島の様子で、自分の想像がほぼ的中したのは判っていたが、まさかこうまでとは思っていなかったのだ。

登はこの年の二月、年上の人妻と最初の体験をした。この体験は四月まで続いて、彼を一人前の男性に脱皮させた。

八月の夏休、彼は二年ぶりでS市に戻る。家は東京に移転したあとで、友人の会社でのアルバイトのためである。そして一段と美しく成長した初恋の相手、和子に出会う。

日記には「偶然」（遇然と誤記してある）と書いているが、そうは思えない。Ｓ市でのバイトを決めたときからの計画だったにちがいない。人妻との経験で大胆になった彼は、舌なめずりをして、この美しい獲物に突進する。大学生という身分も大きな力になったようである。

田舎娘の和子は、ひとたまりもなかった。「遇然」街で出会って二日目の最初のデートで、早くも唇を奪われてしまう。

その二日後、日記に横書きで、次のショッキングな記述が来る。（原文のまま）

ついに和子のすべてを得た！　初恋の輝やくゴールイン！　この勝利を徹底的に完璧なものとしなくてはならない。

その日から七回、人目を忍んで慌しいデートが繰り返される。登の下宿で、夜の公園で、川原の堤のかげで、ときには白昼の明るい陽光の中で。日記は、日付を無視した横書きで、その一々のさまを露骨に、詳細に綴っている。

彼の勝利は、たしかに「徹底的」で「完璧」だった。和子（本名で書かれている）はその中で清純さの最後のかけらまで奪い去られたただの肉塊と化してしまい、登のペンはその彼女を生体解剖でもするみたいに容赦なく切り刻んでゆく。くちびるも、やわらかな胸も、つやつやと張り切ってしみひとつない腹も……彼女の体でこのペンの解剖を免れた部分はどこにもない。

そして別れが急激に来る。噂を聞いた和子の両親から交際を厳禁され、彼もバイトの職を失ってしまうのだ。

最後のコピー。（原文のまま）

夏が終り、初恋も終った。和子妊娠したら、結婚するとき処女でないと判ったらと泣く。どうともごまかせる、心配ないとなぐさめながら、全々しらけてしまう。花火のように激しい、そしてはかない恋、だから美しいのに。これが人世か。でも一生忘れない。バイバイ、ぼくの初恋の日よ。

そうであろう。そうでもなかったら、男が死際に名を呼ぶわけがないのだ。……とは思いながら一字一字が目に痛かった。必死に耐えて読みとおした。

読み終ったときは、不覚に涙が流れた。自分にも意味がわからない涙だった。和子が処女だったかどうか疑ってみたこともない無知な夫のせいだったろうか……。その際ながらありがたかったのは、一時間の余裕をとっておいたことだ。読むだけでたっぷり三十分はかかった。いくら分別盛りの千吉でも、この手ひどい打撃から自分をとり戻すためには、残り三十分という時間が絶対に必要だったのだ。

約束の八時に下島が再び現われたときは、千吉は完全に平静ないつもの彼になっていて、これからの対策もできていた。

下島が伏目がちに、「まことに兄が……」と殊勝に言い出すのを、「いえ、これはお互いですから」と遮って、

「もう二十年も昔のことですし、また結婚の五年もまえの話ですから、今更どうこうという気はありません。しかしこういう記録が残っているのは……しかも他人の手にあるというのは、もちろんあなたが悪用されるはずはないとしても、夫としていかにも具合が悪い。これはご理解頂けると思います。ぜひこの原本の日記帳をお譲り願いたいが、それにはどういう措置をとったらよろしいとお考えでしょうか、お聞かせ下さいませんか」ずばりと要件を持ち出した。

下島も当然その要求は予期していたはずだ。へたに悪びれずに率直な答えを返して来た。

「わたくしにこれを利用する気などさらさらありませんが……第一今までこんな内容のものとも知らなかったのですから……でもそうおっしゃって下さるのでしたら、さばけて申します。嫂が事実上無一文で、生計も実はわたくしが見ていることはお察しと存じます。嫂も最近は薄々判って来ましたようで、こんどの半生記の出版には兄からの結婚指輪を売って、資金に当ててほしいと申しております。嫂は時価二百万はすると思い込んでおりますが、これも正直に申し上げますと兄の例のペテンで、実際はせいぜいが七、八万か、高くて十万のイミテーションでございます。しかし嫂には、とは申せずにわたくしも苦慮していたのでございますが、こうした事情をお汲みとりの上、いかがでございましょう、嫂が思い込んでおります金額とは申しませんが、せめて六掛程度で、この指輪をお買い取り下さるわけには参りませんでしょうか。たとえ兄の遺品とは申せ、このような忌わしい記録を葬り去ることはわたくしにも異議はございませんし、同時にそれで嫂の半生の念願が叶いますものならば、まことに勝手ながら、どちらにもよい結果ではないか、と考えるのでございますが」

「二百万の六掛、つまり百二十万で指輪を譲って頂いて、そちらはそれを出版費用にお充てになる……こういうことですな？」

確認して、千吉は冷え切った酒を口にしながら、考えに沈むふりをしたが、実は肚はとうに決まっていた。

適当な時間をおいて、目を上げて、正面から下島を見て、

「承知しました」ときっぱりと言った。

「わたしどもサラリーマンには小さい額ではありませんけれども、家内がこうした秘密を持ちながら、さわ子さんをだましていたおわびの意味もありますし、それでさわ子さんの夢が美しいままで形になるのなら、それだけの価値は十分にあると思います。善は急げと言いますから、では明日、場所はここを出たところにあるルビーという喫茶店、時間は明るいうちには何ですから、夜の七時ということでいかがでしょう」

「さようでございますか」下島は済まなさそうに「何やらたいへん申し訳ないことになりましたようで……それに、あの、この件は全くわたしの一存でございますので、嫂にはくれぐれもご内密に、勝手の上の勝手ながら、よろしくと願い申し上げます。その代りには、二度とそちらへはお伺いしませんよう固く申し聞かせておきますので。……では、どうもありがとうございました」

このまえとそっくりに、深々と礼をする。

こんどはその姿に、ひきがえるの連想がひらめかなかったのはどうしてだろう……。

7

翌日の夜、二人の間で厳粛に授受が行われた。千吉から百二十万円の札束が、下島から日記帳と指輪と、指輪代金の受領証が、それぞれ相手に手渡されて、互いのバッグに蔵い込まれると、二人とも注文した飲物にはほとんど口をつけずに席を立った。

「上条さんのような人格者は初めてでございます」店を出ると下島が言った。「こんなことでなくてお近付きになれましたら、と心から思いますが……では、もうお目にかかることはないと存じますので、どうぞお大事に」

丁重に礼をして別れて行く。

その姿が見えなくなったころ、うしろの暗がりから和子がひっそりと出て来て、千吉の手に腕をからませた。

「終ったのね」そっとささやく。

やき返す。

「これから終るところだよ」千吉は和子の腕を引きつけて駐車場へ歩きながら、ささやき返す。

「いま刑事が二人、やつを尾けている。行先は絶対さわ子と名乗った女のあのマンションだ。部屋へ入ったのを確認次第、詐欺、恐喝容疑の令状を執行することになっている。これだけ証拠はあるし、現金は身につけているし、言い逃れはできっこない」

「あたしたちの百二十万円、どうなるの？」

「さァ、裁判が済むまで領置されるのかな。利息分ぐらい損するかもしれない」

「お金をやらないで告発できなかったの？」

「やつは恐喝めいた言葉は一言もいわなかった。既成事実を作るほかに逮捕する方法がなかったんだ」

和子はしばらく黙っていて、また聞いた。

「あの二人が詐欺師コンビだって、どこで見破ったの？　あたしを信じていてくれたから？」

「それが根本だけれども、やつらにもひとつミスがあったんだ。日記の中で『しみひとつない艶々したお腹』って二度ほど書いている。ほかのことは実によく調べ上げてあったけど、おまえさんが十二のとき盲腸の手術をしたことまでは知らなかったんだな。日記が嘘と判れば、あとはずるずる解けてゆく。古書展で売りに出るのは自由日記だけじゃないだろうし、インクの色なんかじゃわれわれ素人にはいつ書いたもんか判りっこないしね。賭けてもいいが、マンションにはいろんな年度の日記帳のストックがあるはずだ。いつでも使えるようにね。……しかし危なかった」千吉は溜息をつく。

「どっちも名演技だったし、問題が今からでは調べようがない過去のことだし、女は女、男には男という分担もきれいに決っているし……女のうぬぼれと男のジェラシーと見栄っていう人間の弱点に、こんなにうまくつけこんだ詐欺もないんじゃないかな。女に日記帳が一冊無いと言わせて、わしの関心を引きつける段取りなんて心憎いぐらいだ。それがちゃんと出てくるんだから、だれだって本物と思いこんじゃうよ。わしらは何とか切り抜けたけど、この手でイミテーションの指輪を買わされた気のいい夫がゴマンといるんじゃないかな。やつらのあの生活ぶりを見るとね」

いつも車を置く駐車場が見えて来た。

千吉は気を変えるように和子の腕をぐいと引きつけて快活にささやく。

「今まで話したことないんだけど、わしの初恋物語を聞かせてやろうか。やっぱり高一のころだったかな、通学の途中でよく会う女の子がいてね。それが天使のように美しくて、かわいらしくて……」

奇縁　高橋克彦

1947年、岩手県生まれ。'83年、『写楽殺人事件』で江戸川乱歩賞を受賞し、デビュー。'86年『総門谷』で吉川英治文学新人賞、'87年『北斎殺人事件』で日本推理作家協会長編部門賞、'92年『緋《あか》い記憶』で直木賞、2000年『火怨』で吉川英治文学賞を受賞。他に『炎《ほむら》立つ』などがある。

1

ひさしぶりに角田《すみだ》大悟が訪ねてきた。と言っても、たかだか一月ぶりでしかないが、一時期はほとんど毎日のように顔を見ていた相手だから、ずいぶん永く会っていない気がした。角田を気に入っている家内は、昼に彼がくることを私から聞かされると直ぐに市内のデパートに買い物にでかけた。そのデパートの地下にあるケーキ屋の手作りクッキーが角田の大好物なのだ。角田は私の住んでいる市から車で二時間ほど離れた山村に暮らしている。歳は確か四十一。私より十歳も年下だ。私は弁護士、角田は製材業者。普通なら付き合いが生じるはずもない遠い関係にあるが、ひょんな縁ができて半年前から行き来するようになった。もっとも、私が角田の住む村を訪ねたのは一度きりで、常に角田がこちらにやってくる。村議を務めている角田は県庁所在地であるこの市に頻繁に用事があるのである。県庁を訪れるついでに角田は必ず私の事務所や自宅に立ち寄り、珍しい山菜や茸などをどっさりと置いていく。だから事務所の女の子や家内には特に好かれている。素朴で愛すべき男だ。いつも村の発展を願い、汗を厭わない熱血漢。私は角田をそう見ていた。

角田は電話での約束通り、ぴったり四時に私の家のチャイムを鳴らした。今日は土曜で事務所は午前中だけだ。

「ご無沙汰しまして申し訳ありません」

玄関で家内に挨拶する角田の元気な声が書斎にまで響いた。家内の笑い声がした。またなにか土産を貰ったのだろう。私は書斎を出て角田を迎えた。

「あなた、松茸をこんなに」

家内は新聞紙で無造作に包んである松茸を私に見せた。太い松茸が七、八本あった。

「村で採れたもんです。無料《ただ》ですから」

角田はその他に、事務所の皆さんにと言って地鶏の肉と玉子を発泡スチロールの大きな箱に詰めたものをどんと置いた。

「いつも貰ってばかりだね」

私は角田を応接間に招きながら礼を言った。

「アキちゃんに取りにこさせればいい」

明日は日曜なので悪くなる。私が言うと家内も嬉しそうな顔で頷いた。

「冷蔵庫に入れて置けば月曜まで保《も》ちますよ」

勝手知ったるなんとかで、角田は箱をまた手にすると家内に従って台所まで運んだ。

「クッキー程度じゃ角田さん、割りに合わないわね。今日はどこかでご馳走しないと」

私もそのつもりでいた。角田の話はいつも面白い。陽気な男だった。

「とんでもない。私、加害者ですから」

角田の言葉に家内はころころ笑った。

ひょんな縁と言うのはそれだった。

半年ほど前に、私は角田の車に追突されたのである。市内の中心部で角田がスピードを上げていなかったのが幸いして怪我はほとんどなく、軽い鞭打ちで済んだ。調べて見たら事故の原因は私の側にあった。左折を示すテールランプが壊れていたのだ。それを知らずにいて左折しようとしたら、てっきり直進するものだと信じた角田がつっ込んできた。警察も角田に同情的だった。なのに角田は自分の注意不足だと謝り続け、念のために行なった精密検査の四日間の入院にも毎日律義に顔を見せた。近所ならともかく、車で二時間も離れた村からの見舞いだ。もちろん、それには村議の立場も多少は関係していたかも知れない。それで最初は重荷に感じたが、だからと言って毎日これるものではない。私や家内も次第に打ち解けた。事務所では、ぶつけられるなら角田さん、という冗談まで出たほどだった。

退院後もしばしば角田は挨拶にきた。

そうして私たちは親しい仲となった。交通事故の場合、加害者と被害者は事後の補償のことでたいてい敵対関係になる。その意味でも私と角田の関係は珍しいものと言えるだろう。すべては角田の誠意が基となっている。

妙な言い方だが角田は理想的な加害者だ。皆が角田のようであれば、無駄な訴訟も起こらない。結局は真心なのだ。

「忙しかったみたいだな」

ソファに腰掛けた角田に私は言った。

「ずいぶん顔を見せないんで、事務所の皆も病気じゃないかと心配してたよ」

「ちょっと面倒なことになりまして」

角田は陽気な笑顔をしまって私を見詰めた。

「なにか？」

「私、これから自首しようかと」

思わぬ言葉に私は戸惑った。

「ただ、どこに自首していいものやら……それでご相談に上がったんです」

「いったい、なにをしたんだ？」

「先生ももちろんご存じのはずです」

「………」

「あの、偽家具の一件でして」

私はあんぐりと口を開けた。

「悪いことはできないもんですね。たった一月もしないうちに発覚してしまいました」

「あれは……君が？」

「はい。と言っても、村の青年団の合意でやったものですが……相談に与《あずか》っていたのが私ですので、やはり私が自首すべきだと」

「村の青年団の合意！」

私には信じられないことだった。

偽家具の事件とは一週間前に発覚したものだった。全国的にも知名度の高い家具メーカーがこの県にある。いわゆる民芸家具というもので、どっしりとした重量感を売り物にしている。天然の木材を用い、その素朴な肌触りが評判となっていた。が、べらぼうに高い。椅子一脚でも十五万はする。品質の良さはだれにも分かるのだが、さすがに箪笥一棹が三百万を超えると手が出ない。なのに、世間には金持ちがたくさんいるものだ。十五年ほど前に、ある美術雑誌で特集が組まれたのを契機にして、そのメーカーは飛躍的な発展を遂げた。今では県を代表する企業にまで成長した。市内の中心に巨大な展示場を拵《こしら》え、捌ききれないほどの注文に応じているほどだ。

その偽物が東京の小さな美術店で売られていた。店はそのメーカーの品物と信じて疑わず、小箪笥を扱っていたらしいが、それを買った客たちから今度はメーカーの方に直接の注文が舞い込んで事件は明らかになった。問い合わせを受けてメーカーがカタログを調べたところ、そういう形の小箪笥を製造していないのが分かったのである。

美術店に品物を持ち込んだ男はメーカーに実在する営業マンの名刺を用いていた。古いタイプの小箪笥が在庫過剰になったので扱う気はないかと訪ねてきたと言う。民芸を得意とする美術商なので、そのメーカーの家具にはもちろん知識がある。紛れもなくいい品物だった。しかも安い。在庫処分だから、付き合いのある家具店には回せない。それをすればメーカーの信用が下がる。他にもいろいろ事情を並べたようだが、美術店の主人は価格を聞いただけであっさりと十棹全部を引き取った。そのタイプの小簞笥は一棹四十万はしていた。それを相手は十二万でいいと言ったらしい。ただし現金払いが条件であった。

美術商はその簞笥に二十五万の値をつけて店に出した。一週間もしないうちに簞笥は売り切れた。客もそのメーカーの小簞笥がどういう値段で売られているか承知していたのだ。

知ってメーカーは激怒した。

が、名刺は本物でも、当人ではない。場所も東京では、それ以上の追及が面倒だった。

地元だけに、こちらの新聞は大騒ぎした。

ここのところ連日のように後追いの記事が紙面を飾っている。

その犯人が、まさか角田とは……。

私は思わず深い息を吐いた。

「やはり、東京の警察の管轄でしょうか」

角田も困った顔をして私を眺めた。

「どういうことかね……村の青年団の合意ってのが私にはなんのことだか……」

「あのメーカーが今ほどに業績を伸ばした本当の理由をご存じでしょうか」

角田は私に質《ただ》した。

「確かに品質がいいのは本当です。でなければあんなに高く売れませんからね」

「他に別の理由があると？」

「小売店への卸値が異常に安いんです。通常は七掛けが限界なのに、あそこは店頭価格の五割五分前後で引き渡します。それなのに、店頭価格の値崩れを厳重にチェックする。定価の一割引き以下で売買すると、次からはその小売店との取り引きを破棄してしまう。自社製品の高級イメージを守ることと、利幅が大きいことを小売店に納得させて、それを販売戦略に用いているんです」

私は曖昧に頷いた。

「もし三百万の箪笥ならどうなりますか？」

焦《じ》れったそうに角田は言った。

「小売店はそれを百六十五万で買い取る。二百七十万から三百万の間で売れば、百万以上の儲けになるでしょう。たった一棹の箪笥を売るだけで百万なんです。どんな店もあのメーカーのものを置きたくなる。桐の箪笥だって今は人気がなくなって、せいぜい百万前後でしょう。しかも仕入れ値は七十万。儲けは三十万もあればいい方だ。おなじ扱うなら、あのメーカーになりますね。家具屋のスペースは限られている。どうせなら利幅の大きなものを置くのがベストです」

「なるほど。それは理屈だな」

「そうやってあのメーカーは発展しました。全国に名が広まったのも、その商法です」

私も納得した。知名度があって、しかも安く仕入れられるとなれば小売店が殺到するのも当たり前だ。

「しかし、その陰には犠牲を強いられている者がたくさんいるんです」

角田は膝を乗り出した。

「消費者だって、言わば犠牲者ですよ。半額近くで仕入れた品物を定価で買わされているんですからね。小売業者は自分たちが儲かっているから、絶対にそれを口にしない。税務署も問題にしません。メーカーと小売業者双方がきちんと申告して税金を納めている限り、どこにも問題はないんです」

私も当然のごとく頷いた。

「けれど、治まらないのは村で家具を拵えている連中たちです」

角田は興奮していた。

「あのメーカーの箪笥類は、うちの村の連中たちが注文を受けて拵えているんですよ」

そう言えば、聞いたことがあった。

「彼らが店頭価格三百万の品物をメーカーにいくらで引き渡しているかご存じですか？」

「………」

「たった五十万。たった五十万なんです」

それは酷い。私は溜め息を吐いた。

「五十万で作らせた箪笥だからこそ、あのメーカーは小売業者に百六十五万で卸すことができるし、莫大な宣伝費も使える。もちろん村の連中も自分の作った箪笥がいくらで売られているか承知している。それを言って買い取り価格の引き上げを主張してもメーカーは聞いてくれない。宣伝に何億がかかっているとか、設備投資でまだ営業的には借金財政だとか言い抜けてばかりです。それに、設立当初の苦境をしつこいほど言い立てて……」

「と言うと？」

「確かにその点ではメーカーには世話になりました。メーカーが一手に筆笥を買い上げてくれていたので、村民の収入安定にも繋がったのは否定しません。作る技術があっても、売ってくれる人間がいなければ一円の収入にもなりませんからね。あのメーカーは村に投資してくれたんです。最初の何年かはメーカーの言う通り、確かに赤字が先行したかも知れません。価格には売れない分の損失も上積みされます。それでも大変だったでしょう。向こうの言い分も納得できますよ。それにしたって、今は違うわけでしょう。あんなに儲かっているじゃありませんか。少しは村民の願いに耳を傾けてくれても……」

「まあ……それが商売の鉄則だからな」

私はメーカーが簡単に買い取り価格を引き上げないのも当然だと思った。それをやればキリがなくなる。

「メーカーと訣別して、新たな会社を作ろうという動きが昨年辺りにありました」

角田は続けた。

「それでやれるなら、安くて品質のいいものを消費者に売ることができます。村もその案には乗り気になって、それとなくメーカーと話し合いをしたのですが……」

「無理だったのかい？」

「おなじようなデザインの箪笥を拵えて売ったら訴えると言われたんですよ。意匠登録こそしていないが、二十年近くもあのメーカーの商品として売買している実績は、それと一緒だと主張するんです。まったく別の材質で別の製品であれば訣別も止むを得ないが、もしおなじ場合は裁判も辞さないと」

「…………」

「それにこっちには販路もありません。せっかく安い製品を拵えても、小売業者が扱ってくれないでは、全員が失業しますからね。小売業者だって高いマージンが取れるメーカーの品物を優先的に仕入れようとする」

私は唸った。メーカーの言い分も、小売業者の利益優先も理解できる。と同時に角田の暮らす村の人たちの怒りも分かった。

「いい考えが出ないうちに、青年団が先走りましてね」

角田は額の汗を拭いて、

「小売業者が扱ってくれないなら、都会の美術店はどうだろうか、と」

「…………」

「大きな箪笥は無理でも、小箪笥ぐらいなら売ってくれるかも知れない。そうやって販路をこっそり作ってからだと、メーカーにも対抗できる。デザインを変えれば問題はない。いいものを分かってくれるのは、やはり都会しかない……と、どんどん妙な方向に話が膨らんでしまったんです」

「じゃあ、偽物ではなかったわけだ」

「無論です。とりあえず十棹を拵えて勝負して見ようということでした」

私の興味も膨らんできた。

「トラックで東京まで運び、青山辺りの名の知れた美術店に持ち込んで打診する。上手く買い取ってくれるようなら、そこを窓口にして販路を広げる。それだけのつもりでした。私も青年団の連中にそう聞かされて、いいアイデアだと思いました。メーカーとはいずれこじれてしまうに違いないと睨んでいましたので。その前に打つ手があるなら、なんでも試みて見るべきだと思っていました」

「…………」

「ところが……ああいうことになってしまった。持ち込んだ男も嘘をつくつもりではなかったんですよ。なのに、店の主人からいきなり、あのメーカーの品物だなと言われて、つい頷いてしまったとか。財布には付き合いのあるメーカーの営業マンの名刺が何枚も入っている。信用して貰いたいばかりに、うっかりそれを渡してしまったんです。泥棒と疑われたようだと言っていました」

「だろうな。トラックで十棹も運べば、たいていはそう思う。美術商もそれを承知で買い取ったんだろうからどっちもどっちだが」

「それでも、相手は十二万で買い取ってくれました。若い連中は大喜びでしたよ。メーカーでは、あのタイプの小簞笥を六万でしか買い取ってくれません。倍でもちゃんと買ってくれる相手がいると分かったんです」

私は角田の話を聞きながら、いつもの癖で裁判になった場合のことを考えていた。まったく問題はなさそうに思える。第一、そういう事情であればメーカーの方から告訴を取り下げる可能性が強い。メーカーも単純な偽物と見たから強気の態度に出たのだ。それが下請けの仕業と判明し、その上、買い取り価格の異常な安値が世間に広まれば、一気に信用を失う結果にも繋がる。また、たとえ告訴と決まっても、美術商の方から先にメーカーの名を出したのであれば詐欺罪に問われる確率は低い。楽な裁判だ。

私はしばらく細かなことを角田に質問した後に、自首は少し見合わせるように言った。

「それでは私の気が済まないんです。相談を受けながら、そこまでのことも考えずに、まるで励行するような言動を……若いやつらに罪はない。臭いメシを三年や五年食らう覚悟で女房とも水盃を交わしてきました」

「そんな必要はないさ」

私は苦笑いした。

「一晩考えて見よう。悪いようにはしない」

私は角田に請け合った。

まったく、どこまでお人好しの男なのか。

四十を過ぎているというのに、まだガキ大将の気分が抜けていないらしい。

2

「それで、どうなさるの？」

三人で食事をして、角田をホテルまで送った後、私は家で家内に事情を説明した。

「あのメーカーの社長とは共通の友人が何人かいる。月曜にでも会って経緯を説明しようと思っているんだがね。そうすればメーカーの方で自発的にこの問題から手を引く。損をするのはメーカーの方だ。それが分からない会社でもないだろう」

「それで済むんですか？」

　家内は不安な顔をした。

「告訴を取り下げるもなにも、まだ犯人が分かっていないわけでしょう？　警察はそのまま捜査を続行すると思いますけど」

　なるほど、迂闊《うかつ》だった。私は角田の告白を聞いたので、すでに裁判のことまで考えていたのである。だが、現実は未解決のままだ。たとえメーカーが犯人捜査は不要と申し立てても、警察の動きを止めることはできない。

「やはり、いったん自首させるしかないか」

　詐欺ではないと警察を納得させてから示談に持ち込むしか方法がなさそうだ。

「示談もむずかしいんじゃないかしら」

　家内はそれにも首を横に振った。

「これだけ世間が騒いでいるのよ。示談にでもなればきっと新聞が裏の事情を探ろうとするはずだわ。そうなるとメーカーの方だって」

「黙ってはいないか……」

「それが角田さんたちにとって有利に運べばいいけれど、あのメーカーは新聞やテレビにたくさんの広告を提供している会社でしょう。最終的には角田さんたちが負けるんじゃないかしら？」

「しかし、だれが考えても角田の主張の方が正しい。たった五十万の品物を我々は三百万で買わせられているんだ」

「そういう品物はいくらもあるでしょう」

家内は反論した。

「宝石がそう。店が幾らで仕入れているかだれも知らない。時々、半額セールなんかもするから、もっと安く仕入れているんでしょうね。でも、それを採掘している人が訴えても、どうにもならないわ。もともと夢を買っているようなものなんですからね。夢だからこそお店の信用が大事なの。見た目にまったくおなじダイヤが二つ並んでいて、片方はデパートで二百万、そしてもう片方はスーパーで三十万だとしたら、女性はきっと二百万のダイヤにするわ。お金があればの話ですけれど……安いから買うなんて男性の考え方ですよ」

「五十万の箪笥を三百万で買って平気かね」

「それがブランドというものだわ」

家内はあっさりと言った。

「そもそも三百万の箪笥なんて、一般とは無縁な品物なのよ。原価が五十万だと分かったところで、それも一般には無関係。バカな金持ちたちだと笑うだけじゃないかしら」

　メーカーに批判が集中するなど有り得ない、と家内は付け足した。

「ずいぶんメーカーの肩を持つんだね」

　意外な気がして私は家内を見やった。

「角田が聞いたらがっかりするだろう」

「だから、角田さんのために言っているの」

　家内は私の鈍さに呆れた顔をして、

「示談に持ち込んでも角田さんたちのためにはならないと思いますよ。結局はメーカーの力に押し切られてしまって……そればかりか、村の人たちが仕事を失ってしまうかも」

「そういうことか」

　私も頷いた。確かに考えられる。犯罪まがいのことを行なったのは角田たちだ。メーカーはもっと厳しい対応に出る。最悪の場合は買い取り契約さえ破棄するかも知れない。自分たちで売ろうとしてもメーカーの名を外された家具を小売店や美術商が取り扱ってくれるかどうか……家内の言う通り、客は品質の良さよりもブランドに頼っているのだ。私もようやくそれに気がついた。六万で仕入れた小さな箪笥が四十万とは理不尽だ。それが二十五万で買えるなら、いかにも得をすると思う。しかし……二十五万でもまだ高い。角田たちが二十五万で売り出したところで客は簡単に飛び付きはしないだろう。

「案外面倒なことになりそうだ」

単純に裁判の勝ち負けで言うなら自信はあった。が、それが角田たちにとってなにをもたらすかと言えば、なにもない。むしろ職を失う結果になることもあるのだ。それでは裁判をやる意味がなくなる。

「でも……もし裁判で角田さんたちの拵えている品物がはっきりメーカーのものとおなじ品質で安いと世間に知れ渡ったら……」

家内の言葉はまさに天の啓示だった。

「それだよ。なにも示談なんかに持ち込む必要はない。戦えばいいんだ。詐欺の事件だと世間には思わせておいて、品質の優劣を正面に押し出せばいい。そうして無罪を勝ち取れば角田たちのところに家具の注文がくる可能性がある。それだとメーカーとも訣別ができるじゃないか」

「できますの？」

「絶対に勝てる。メーカーはそれを悟って示談を申し入れてくるだろうが、こっちはそれを断わって、あくまでも法廷で戦う。長引けば長引くほど有利だ。決着がつく頃にはメーカーの信用が完全に失われているだろう。反対に角田の村で拵える家具の優秀性が世間に浸透している。そして無罪となったら、きっと応じ切れないほどの注文があるぞ。小売店を通さずに直販の方法を採用すればメーカーが三百万で売っていた箪笥も百万以内で販売できるようになる。有名ブランドよりも品質がいいと裁判で実証済みだ。その日から角田の村の製品が有名ブランドとなる」

私自身が興奮してきた。

「ブランドへの無条件な信頼を突き崩すいいチャンスでもある。やり甲斐のある仕事だ」

方法はいくらでもあった。友人にマスコミの人間は多いし、自分で言うのもおこがましいが、私はこの県の弁護士会の中心にいる。メーカーとて、私が角田たちの弁護人を引き受けたと知れば慌てるに違いない。

こんな小さな事件に私が関わるなど、相手はまったく予想していないはずである。

決心すると私は角田に電話を入れた。

「正面から戦うのがいいみたいだね」

私の言葉に角田は絶句した。

「私が弁護を引き受ける。もし、裁判に勝って家具の直販ルートが確立したら、相当安く販売できるんだろう？」

「そりゃ、直販となったらいくらでも。簞笥も七、八十万ぐらいで販売できるんじゃないでしょうか。今が五十万なんですから」

「どうせなら村が家具で自立できるところまでを目標にしよう。裁判には勝てるが、それには犯人を自首させせなければいけない」

「村のためなら喜んで」

「君では駄目だ。やはり美術商に家具を持ち込んだ当人でないと」

「…………」

「この市の警察で構わない。逮捕されたと同時に、あれは偽物ではなかったと村を挙げてメーカーへの告訴を行なって欲しい。デザインが違うんだから一応は告訴も成立する。それからが本当の勝負だ。こちらが告訴している限り、たとえメーカーが訴えを取り下げたとしても裁判は進行する。その間に君たちの拵えている家具の優秀性を認めさせる。買い取り価格のことや、小売業者への卸値に関しても、もちろん問題とするつもりだが、狙いはあくまでもメーカーとの品質較べにある」

「それなら自信がありますよ。引き出しの底板や背板についても吟味しています。若い連中は今後の足掛かりになると信じて、特に念入りに拵えましたから」

「それを聞いていたんで、こっちもやれると思ったのさ。本物よりも立派な偽物は存在しない。現物を較べれば裁判所の方だって偽物ではないと判断を下すに決まっている」

「勝てますか？」

「私を信用して欲しいね。それより、村の側からの告訴は可能だろうか？」

「任せて下さい。先生が弁護を引き受けてくれて、しかも、必ず勝てると言うのでしたら皆も心を一つにします」

「くどいようだが、最初にメーカーの名を口にしたのは美術商の方なんだね。それをしっかり確認してから行動して貰いたい。万が一、その青年の方から口にしていれば、完全な勝利は保証できない。まあ、それでも執行猶予にはできるし、品質較べについてもまったく影響はない。勝ちには変わりがないがな」

「それも大丈夫です。嘘をつくような男じゃありません。ご心配なく」

「だったら安心だ。恐らくその彼も二日程度で自宅に戻されるはずだ」

私の頭にはさまざまな作戦が浮かんでいた。村からの告訴というのも、世間にアピールするための方法であった。品質の良さを浸透させるには、裁判そのものへの世間の興味を拡大させなければならない。裁判所という密室のような場所で判断が下されても無意味なのである。無罪となっても、世間が知らなければなんの効果もない。メーカーが敗北したと広く世間に知らしめる必要があるのだ。相当派手な裁判を演出しなければならない、と私は考えていた。あのメーカーの家具の素晴らしさを広めた雑誌にも、責任を取って貰う形で参加を求めなければならない。手蔓はいくらでもある。その雑誌社の顧問弁護士がだれであるか調べられれば、間に入ってくれる人物を見付けるのも簡単だ。いったん火がつけばマスコミも放ってはおかない。策はいくらでもでてきた。

3

それからおよそ半年が過ぎた。

私は角田の村に新しく完成したウッディ・センターの落成式に主賓として招かれた。

裁判はまだ続けられている。が、すでに勝利したのも同然であった。私の計算通り、村からの告訴が報じられるとマスコミはわっとばかりに食い付いてきた。取材陣が角田の村を訪れ、村の若者たちが真剣に家具造りに取り組む様子を放送し、裁判の前にメーカーの製品との比較を行なったりした。ある局など、テレビを通じての直販の交渉まで村に持ち込んできた。世間の反響も凄かった。なにしろ、模倣や偽物ではない。メーカーが買い取っていたものだから本物である。それがメーカー価格の四分の一前後で手に入ると分かって、直接村を訪れる客が増えた。東京の幾つかのデパートからも引き合いがあった。家具を取り扱わせてくれという打診である。

もちろんメーカーも黙ってはいない。逆告訴の手段にでたが、走りはじめた車の勢いはもうだれにも止められなかった。致命的だったのは、やはりそのメーカーにソファなどを買い取って貰っている下請け業者が名乗りを上げたことだった。村と同様に販売価格の二割前後で納入していたと言う。これでメーカーの信用は失墜した。

メーカーは買い取り価格を倍にするという条件で私のところに和解を申し入れてきた。角田と相談して私は拒否した。倍だと確かに村の連中は助かるが、それでは消費者価格が安くはならない。世論は安い家具を望んでいる。倍の利益はなくても、安い家具を売ることが自分たちの使命であると村は判断した。

そこまで考えていたわけではないが、裁判がはじまって三ヵ月目にメーカーの社長が交替した。ブランド名だけを有し、自社製品をほとんど持たないメーカーの今後は私の目から見ても危ういものだった。

反対に角田の村には未来がある。

それは落成式に出席しているだれの顔にも窺われた。皆、輝いた目をしていた。

ウッディ・センターの広間で宴会がはじまると皆が私の席にやってきてビールを注いだ。

「先生、おひとつ」

「このたびはありがとうございました」

角田の妻が笑顔で挨拶にきた。もと地元放送局の美人アナウンサーとして名を馳せていた彼女だけに眩しいほど美しい。角田と親しくなった理由の一つとして彼女の存在があったことも否定はできない。彼女が私の入院していた病院に角田と連れだって顔を見せた時は驚いた。彼女がテレビにでていたのはずいぶん昔のことだが、その明るさと頭の回転の早さに好意を抱いていた私だったのである。男の器量を妻で決める、というとおかしいが、私が角田を見直したのは彼女のせいだった。

「先生のお宅の方には足を向けて寝られないと主人が……いつもお世話になってばかりで」

「当たり前のことをしただけだよ。村の製品がよかったからこういう結果になった。私じゃなくてもおなじことになったさ」

「今日はごゆっくりできるんですか？」

「村でタクシーを頼んでくれている」

「それなら、ぜひ家の方に寄って下さいませ。詰まらないものですけど、奥さまに山菜でもと思って用意してありますので」

私は礼を言った。彼女は一礼すると悪い右足を引き摺るようにして別の席に移った。宴会の頭に永い挨拶が続いたので辛かったに違いない。正座が一番きついと彼女から聞かされたことがあった。立っている分には少しも気付かないのだが、歩くと体が右に揺れる。それがテレビ局を辞めた理由のようだ。

「や、どうも、どうも」

宴会がはじまって十五分も経ってはいないのに、もう茹で上がったタコみたいな顔をした男が私の前に胡座をかいた。村の観光課の課長と男は名乗った。確か何度か会っている。

「お陰さまでこんなに立派な建物が」

男は私の手を握って頭を下げた。

「先生にはぜひとも名誉村民になっていただかねばと皆で相談していたところでしてな」

「私の力じゃありません」

「とんでもない。先生のお力添えがなければあのメーカーに太刀打ちできませんでした。実際、二年以上も前からなんとかしなければと皆で知恵を出し合っていたんですが……どうにも私らの頭では無理だったですよ」

「青年団の若さが突破口を開いたということですね。切っ掛けさえできれば、後はなんとでもなるところまで熟していたんです」

「最初は村長が先生の名を挙げたんだ。あの時に思い切ってお頼み申し上げていたら、もっと早く話が進んでいたんでしょうが」

「ほう。そんな話も」

「この県で頼りにできるお人は先生しかいない。事情を話せばメーカーとの間に立ってくれるんじゃないかと……しかし、先生はあまりにも有名な人なんで……ここだけの話ですが、何百万も金を積まなければ引き受けて下さらないに違いないと」

私は苦笑した。が、それも一理あった。その時点で話がきても、恐らく私は断わっていただろう。金の問題ではなく、状況に対する認識の問題である。企業が利益を優先するのは当たり前のことだ。どんなに不当な買い取り価格であっても犯罪とは異なる。そこに介在したとてなんの意味もない。弁護士を職業としている以上、依頼があれば一応の話を聞くけれど、引き受けるか断わるかは、裁判に勝てるか負けるかの予測によるものではない。簡単に勝てると見ても断わる場合があるし、勝つのは面倒だと覚悟しながら引き受けることもある。すべてはやり甲斐があるかどうかである。大会社の顧問弁護士を幾つも引き受け、贅沢な暮らしをしている同僚もあるが、私は違うと自負している。一般が想像しているよりも裁判には永い時間がかかる。年に三つも事件を引き受ければ、それで手一杯になる。若い頃ならともかく、五十を過ぎた今、下らない民事裁判に関わる気はなかった。たとえ敗北を喫しても、その裁判を通じてなにかを世間に訴えることができれば私の役割は果たしたことになるのだ。

私は男にそれを伝えた。

「そういうことなら、私らも運が良かったんですなぁ。角田さんの株も近頃ではめっきり上がっておりましてね。次期村長候補だなんて周りから期待されとります」

「彼は村のことになると熱心だから」

「青年団を取り纏めて例の箪笥を東京に持って行かせたのも角田さんなんですよ」

私は料理から顔を上げて男を見詰めた。

「先見の明って言うかね……私らにはとても考えつかない策でした。喧嘩しちゃった方が早いんだ、なんてね。私らはメーカーの顔色だけ気にしてましたから。これからは角田さんのような人の時代ですな。先生とのお付き合いにしたって、私らにはほとんど教えてくれんかったですよ。それが大逆転でしょう。あっと思いました。村長が前に先生のお名前を出した時に、そういう段階なら先生が引き受けて下さらんと分かっていたんで、かえって迷惑になると判断して反対の立場に回ったとか。なかなかできるこっちゃない。私だったら先生とのお付き合いを自慢気に皆に言い触らしておったでしょう」

頷きながらも私は首を捻った。

「村長が私の名を言ったのはいつ頃です？」

「ですから、もう一年半も前でしょう」

私は思わず宴席に角田の姿を捜した。

私と角田の付き合いはまだ一年にも満たない。なにか厭な感じがした。ただの嘘に過ぎないのだろうか？

それにしても不自然だった。今の話が本当なら、角田は村長が私に頼もうとした提案を阻んだことになる。付き合ってもいないのだから、そういう仕事を私が引き受けるかどうか角田には分からなかったはずだ。

「角田君はどういう反対理由を？」

「さあ……古いことなんで忘れてしまいましたが……私らは角田さんが村長の行政に批判的な立場にあったんで、単純な横槍だと思いましたねぇ。まさに不徳の至りですわ」

男は頭をぽりぽりと掻いた。

不徳の至りなどではない。男の睨んだように、その時の角田の反対はまさに横槍であったに違いなかったはずだ。それが、ひょんなことから私と知り合いになって、今ではそういう理由であったとすり替えているのだろう。

〈けっこうずるいところもあるんだな〉

角田のイメージが少し変わった。そう考えると入院当時の角田の熱心な見舞いにも頷けるものがあった。角田はチャンスだと思ったのではないか？　私と親しくなっておけば、なにかの時に私を利用することができる。村は弁護士を必要とするほどの難問を抱えていた。しかも、偶然に、私は村長たちが依頼しようと検討していた相手なのだ。

角田は私と親しくなるにつれ、私がどういう事件に触手を動かすか調べはじめた。

今にして思うと、角田はしつこいほどに私の手掛けた事件について質問してきた。弁護士も人間だから癖がある。私が興味を魅かれるのは、まさに今度のような事件であった。

私は苦笑いした。

〈これは……やられたか〉

角田は私の性格を見抜いた上で今度の事件を演出したのではないか？　話し合いなどで解決する問題ではないことを角田は知っていた。喧嘩をした方が早い、というのは乱暴だが正論でもある。だが、負ければ元も子もない。勝つには世論を巻き込む必要がある。突き詰めて行けば方法が見えてくる。理不尽さを世間に訴えた程度では駄目だ。犯罪まがいのことまでしなければならないほど追い詰められているというアピールが大切だ。そこではじめて世間は同情してくれる。メーカーが値上げ交渉に応じてくれない、などと訴えたところでだれも関心を持たないのだ。

〈ただの熱血漢と思っていたが……〉

なかなか利口な人間である。事件が起きるまで角田は私に村とメーカーとの確執を一言も洩らさなかった。もし少しでも事情を聞いていたら、私はあの事件が仕組まれたものだと疑ったかも知れない。その場合、どれほど同情の余地があったにせよ、私は弁護を引き受けなかったはずだ。角田はその点もきちんと計算している。

〈ん？〉

なんだか奇妙な気がした。私が角田の立場であったら……たぶん村の窮状をそれとなく口にする。なにかいい知恵はないかと問い質しもするだろう。それをしなかったということは、よほど早い時期から角田が裁判になるまでを予測していたことにならないか？

見舞いにきていた間に思い付いたとしたら、ずいぶん冷たい男だと思った。利用するという気持しか角田にはなかったのだ。

「どうかしましたか？」

ぼんやりと角田を眺めている私に男はビールを差し出した。私はグラスを出した。

「お、きたな」

照れた笑いを見せて隣りに座った若者の肩を男はぽんぽん叩いた。

「その節はご迷惑をかけました」

若者は私にぺこりと頭を下げた。東京の美術商に小箪笥を持ち込んだ青年であった。彼に関しては詐欺罪に当たらないとしてケリがついていた。

「元気にやっているようだね」

「お陰さまで。皆、張り切っています」

「あのアイデアは角田君だったんだって？」

私はわざと口にしてみた。

「ええ。俺がヘマしたせいで妙なことになってしまって反省してます。メーカーとは関係ないと胸を張って言えば問題なかったのに」

「気にすんな」

男は若者にビールを勧めて、

「そのヘマが幸いしたんだ。でなきゃ、今だってメーカーの言いなりだったに違いない」

陽気に笑った。

「話が通ってるって聞いていたから、慌てたんです。それに泥棒を見るような目だったし」

「話が通ってる？」

「角田さんの知り合いだって聞いてました」

「あの美術商が？」

「大学時代の友人の親戚だとか。それで皆が頑張ったんです。けど、なんの行き違いか、まだ話が伝わっていなかったらしくて。だからこっちもしどろもどろで……買ってくれたので安心しましたが」

それも無論初耳だった。

「どうしてそれを警察に言わなかったのかね」

私は不愉快さを覚えた。

「別の店だったんです。角田さんが地図を書いてくれた時に間違えて」

聞いて男は爆笑した。

「行きもしない店のことなんかを言えば、迷惑になるからと角田さんが……」

なるほど、その通りだろう。が、私は信じなかった。そんな大事な店の地図を角田が間違えるなど有り得ない。その店は紛れもなく角田の知り合いの店だったのだ。店の役割は簞笥を買いとることと、あのメーカーの品物であると、この若者に言わせることだった。でなければ詐欺事件が成立しない。若者がメーカーとは無関係な品物だと力説したものを、メーカーの製品だと偽って販売すれば、罪は美術商に転嫁される。それを防ぐために別の店のように見せ掛けて若者を動揺させた。実に巧妙な手口だ。もしそれでも若者がメーカーの品物だと言わなかった時は、下請け業者であると認めさせればいい。本物の下請け業者が拵えた品物なら、それはすなわち本物となる。メーカーの製品だと言って美術商が売っても罪に問われる心配はないのだ。

私は角田という男が恐ろしくなった。

角田は村の若者たちを唆《そそのか》し、詐欺事件となるように画策したのである。

〈となると……〉

メーカーに小箪笥を注文したのも、ひょっとしたら角田ではないのだろうか。

彼の狙いは一刻も早く事件を公にすることにあった。充分に考えられる想像である。

〈と言って……〉

これは犯罪ではない。若者が自分からメーカーの名を口にしていない以上、言わば勘違いによる詐欺事件なのだ。現に警察もそう判断して取り下げた。続行中の裁判はその事件についてのものではなく、若者の持ち込んだ箪笥がメーカー製品の偽物かどうかの問題なのである。ここで角田の画策が明らかになったところで、裁判にはなんの関係もないことだ。本物のダイヤか偽物かで言い争っている時に、その持ち主が犯罪者と分かっても、鑑定になんの影響もないのと一緒だ。

「なんにしろ、おまえは立て役者だ」

男は一礼して立ち上がった若者に言った。

「災い転じて福となす、ってな」

若者は照れた笑いをして立ち去った。

「本当に角田さんは村長になりますよ」

男はふたたび私と向き合った。

「先生も応援してやって下さい」

私は曖昧に首を振った。

「なにしろ、情熱がありますからなぁ。あの奥さんと一緒になった時だって……一年も前から、必ずあの人と結婚すると宣言して、結局、その通りになった。粘りがある。政治家には一番の基本でしょう」

「彼女もこの村の出身だったかな？」

「いやいや、東京の人です」

「じゃあ、大学で一緒だったとか？」

「歳が違いますよ」

男は笑った。

「村では伝説になってましてね」

「伝説？　どんな」

「あの奥さん、昔は美人で有名なアナウンサーさんでした」

私はもちろん頷いた。

「いわゆる一目惚れってやつですな。テレビで見ているうちに惚れちまった。俺の女房はこの人しかいないと思ったらしい」

「…………」

「だから暇があるとバイクを飛ばして市に出掛けていたとか。行ったたって会えるわけじゃないのに、とにかく週に二度くらいは放送局の前をうろうろしてたそうですよ。ずいぶん後になってから聞かされた話ですがね」

「…………」

「通いはじめて半年ぐらいでしょうか。やっとあの奥さんが放送局から出てくるのを見付けた。しかも直ぐ目の前だったようです。びっくりして角田さんはバイクで追った。ところが……慌てていたもので、思い切りアクセルを回してしまった。それで……」

ドーンと言って男は両手を弾いた。

「気の毒に二ヵ月の重傷ですよ。奥さんの足の怪我はその時のものです」

私は啞然となった。

「普通ならそれでお終いなんでしょうが……角田さんは偉かった」

「見舞いを欠かさなかったんだろうね」

私はつい意地悪な言い方になった。

「そうです。二ヵ月、一日も欠かさずに」

「その真心に彼女は感じいったということか」

「口では二ヵ月と簡単に言いますが、滅多にできることじゃない。はじめは憎んでいたらしい奥さんも、次第に角田さんを頼るようになったとか。恨んだところで足の怪我が治るわけじゃない。角田さんもあの通りの人柄でしょう。それに家業も県内では有数の製材業ときたら、文句はありませんよ」

「ちょっと失礼」

私は男を遮ってトイレに立った。正確に言うならトイレに立つフリをした。聞くに耐えない話だったからだ。

私には確信があった。

角田は彼女をわざと轢《ひ》いたに違いない。

ファンだと名乗ったところで彼女がまともに相手にしてくれる確率は低い。だから角田は彼女にバイクをぶつけた。そうして加害者となれば、否応なしにゆっくりとした対面がかなう。私の場合とおなじだった。

バイクならせいぜい怪我で済む。

彼女は角田という蜘蛛《くも》の張った網に捕らえられた蝶なのだ。そうとも知らず彼女は毎日見舞いにくる角田の優しい笑顔に騙された。私も永い入院を経験しているので分かるが、自分が気弱になっている時ほど、人の親切が身に沁みるものだ。ましてや彼女の場合、あの怪我では職場復帰も諦めざるを得ない状況だったろう。

すべての原因は角田にある。それが分かっていても、なかなか人間は憎み通せないものだ。憎めば憎むほど、自分が卑しく思えてくるのである。その上、相手がまったく悪意の感じられない青年で、自分をこよなく愛していると知れば……憎しみがたちまち愛に変わっても不思議ではなかった。敵を許すという気持、それほど甘美なものは滅多にない。

恐ろしい男だ、と私はまた思った。

その方法を取るならば、どんな人間とでも親しくなることが可能だった。

理屈だけで言うなら総理大臣でさえも。

隙を見付けて車を追突させれば済む。

どんなに相手が偉い人間であろうと、入院先に見舞いに行けば、加害者の立場なら部屋まで通すはずである。それを拒む人間はいない。見舞いにもこないと言って怒る話は世間にたくさんあるが、見舞いにきすぎると怒る被害者はいない。その何日かを利用して誠心誠意を尽くす。そうすれば被害者も心を開く。交通事故は犯罪ではない。加害者と言っても殺人犯や強盗とは違うのである。相手だって、いつ加害者の側に立たないとも限らない。そのことで警戒されるわけがないのだ。妙な話だが、私の場合、角田に連帯感まで覚えた。人間の一生の中で他人と被害者と加害者の関係になるのは、ごく珍しいと言えるだろう。日常から逸脱した関係なのだ。私は職業柄これまでに何千人という人間と付き合ってきたと思うが、私にとっての加害者となると、角田を含めて数人しかいない。いずれも交通事故であるけれど、そのだれの名前も顔もちゃんと頭の中に刻まれている。恐らく一生忘れない人間たちだろう。事故はそういう特殊な人間関係を一瞬にして形成する。普通は補償のことで加害者の方から縁を切ろうとする。しかし、角田のような態度で接してこられたらだれだって親しく付き合うに違いない。

ちょうど私が角田と親しくなったように。

角田は妻を獲得した方法をまた私に試みたのである。左折のライトが故障していたと主張したのも角田だった。その部分に追突されたので今は実証する方法もない。

が、私は疑わなかった。

角田は私を利用して村の抱えている問題にケリをつけようとしたのだ。

「お体の具合でも悪いんじゃ？」

トイレのドアを開けて角田が覗いた。

私は動揺しつつ角田を睨みつけた。

「このまま今日は帰らせて貰う」

私はなおも睨み続けた。

「田舎料理は口に合わんでしょう」

角田は薄笑いを浮かべて立ち去った。

ゾッとするような冷たい目だった。


それから一年。

角田はあれきり自宅に寄り付かなくなった。裁判の関係で事務所には何度か顔を見せたが、用事を済ませるとそそくさと帰った。

私も角田に関心はない。

事情を知らない家内だけが角田のこないのを寂しがっている。

そうしたある日。

私は角田の名を新聞で見付けた。

中央に太いパイプを持つ代議士が交通事故で入院したという記事だった。雪道でスリップした車に追突されたのである。運転していた男の名は角田であった。

〈今度は代議士の椅子が狙いか……〉

平身低頭で詫びを入れている角田の姿が不意に頭の中に浮かんだ。

私は新聞を屑籠に投げ捨てた。

アメリカ・アイス

馬場信浩

1941年、大阪府生まれ。'78年『くすぶりの龍』でエンタテイメント小説大賞を受賞。'82年ノンフィクション『落ちこぼれ軍団の奇跡』が注目を集め、同作は「スクール・ウォーズ」としてＴＶドラマ化された。他の著書に、『松尾雄治にもらった勇気』などがある。

「もし、あなたが生き続ける限り鼻水をたれ流したいのなら、コカインを。もし、兄弟や親の顔を忘れたいのなら、鼻の粘膜にクラックを。もし、ヒクヒクと痙攣《けいれん》して生まれてくる頭の小さい赤ん坊が欲しければ、スノウを腕に注射しましょう」

学校のトイレのドア、教員室、黒板の端と、どこにでもこの貼紙がしてある。一々うるさいことだ。

僕のクラスの半分はドラッグをやっている。先生が目を剝《む》いてやめろ、って言う。目を剝いたって効き目なんかあるもんか。なぜないか。先生もドラッグをやってるからだ。

ドラッグがいけないってことがよくわからない。こんな素晴らしいものはないぜ。ジュニアハイ（中学）までは、ハイな気分になるのはアルコールだと思って盛んに飲んだね。とんでもない。あんなものでハイになれるわけがない。胸のむかつく二日酔いがいいところだ。その点、ドラッグってやつはアルコールじゃ絶対に得られないトリップができるのだ。そいつを一度味わったら、他の物には目もくれなくなる。これ絶対。

僕の忌まわしい高校生活の最後に起きた事件のスタートはこのドラッグにある。そのあらましをベンチュラ警察署のバッド・コクラン刑事に書かされている。ケツをまくって書け。これがバッドの命令だ。いわれなくともそうする。

1

僕の名前はトビー・マクゴーワン。両親は三年前に離婚した。離婚理由はお決まりの性格の不一致。嘘こけっての。本当は両方に異性の友達ができたのだ。父さんは慰謝料を払いたくないから、弁護士に自分のガールフレンドができた時期を、調整してもらった。つまり、お母さんのボーイフレンドの出来た時期よりも遅くしてもらったのだ。僕にはどっちでも同じだ。要するに両親のゴタゴタから離れて、勉強さえできればよかったのだから。

僕の通っていたのはカリフォルニアのサンタバーバラにある「ハッピー・ヴァレ

ー・スクール」。一応バーロンに載る有名高校。もちろんプレップ（私立の進学高校）。四方を山に囲まれ、古くて静かな町の西北に樫の森がある。学校はその森の中だ。

僕はシニア（四年）だったんだ。かなり遊んでいたので、勉強でたっぷりしぼられた記憶はない。成績はまあまあだ。ジュニア（三年）のとき運が良く、知っている問題が出たからＧＰＡ（内申点）３・５はつくと思う。これだとＳＡＴ（大学入学検定試験）を一千点くらいとればカリフォルニアの州立大学ならパスする。東部の有名大学に七、八人は行く。「伝統に新しきメソッド」これが学校の売り文句。しかし、実のところ名前を少しでも残した者、つまり夏休みの数学キャンプに来た者でも卒業生として計算してしまうのでこれは嘘っぱち。学校の経営は苦しく、外国からの留学生をとって急場を凌《しの》いでいる。

一度、イラン革命で追われたパーレビ一族の子供達を学校のドームに預かったことがあった。これは見ものだったよ。

彼等は昨日まで王侯貴族の生活をしていたわけ。教師などは彼等にしてみれば召使い同様なのさ。そこで夜中に腹が空くと寮母を叩き起こし、料理をつくらせた。一度は無理をきいたけど、二度はきかなかった。すると彼等は教師や寮母の胸倉を摑んで殴りかかった。僕達は偉そうにしていた教師達が殴られる様を、ワクワクしながら見ていた。コック長のアシュマンが殴られて泣きだした。こいつはドイツ人で、自分達は世界で一番偉い民族なのだと公言してはばからない。みんなはヒットラーをもじってアドルフと呼んでいた。それがパーレビの猿どもに殴られ、鼻血を出して泣く様は傑作だった。これから僕の人生でなにかにつけて思い出される光景だろう。

パーレビの一族子弟は一年しか学校にいなかった。なぜなら絶えず暗殺の危険があったからだ。彼等は行く先も教えずに姿を消した。

次にやってきたのが日本人だ。学校は日本人さまさまだった。おとなしいし、金払いがよいし、出された食事に文句は言わない。アドルフの奴め、一度失われた権威を、日本人生徒の前で威張ることでとりもどした。

正直なところ、日本人生徒はおとなしいけれど落ちこぼればかりだ。高校留学して来る奴は、日本の高校入試を落ちた奴か、日本で問題を起こして退学した奴らだ。つまりアホが多い。また日本の高校を卒業して来る奴は、数学はできるけれど、英語は酷《ひど》い。僕達はＦＯＢ、つまりやっかい者と呼んでいる。

ではなぜ、こんな田舎町の高校に留学してくるか。それは、ロスアンゼルスやサンフランシスコなどの都会のＥＳＬ（学校付属の外国人生徒用英語クラス）に入ると英語が身につかないからだ。だって、まわりはみんな日本人なんだぜ。英語がしゃべれない奴同士で固まり日本語をしゃべっているのだ。

だから、ちょっとアメリカを知る親なら、子供を田舎の高校の寮に入れる。ホームステイもいいのだが、昔と違って、ホームステイは、家のローンを払う足しにされるのだ。また日本の娘が家に入ると旦那までが好奇な目で見る。親子でやっちゃった、なんて話はいくらもある。そこで娘を寮に入れる。寮だって本当は安全ではないのだけれど、こと英語に関しては正しい。半年で英語がしゃべれるようになる。ところが日本人のお護《も》りは僕達の役目なんだから頭にくる。僕の通っていた高校にはそんな日本人が十七人もいたんだ。

「国際親善だ。英語を話しかけてやりたまえ」

校長はそういう。冗談じゃないよ。話しかけたって、ふつうの日本人が「アハン」と相槌を打てるようになるまで、半年はかかるんだから。留学生が最初に覚える英語は「アハン」だってこと日本人に知らせてやりたいよ。

僕の高校にノボルという日本人留学生がいた。こいつの英語は酷いが、けっこうしゃべる。でも、数学が抜群なので、みんなから尊敬されている。それに野球がうまい。きれいな守備でショートを守っている。打てばかならずヒットだそうだ。僕は野球やサッカーなど、スポーツにあまり興味がなかったのでノボルのプレーを見たことはなかった。みんなダッジからの請け売りだ。

ダッジ、こいつは友達でもなんでもないのだけれど、時折、クラック、それも良質のクラックを恵んでくれるので、友達っぽくしていた。クラックはコカインの結晶で、こいつをスノーティング、つまり鼻から吸ってやると頭が冴えてくるのだ。ダッジはこいつを大量に寮の中にもちこんでいた。

そのダッジが夜中、食堂にずかずか入って行って、残り物をムシャムシャ食べた。退学騒ぎになった。それから訴訟になって、ダッジが勝った。退学は無効になり、慰謝料で授業料が支払われた。

「頭で勝った」

とダッジは言ったものだ。

勝った理由はこうだ。学校は年間一万五千ドルの授業料と寮費をとっておきながら、生徒に充分なものを食べさせていなかった。だから空腹で食堂に押し入った。責任は学校側にある、とダッジの親父が訴えたのである。

裁判所はダッジ親子に勝ちをくだした。

新しい年度が始まった。その年の九月を、僕等は親達から離れて寮に入れるのを喜び、その一方では寮生活の重苦しさをうんざりしながら迎えた。

いきなりだった。ダッジが校長室に呼ばれた。そして再び、退学を宣告されやがった。理由は、

「ドラッグの持ち込み」だった。

ダッジは身に憶えがないと叫んだ。しかし、証拠がつきつけられた。それは喉から手が出るほどのしろものだった。純度九十九パーセントで「スノウ」と呼ばれるコカインの粉末だった。

ダッジを校長にチクッたのはノボルらしかった。ノボルはダッジに「スノウ」を売りつけられたと証言した。

親が呼ばれ、逆に、校長から、告訴状が手渡された。そこには学校の名誉を傷つけたとして、十万ドルの損害賠償が要求されていた。僕達は口笛を吹いた。ダッジの親父が青くなった。しかし、ダッジは平然としていた。

「校長、僕はこの学校を去るにあたって、あの秘密を暴いてもいいのですが、覚悟がありますか」

「どんな秘密だね？」

「カシタス湖でキャンプを張った時、あなたは何をしましたか。日本からの留学生、

キヨコを強姦したでしょう」

　校長が慌てふためいた。

「き、君、なんていうことを」

　またしてもダッジの勝ちであった。この顚末《てんまつ》を僕はダッジから聞いて笑いころげた。ダッジは校長から、

「ダッジ君、以降は大人としてのつき合いをしよう」

　と持ちかけられたそうだ。

　キヨコはドラッグをかまされてシニアの生徒達に回されていたのだ。寮ではよくおきる。アメリカ人の女は回されることを嫌がってはいない。けっこう楽しむのだ。でも日本人はよほどショックなのか、それ以来、勉強も、校外アクティヴもやらなくなった。僕は日本人がセックスを楽しむことに罪悪感をもっていることを知っている。あんなものダンスとちっとも変わらないのに。

　ことがそれで収まっていれば問題はなかった。ノボルがオセッカイにもキヨコが誰に強姦されたかを聞き出した。それでダッジ達だと分かると決闘を挑みやがった。ダッジは鼻でせせら笑った。

「おまえ、あの女に惚れていたのか？」

ダッジが訊いた。

「そんなんじゃない」

「それならおまえも楽しめよ」

いきなりノボルの蹴りがダッジの腹に入った。それっきりだった。ダッジは悶絶して廊下に倒れた。僕達はノボルを尊敬して、ことの次第を学校側に黙ってたってわけ。

ダッジの次は、ノートンだった。ノートンは逃げまくった。ノボルは黙ってどこまでも追った。明け方、ノートンは冷え込んで薄氷の張っているカシタス湖に飛び込んだ。そして許してくれと手を合わせた。ノートンは三分間、湖に漬けられて気絶した。

イスマエルの場合は傑作だった。ノボルがキュウカンバ（キュウリ）をイスマエルの尻の穴に突っ込んで寮内を歩かせた。

「強姦するってのはこういうことなんだ」

ノボルはイスマエルに浴びせかけた。中国人や韓国人の留学生が息を詰めて見ていた。イスマエルは泣いた。しかし、ノボルは寮の一つ一つの部屋を探訪させた。最後は舎監のグレイディの部屋でパフォーマンス、つまりキュウカンバ・ダンスを一舞させられて終った。

　これでノボルはすっかり英雄になった。三人はノボルを怨《うら》んだ。特にイスマエルは殺してやるといつもいっていた。

　これだけのことをやってもノボルにはお咎めがなかった。グレイディは野球の監督だ。ノボルがいなければ、リーグ優勝はできない。それにキヨコをイスマエルが回したのをグレイディは知っていた。ノボルの怒りに理解をしめしたのは分かる。

で、キヨコのことだけれど、キヨコはノボルを嫌った。むしろノートンと仲がよくなった。ノートンは打ちひしがれていたけれど、それだけが唯一、ノボルに勝っているという自負心で顔をあげて歩いた。女心とはこんなものだろう。

　キヨコは回されると急に色気が出てきやがった。そこで校長をはめた。シナリオは僕が書いた。

　カシタス湖でのキャンプで二人きりにしてやった。校長はキヨコを犯した。キヨコは泣く真似をした。それで三年で卒業させることになったそうだ。普通は四年通わなければ卒業出来ないのにだ。女は得だよな。

　とにかくノボルはキヨコの本当の姿を知らない。こういうのを俺達の間で、ステューピッド（まぬけ）ってよぶ。とにかく真面目な奴はどこかおかしい。勉強することだって、僕達の常識範囲を越えている。なんであんな難しい方程式や因数分解がすら解けるのか、どう考えても分からない。ノボルは方程式を暗算でやる。それで正解を出しやがる。気がちがっているのだと、ダッジと話している。本当にやりにくくてしようがないのだ。

そこで、イスマエルが、

「やはり殺そう。あいつを殺さなければ俺はいつまでたっても救われねえ」

と言った。その通りだ。キュウカンバを見る度に、尻がむず痒《がゆ》くなるのだから。ノボルを殺害する気持ちが高まったのは、クリスマス休暇が始まる少し前のことだった。この休暇は短い。その間に家へ帰る者もいる。しかし、大半はターキーシュウティングと称してガールフレンドのところへ遊びに行くのだ。

クリスマスの間、ノボル達は日本に帰る。たった十日間の休暇のために日本に帰るのだ。日本人ってなんて金持ちなんだい。フリーウエイを走って驚くことに、車の七十パーセントは日本車だぜ。これだけアメリカで車を売れば日本は金持ちになるわさ。アメリカの自動車産業は壊滅するわけだ。と妙なところに感心したけど、実際、大人になって車が買えるようになったら、いの一番に日本車を注文することは間違いない。違うんだな、車への考え方が。僕達は車なんか足だけれど、日本人は車こそもう一つのハウスだと考えているものな。

ノボル殺害計画になぜ僕が加わったかは、成行きとしかいいようがない。僕は数学はまあまあだけれど、英語の成績は上位に入る。クラスメートからは一応、読書家って呼ばれている。まだ漠然としているけど、作家かジャーナリストになれたらと思っている。

「ハーイ、トビー、スタインベックの『怒りの葡萄』の描かれた背景はアメリカの何年くらいのことだい？」

と授業中に聞いてきたのがダッジだった。たまたま知っていた。うちのおじいさんが不況にあって、経営していたオレンジジュースの会社が倒産したのだ。それで背景を教えてやると、

「トビー、よく勉強しているね」

と英語の教師コッチが誉めてくれた。以来、物知り、読書家、百科事典などのニックネームが僕にたてまつられた。どれも悪くなかった。それでその名に背かないようにしたってわけ。なんでも知っていると思われているのだ。

それに、ダッジ達が考えている、白人がなんでも一番だ、と思う側に僕が属しているのは事実だ。白人優位説に荷担したいのだ。こうなにもかも日本人にやっつけられ

ていると、よけいに白人優位説に頼りたくなる。

キヨコがノボルのスケジュールを聞いてきた。

「彼は、十二月二十日火曜日の授業が終るとロスアンゼルス空港に駆けつけ午後のSQ便に乗る。帰ってくるのは翌年正月二日の朝方。そこをやるの」

キヨコはギャングの情婦きどりで命令しやがった。ところがこの案には欠陥があった。つまりキヨコが囮になるのだけれど、ノボルがキヨコの誘いにのってこない可能性があった。僕がそれに気づいてイスマエルにいうと、

「大丈夫だよ。ノボルはキヨコに気があるから、俺達にあんなことをしたのだろう。ぜったいノボルはのってくるよ」

と請け合った。

イスマエルの顔を立てた。再びキヨコから詳しいノボルのスケジュールが知らされた。イスマエルがそれにのっとって計画を立てた。

「SQ便のLA到着は朝十一時だ。通関に一時間かかるとして、十二時に出てくる。ノボルはグレートラインに乗る。俺達も偶然を装ってそれに乗る。バスはベンチュラどまりだ。そこからはタクシーしかない。四人ならちょうどよい。タクシーの運ちゃんを眠らせてテキサコ石油の廃油所に連れていく。そして廃坑に捨てるのだ」

僕は、ノボル殺害計画がむちゃくちゃなのを知って愕然とした。第一に、こちらの都合ばかりで、ノボルの性格や癖など、充分な情報が集められていなかった。もっと確度の高い情報が必要だ。

「降りるって？」

イスマエルは鼻でせせら笑った。笑うのは僕が良質のドラッグ「アイス」を欲しがっていることを知っていたからだ。実際、アイスは欲しかった。こいつを一度味わってしまうと他のドラッグはみんな屑《くず》に思えた。

「ああ、こんなずさんな計画じゃあ、ノボルを殺《や》っても、すぐに警察に捕まってしまうよ」

「どこがずさんなんだ」

「いいかい。一人の人間が消えるのだよ。この世の中で最も不自然なことが起きるのだ。この計画が成功するためにはもっと自然な、つまり消えても当然と思える理由がないと、もし疑いが生じた時にまわりを納得させられないよ」

「おまえの言っていることが分からない」

「これはごくごく一般の常識だよ。多くの本にかかれてあるから図書館で調べてみるといい。『暗殺者』『狼の掟』『北からの指令』『微笑みはいつも薔薇色』『ジャッカルの日』など読んでみるんだな。暗殺者はどれほど綿密な計画を立てるかが分かるだろうよ」

イスマエルは黙ってしまった。そこで僕達は別れちまった。ちょっと惜しい気がしないでもない。だが、こんな殺害方法で警察につかまってしまったらそれこそおしまいだ。

2

「おい、トビー、最近、俺の顔をまともに見なくなったけれど、何かあったのか」

寮の夕飯を食べようかどうしようか思案しているとき、ノボルにあの日本語なまりの英語を浴びせかけられた。一瞬、ムカッとなった。なぜムカッとなったか。日本人の英語を聞く度に、僕は馬鹿にされたような気になるのだ。できない発音をできるようになれというのは無理だ。僕だってスペイン語をやらされて外国語を習う難しさは理解しているつもりだ。だが、ノボルの英語はこの学校に来たときから変わらない。SとTHの発音、LとR、BとV、それにTが強すぎる。単語を並べるだけの会話もかなわない。ところが、僕達がスラングで遊んでいるところではちゃんと意味を知っているのだ。それでニヤリと笑う。ムカつくんだな。

ノボルの英語で最もかなわないのは口を曲げて、「アウ」とか「ウウ」とかを挟むことだ。これは僕だけが感じているのではない。もっと素直に発音すればいいのだ。これをやれば英語になると思っている。ロスアンゼルスに出てみるとこの手の日本人がごろごろいる。僕達が他の東洋人と日本人を見分けるのに、この口を曲げて、「アウ」とか「ウウ」とかを挟んで英語をしゃべるかしゃべらないかを基準にする。そしてそんな人物に出会うと日本人ですかと聞いてやるのだ。すると彼等は、目を丸くして、

「なぜ、日本人だとわかるのですか？」

と聞いてくる。そこで曖昧に答えをぼかすか、

「そりゃあ、分かりますよ。他のアジア人とは振舞いが違いますから。それに日本人は昔から行儀がいいですから」

という。これが言えれば、商談は必ず成功すると、僕の父は言っていた。父は、日本相手の商売で苦しい戦いをいつも強いられている。父は裏へまわると「ジャップ」とののしることを忘れない。

そこで僕はムカつきを隠して、ノボルに、

「べつにそういうわけじゃない。けれど、君は英雄になってしまったからな」

と答えた。

「俺が英雄か」

「そうだ。三人ものアメリカ人を追いかけ回してギャフンといわせたのだもの」

「それで俺の顔をまともに見られないのか」

この狐め、ごまかしにはのってこない。そこで、反撃に出た。

「……ノボル、僕は君とは友達でもなんでもない。だから忠告やアドバイスはしない。けれどここは僕等の国だ。ここには僕等のルールがある。あまり君の国のルールをもちだすと」

「暗殺される」

「そ、そこまでは」

「知っているよ。この国ではマイノリティがどんなにがんばっても君達白人に勝てないことをね。ところで『スノウ』をもっていないか」

「ない、そんなものをどうするのだ」

「やりたいんだよ」

ない、というとそれ以上求めてこなかった。

いよいよクリスマス休暇になった。ノボルが日本に帰る前に、僕に会いに来た。

「トビー、日本の土産《みやげ》で何か欲しいものはないか」

そう聞いてきた。そこでからかってやろうと思った。

「欲しい。アイスがあれば買ってきてよ」

「分かった。アイスだな」

僕はかかったと思った。アイスとはノボル達の間ではアイスクリームのことだ。だが、僕等の間で、「アイス」はアンフェタミンの化合物をさす。コカイン以上のドラッグってこと。こいつを普通は鼻から吸うのだけれど、静脈に射《う》つと効き目はクラックの比じゃない。一度ロスアンゼルスで知り合いに回しで射ってもらったけれど、一気にエンパイヤステートに昇った感じがしたもんだ。

僕の昔の女、ジェニファーが、こいつを静脈に射たれ、フリーウエイを突っ走って死んだ。ジェニファーは日本人だった。とてつもなくうまい英語をしゃべった。彼女の両親は僕を怨んでいるそうだ。でもアイスをかましたのは僕じゃない。ダッジだ。

ジェニファーが僕のことを「愛している」というのは赤ん坊が、「マミー、オシッコ」というのとかわりがない。それをまともにとってジェニファーの両親は僕のことを、男としてふがいない、男として許せないという。冗談じゃない。

ジェニファーは僕に初めておっぱいをもませたんだと言っていた。おやすみのキスが最後までいっちゃったことが度々だけどな。もっともダッジやノートンとも、あったってから、責任は感じていない。

横道へそれた。とにかくジェニファーはハイになって、あの世に行ったたってわけ。短かったけれど幸せだったのじゃないかな。僕だってトリップしながら、おっちぬならかまわないいな、と思うもの。

そうそう、アイスの話だったな。アイスはどこで作られているか。今ではカリフォルニアに密造工場が三百ほどあるっていうけれど、元はというと日本で作られたんだ。これは父からきいたんだけれど、日本はアメリカとの戦争で負ける寸前、特攻隊員に一本打って突っ込ませていたんだって。

日本のヤクザがこの作り方のノウハウを知っていて、より良質なものを作ったらしい。それだけならよその国の話だ。日本人の凄いところは、こいつをアメリカにもちこんだことだ。それも韓国やフィリピンのマフィアにもちこませたのだ。今ではトヨタと同じく現地生産している。でも、一番、トリップの心地がよいのはメイドインジャパンだ。僕はそれがほしい。

だけどノボルはアイスクリームを買ってくるに決まっている。そのとき僕は、ノボルを笑い飛ばしてやろうと思う。

3

僕は気が気ではなかった。ダッジ達が勢い込んでロスアンゼルスにいった。僕も誘われたのだけれど、僕は新しくつきあっているガールフレンドのエニィとテニスをするつもりだったので断った。

エニィはパブリックに通っている。パブリックから見れば僕達プレップに通っている生徒は金持ちで、すっごく頭が良いように見えるらしい。僕なんか親の邪魔になるから、寮のある学校にほうり込まれているのにだ。

このところエニィのブロンドが気に入っている。エニィはジェニファーのことを知らない。僕も話すつもりはない。エニィは僕にとってジェニファー以上に大事にしたい相手だからだ。

思い出したことがあって、ベンチュラ・カウンティの図書館に出かけた。石油採掘場の廃坑に死体を捨てる話は読んだことがあった。確か「鴇《とき》色の恐怖」というスティーブン・ロイドの推理小説だ。それを読みなおしてみたかったのだ。

読んでみて不安が増した。「鴇色の恐怖」は推理小説としてはB級だった。殺人動機が曖昧だ。廃坑に捨てる必然性もなかった。なのに読者を驚かすつもりで作家は取り入れていた。こんなずさんな小説にヒントを得たら、たちどころに露見する。だが、それを言うには遅すぎた。


翌日、ラケットクラブに行った。高原ふうのコテージがあり、そこがクラブハウスだった。エニィのお父さんがここの会員なのだ。入会金五百ドル払って、月々、百二十ドルの会費だそうだ。同伴ゲストは一人だけ許される。僕がその栄光に浴したってわけ。

テニスはやったことがない。でもあんなものたいしたことではないだろう。アガシやサンプラスなど、にやけた野郎にできて僕にできないわけがない。だってそう思わないかい。

ところがこいつがやわではなかった。ワンバウンドした球が打てない。エニィにさんざん走らされて、気がついたらゲエゲエ胃液を吐かされていた。どたまにきていた。それで格好つけにタバコ、つまりマリファナなんだけれど口にくわえたら、

「やめてくれない。ラケットクラブは禁煙なの」

とエニィに言われちゃった。

水を飲んで休んでいるとダブルスに誘われた。ベンチュラ警察のシェリフってのが相手で、こいつがいい歳なのに身のこなしが軽かった。こんちくしょう、とばかりかかっていった。けれど、簡単にかわされてしまった。このシェリフがバッド・コクランなんだけれど、そのときは名前も仕事も知らなかった。

テニスは苦しかった。でも、貴重な体験をした。何事も外見で計ってはいけないってこと。本のカバーで、中味は読めない、ってことを教えられた。

エニィに来週もテニスを約束させられてしまった。うんざりだ。

寮に戻った。とたんにダッジ達のことを思い出した。恐ろしいことが次第に現実になっていくのではないかと思った。夕方六時の門限が過ぎた。しかし、ダッジもノートンもイスマエルも帰ってこなかった。キヨコも帰ってこない。ノボルの帰ってこないのは当然だとしてもだ。

翌日、校長は、連絡なく始業時に帰ってこない四人の生徒を処分した。

「ダッジ退学。ノートン三日間の停学。イスマエル学内清掃。キヨコ食堂手伝い」

であった。おかしなことにノボルの処分はなかった。これは片手落ちだった。しかし、ノボルはその日の夕方、寮に戻ってきた。僕はどんな処分が出るか楽しみにしていた。だが、ノボルにはなんの咎めもなかった。僕はなけなしの正義漢ぶりを発揮して、

「校長、これでは不公平ではありませんか。ノボルも処分するべきです」

と詰め寄った。

「なぜだね。ノボルは日本から電話をかけてよこし、雪のため飛行場が使えず、一日遅れると言ってきましたよ。それが処分の対象になるのですか」

だから言わないことではない。日本の気象条件や飛行機の発着状況を考えておかなければならなかったのだ。やはり計画は失敗したのだ。僕は胸をなで下ろした。ホッとした一方で、新たな不安に僕は悩まされはじめた。四人はどこへ行ったのだ。僕は午後からふさぎこんでしまった。

その夜のことだ。ノボルが僕の部屋にきた。

「おい、お土産だ」

そう言ってアイスクリームの入った袋をもちこんできた。円形のアイスクリームボックスに美術品を思わせる包装がほどこされてあった。ノボルは開けろと顎《あご》をしゃくった。僕はうやうやしく敬礼して中も見ずに冷凍庫にぶちこんだ。ノボルは鼻の先に

奇妙な笑いを浮かべると部屋を出ていった。

僕は一人になると腹を抱えて笑いころげた。あの馬鹿がとうとうやりやがった。わざわざ日本からアイスクリームを買ってきやがった。一晩中、夢にまでノボルがでてきて笑わせるものだから、ついなけなしのクラックを鼻から吸っちまった。これで塞ぎ込んでいたものがとれちまった。

翌日もダッジは帰ってこなかった。ノートン、イスマエルもだ。もちろんキヨコもだ。

校長が青い顔をして校内を走り出した。寮にやってきて、ダッジの部屋、ノートンの部屋を、見て歩いた。なにも見つからないのか、首を振って校長室に戻った。

とうとう全校生徒が集められた。

「ダッジ、ノートン、イスマエル、キヨコが行方不明だ。誰か、行く先を知らないか」

と聞かれた。だが、休み中のことを知るものはいなかった。僕の喉は再び刺《とげ》がささったようになった。食欲がなくなった。そこでドラッグをもう一度やった。これで良質のスノウはなくなった。

4

テキサコ石油の廃坑に、

「人が捨てられている」

とベンチュラ警察署に電話をしたのは僕だ。これは僕の勘だった。

「君は誰だ？　いたずら電話なら願い下げだ」

ベンチュラ警察の寝ぼけた電話番はそう言った。逆探知の時間があるので、

「知らせたからね、後は君達の仕事だぜ」

と大人ぶった声色で言ってみた。

「テキサコ石油の廃坑たって、三百はあるんだ。そのどれなんだね」

時間だった。黙って電話を切った。汗びっしょりだった。

午後、休み中の宿題にそってテストがあった。数学はあきらめていたからショックではなかったけれど、英語のプレSAT試験で大きなミスをした。なめてかかったら、問題の意味を取り違えた。反対語を見つけ出すのに、同義語を探して○をつけてしまった。

翌日、廊下にでてみて二重のショックを受けた。試験の結果が張り出されてあった。張り出すのはいつものことなのだが、なんと、そのトップにノボルの名前があったのだ。数学が満点だった。英語は堂々五百五十点でアメリカ人に混じって八位につけていた。それで二科目合わせると、千三百点になる。廊下はどよめいていた。

僕はノボルへの疑惑を深めていった。四人の失踪になんらかの関係があると僕は見ていた。だが、ノボルには日本にいたというアリバイがある。

「最近、俺の顔をまともに見るようになったじゃないか」

ノボルがそう言って近づいてきた。

「そうかな。僕は君を尊敬しているからな」

「嘘をつけ。お前等、白人が日本人を尊敬するものか。お前は、俺が凄い成績をとったものだから、びっくりしているんだ。つまり、あれはカンニングではないかとね」

「そんなことはない。純粋に尊敬している」

僕はそう言ったけれど、ノボルの言ったことは本当だ。僕等は日本人に尊敬心などもたない。日本人はいつまでも僕等の小間づかいでいてもらいたいのだ。

「タネあかしをしてやろう。数学は日本の中学生でも解ける問題だからこれはよいだろう。英語は厄介だ。ところがな、ガーデナやトーランスの日本人街には、ＳＡＴの予備校ができているのだ。そこへ行けばSATの教科書や問題集まである」

「どうしてそんなことをするのだ」

「良い大学に入るためだよ。このSATという試験に欠陥があるのを、アメリカ人も気がついてきているんだ。こいつはやさし過ぎてあてにならないってね。だから、東部の有名私立大などSATを重要視しなくなってきた。面接とエッセイに切り換えている。それと内申書だ。この内申書でいうなら日本の私立高校はいい加減だ。ゲタをはかすことをしょっちゅうやる。その点、まだアメリカの高校は真面目だ。信用がある。有名私立大学はこれで考査するようになってきている。お前も内申書をよく書いてもらえ」

「ああ、そうする」

「ところが日本の事情はちょっと違う。このSAT試験の欠陥に気がついていない。俺は高校留学が終ったら日本へ帰る。SAT試験一千三百点をおみやげにな。そうしたら日本の大学ならどこでも入れてくれるのさ。入学したら思い切り遊んでやる。日本の大学というのは遊びにいくところだからな」

ノボルはくだけた英語で言った。そしてSAT試験で日本の大学を突破する要領を書いた英語のパンフレットを見せてくれた。僕はこの瞬間、ノボルに殺意を抱いた。

アメリカ最高のシステムを悪用して日本の大学に無試験で入っていく。許せない。殺してやりたいと思った。でも、辛うじて怒りをおさえると、

「ノボル、聞かせてくれ。君ほどの頭脳の持ち主が、まるで無頼漢のようにダッジやノートン、イスマエルをやっつけたけれど、あれはどういうことなんだい？」

と訊いた。

この問いは我ながらよかった、と思う。

「……三人とも、この学校に、いや、この世の中に必要な人物じゃない。ゴミだ。クズだ。あいつらは叩けば二度と歯むかってこない。だから徹底的に叩きのめしてやった」

この瞬間、こつりと胸に当たるものがあった。

「キヨコにはしこりがないのか」

「ある。キヨコは俺を毛嫌いした。毛唐《けとう》に尻尾をふりやがった。だが、俺は女を痛めつけるのは趣味ではない。そこで男三人をこらしめてやった」

ノボルは冷静だった。僕は次第に圧倒されはじめた。

「彼等はいまだに帰ってこない。なにかあったのに違いない」

僕はノボルの表情を見た。

「どこでポルノごっこをしているのかね」

とノボルは顎をのばした。

5

ベンチュラ警察が、テキサコ石油の廃坑からダッジとノートンの死体を発見したのは、学校が始まって一週間目のことだった。死因は空腹で、動けなくなり、夜の冷え込みで、凍え死んだものと推測された。

さらに二日後、イスマエルとキヨコが全裸死体で発見された。場所はノドオフ岳の中腹だった。この死因はクラックを多量に吸引し、鳥になった気分で、岩から飛んで足を折り、そのため、動くことができなくなり凍死したのだとベンチュラ警察署は発表した。

日本からキヨコの両親が飛んできた。二人はキヨコを抱えて放さなかった。泣き叫ぶ声が僕の耳にこびりついた。

ベンチュラ警察署のシェリフ、バッド・コクランが学校にやってきた。バッドはあの「ラケットクラブ」で僕をふらふらにしたテニスの名手だ。僕が呼ばれた。それは死んだダッジ、ノートン、イスマエルらアメリカ人の高校生と仲が好かったと思われたからだ。

「何か変わったことがなかったかね」

バッドはやさしく聞いてきた。

「べつに」

「思い出して欲しい。この四人はどんな仲間だったのだい？」

「とても仲が好かったですよ」

「トビー、私はありきたりの答えを期待していない。四人は死んだのだ。それも不審な死に方なのだ。なにかあっても不思議ではないだろう」

僕はこの尋問の重苦しさから逃れたかった。そのためだったらなんでもしたろう。解放してくれるのならお好みの答えを提供したろう。そこで言わずもがなのことを口走った。

「……キヨコは三人に回されていたんです」

言ってから僕は、みんなが知っている事実だと強調した。バッドは黙って聞いていた。

「君もその仲間だったのかい」

「僕はキヨコには興味がありません」

と僕は首を振った。

「誘いに乗らなかったのだね」

「ええ」

バッドは僕を信用してくれたみたいだ。エニィとテニスをしたおかげだ。ダッジやノートン、イスマエルと仲の好かった連中が次々に事情を聞かれた。しかし、内容は僕と似たりよったりだった。

僕はその夜遅く、ノボルの部屋に行った。ノボルと朝まで一緒にいた。ノボルは寝袋を貸してくれた。


翌朝、大変なことが起きていた。校長の姿が見えないと思ったら、クリークに車を落し、ピストルで自殺してしまっていたのである。

「まさか、あれがバレるのを苦にしたのか」

僕はそう思った。あれとは校長がキヨコをやったことだ。ノボルを探した。ノボルはカフェテリアでサンドイッチを食べていた。

「校長の話は聞いた。キヨコのことなど問題ではない。それより校長はマリファナを吸っていたのだ。それがばれる前に死んだのだよ」

「校長がマリファナだって？」

「知らなかったのか？　他にも数学のラリー、社会のレスリー、シェークスピアを講義しているアリスンなんかもやっている。みんなびくびくしているさ」

　僕はノボルが恐ろしくなった。

「カシタス湖で、校長がキヨコを犯した。そのことはあの四人と僕しか知らないと思っているのだけれど」

「そういうことは自分達だけが知っていると思うだけで、大抵は世間に知られているもんだよ。ところで他に用があるのだろう？」

「なんだか不安になってきたのだよ。僕は殺されそうな気がする」

「どうしてだ？」

　逡巡《しゅんじゅん》は許されそうになかった。

「ノボル、君を殺そうという計画があったのを知っているかい」

「……なんだと？」

　ノボルに胸をつかまれた。

「放してくれ、話すから」

僕は苦しくなって手を泳がせた。

「イスマエルが耐えられなかったのだ。君がいるといつも尻にキュウカンバを突っ込まれたようで。そこでキヨコが君の休暇のスケジュールを調べた。君が日本からロスアンゼルスに帰り着くのを待って、グレートラインに乗りあわせる。ベンチュラでタクシーに乗りこむとき、うまく君をテキサコ石油の廃坑に連れ込む。そんな段取りだった」

「なぜ、黙っていたのだ？」

「僕はまさかと思った。彼等がそんなことをするわけがないと思ったもの」

「残念ながら、俺はその飛行機に乗っていなかった。命拾いをしたのだ」

そうだ。ノボルは命拾いをしたのだ。でも、僕は彼等の死に様は警察の発表とは違うように思う。疑問が残る。事故死ではない。殺されたのだ。僕の不安はそこだ。この学校のワルは彼等だけではない。僕もそうだ。クラックだってマリファナだってやっている。女だって色々やってきた。今度は僕が殺されそうな気がするのだ。それをノボルに告げると、

「誰に殺されると思うのだ？」

ノボルは涼しい目を向けた。

「分からない」

「思い過ごしだ」

妙にノボルの言葉に説得力があった。

6

ベンチュラ警察の捜査は意外な方向に進展した。

「四人の生徒を殺したのは校長ではないか。理由は、校長の悪事をこの四人が知った。四人はそれを種に退学の撤回、停学の軽減、在学年数の縮小、などをゆすりとっていた。事件当日、校長のアリバイはなく、タイヤからテキサコ石油の廃油が検出されたこと、それにノドオフ岳に車を走らせる校長を見たという証言などから、強い疑いがもたれる」

と発表した。僕達の学校はこれで全米一のワル学校になった。テレビやラジオ、新聞など報道陣がどっと学校におしよせてきた。教師がさらし者になった。ついでに僕達も取材された。テレビに映し出される奴もでてきた。

僕はエニィが心配だった。電話をしようと思うのだが、デートを取り消されるのではないかとビクビクしていた。

「トビー、次の土曜日、ＳＡＴの本試験を受ける。一緒にどうだ。数学は任せておけ。そのかわり英語をなんとかしろ」

ノボルにもちかけられた。ありがたい。数学なら、ノボルは持ち時間の半分で解く。逆に英語なら、僕は半分の持ち時間でやっつけてみせる。

綿密な打ち合せをした。答案用紙のすり替え、あるいは分からないところは鉛筆を叩いて信号をだすのだ。練習をした。これを効果的にするには並んで座るか前後に座らなければならない。それにはできるだけ遅く会場に出向いて後ろの席を確保することであった。

土曜日、僕等は近くのパブリックスクールでのＳＡＴ試験に出向いた。ノボルの指示通りにやり、カンニングは成功した。僕の英語はほぼパーフェクトだった。ノボルの数学は折り紙つきだ。これで千五百点は固い。ＵＣバークレーのジャーナリズム科へ願書が出せる。みんな驚くぞ。

「明日はテニスに連れていけよ」

と試験が終ると、ノボルが催促した。

「おやすい御用だ」

僕はエニィに電話をした。

「どうしたの？　心配したわ。あなたは事件に関係ないのでしょう」

と泣き声を出した。可愛いと思ったね。

「もちろんだよ。ところで明日、日本人の友達を連れていってもいいかい」

「歓迎だわ。日本語って興味があるの」

僕はほっとしていた。


ラケットクラブに出かけた。冷凍庫に入れておいたアイスを持ち出した。テニスで疲れたエニィに食べさせてやるつもりだった。きっと喜んでくれるはずだ。「キャロ－ズ」で大盛りのアイスを二つペロリと平らげたのを見たことがあったもの。

「パコーンッ」

ノボルの打った球が楕円になったように見えた。まさか。僕は自分の目を疑った。ノボルのテニスは並ではなかった。まるでプロだよ。走り方、スウィング、スピード、読みなど、どれをとってもラケットクラブの中でノボルにかなう者などいなかった。ベンチュラ警察のバッドなど喜んじゃって、なんども挑戦する。その都度、振り回されコートを走らされていた。バッドはマゾだ。

「エニィ、あいつは凄いよ。気に入った？」

「ほんとに、凄いわ。私、日本人に昔から興味があったの。これから習う外国語はフランス語やドイツ語じゃないわ。日本語よ」

僕はあまり嬉しくなかった。ノボルに興味をもってエニィが目を輝かせている。こんなはずではなかった。

「ねえ、アイスクリームを食べないかい」

僕はエニィに言った。エニィの目はノボルをずっと追いかけていた。返事がなかった。

「参った。あれは素晴らしいプレーヤーだ」

バッドが上がってきた。ノボルもやがて上がってくるだろう。

「シェリフ、アイスクリームを食べませんか」

僕がさそった。

「いただこう。ちょうど甘いものが欲しかったところだ。心地よい疲れには甘いものが最適だ」

ノボルの上がってくるのが待ち切れなかった。僕はアイスの入っている包をほどいた。美術品のような包装紙をバリバリと惜しげもなく破いた。

「さあ……」

テーブルの上で蓋をとった。周りの目が僕の指先に張りついた。

7

「トビー、テニスはおしまいだ」

バッドはそう言って僕を自分の車に押し込んだ。アイスクリームの紙箱からは本物のアイス、つまりアンフェタミンの結晶が出てきたのだ。エニィが泣くかと思った。ぼんやり僕を見ていた。悲しそうではなかった。

ベンチュラ警察署に入ると、バッドの態度が一変した。曖昧な返事をすると僕の頬を殴る、腹を蹴る。爪先を踏むなど平気だった。

「どこで手に入れた」

と言って髪の毛をつかまれた。

ノボルにもらったと言った。でも、ノボルは本当にアイスクリームを日本から買ってきたといってきかなかった。日本の製菓会社に問い合わせると箱や包装紙は間違いなく自社のものだということだった。包装はきちんとされているように見えた。僕はみんなの前で包装紙を破いてしまった。それで誰かが細工したのかどうか分からなくなった。

結局、ノボルの買ってきたアイスクリームの箱に、誰かが「アイス」を詰め替えたのだろう、ということになった。そこで釈放になった。父が迎えにきた。父とは口をきかなかった。弁護士をつけてくれなかったからだ。

ノボルには犯罪専門のジュディ・ヤコブという弁護士がついていた。ヤコブはユダヤ人だ。彼の手によって無罪を勝ち取った犯罪者は多い。ベンチュラ警察署のバッドなどヤコブの姿を見ただけでノボルを学校に帰してしまった。このしこりは親父へのつけだ。どこかで取り戻してやる。


僕は「ハッピー・ヴァレー・スクール」を退学になり、パブリックに転校した。数ヵ月してノボルから電話があった。

「ようトビー、俺、日本に帰る。……大学に合格したんだ。日本の超一流の大学なんだ。お前のおかげでな」

大学の名前を聞きのがした。それより驚いたのはノボルがおそろしくうまい英語をしゃべったことだ。完璧にSとTH、RとL、BとVを使い分けていた。センテンスもいままでのぶつぎりとは違った。ボキャブラリィも、表現も、今までのジャパニーズイングリッシュではなかった。まるでネイティブだった。

「どうしたんだ。何とか言えよ」

僕はなにも答えられなかった。僕は人を信じなくなった。なぜならノボルはＳＡＴ試験の数学でまったくでたらめを教えていたんだ。僕のとったのは合計八百五十点だった。これでは願書のだせる大学などない。

本当に殺意を抱いた。電話でなかったら飛びかかっていたろう。

「ノボル、汚ねえよ。僕の英語だけいただくなんて」

そう愚痴ってやった。だが、ノボルは僕の気持ちを、ことさらへこますようなことを言った。

「トビー、しっかりしろよ。お前の英語の答案を見たけれど間違いだらけだぜ。あれじゃ、俺と五分のビジネスはできない。お前の英語の力を信用して答案を出したら、俺は大損するところだった。そこで数学は俺の半分をくれてやったってところだ」

僕は青ざめていた。言いたいことが一杯あった。だが、言葉にならなかった。

「トビー、警察に訴えてみろよ。面白いから。バッドは俺に言ったぞ。校長は自殺ではない気がする。校長を殺したのはひょっとしてトビーかもしれないって。俺は、否定も肯定もしなかった。俺達が朝まで一緒にいたのは誰も知らない。俺が証言しなければお前のアリバイはない。みんな校長の自殺でけりがついた。俺は国に帰って大学生になる。これでみんなうまくいく」

なにが、うまくいくのだ。僕は一矢を報いたかった。そこで、

「日本人は汚ねえよな」

と言った。

「ばか。こういうのをスマートっていうんだ。さあ、お別れだ。エンジンの音が聞こえるかい」

空港からだった。もう手が届かない。

僕は悔しかった。ベンチュラ警察署のバッドに電話してやった。

「ノボルを調べてよ。あいつが事件に関与している。間違いないよ」

「トビー、八つ当たりをするな。警察は忙しいのだ……ちょっと待てよ。この声、お前の声に聞き覚えがあるぞ。そうか、お前だな、廃坑に死体があると電話してきたのは」

また僕が警察に引っ張られた。こんどは校長殺しの容疑者としてだった。アリバイ

なかった。


があるといった。しかし、あの夜、僕と一緒にいたと証言できるのはノボル以外にい
「ノボルに聞いてよ。彼と一緒にいたんだ」

「犯罪者はかならずそういう。ノボルには聞いた。彼は言っていた。トビーはその手の専門書を読みまくっている。中でも『鴇色の恐怖』には廃坑に捨てる話が出てくる。学校の図書館から借りだしているな」

確かに読んだ。だが、あれは学校の図書館から借りたのではない。ベンチュラ・カウンティの図書館だった。それをなぜバッドは知っているのだ。ノボルに聞いて調べたのか。

「図書館のカードは、誰が借りたか分からないようになっているんじゃないのか」

「そうだ。しかし、殺人事件は別だ。俺達は調べることができる」

またしても状況が悪化した。

「ノボルは日本に帰った。このままでは真犯人が逃亡したままになる」

バッドは怪訝な顔をした。そして、いきなり僕の腕をまくりあげた。

「やっぱりな。注射の跡がある」

バッドはそう言って僕をカウンティのドラッグ療養所にほうり込んだ。ここで検査

を受けた。ドラッグ反応が陽性と出ると消えるまで出られない。

「陽性です。三ヵ月ほど教育をここで受けなさい」

父は僕を母に押しつけようとしている。父は新しいガールフレンドに夢中なんだ。母は一度も面会に来てくれなかった。これからも来てはくれないだろう。ジェニファーのことに罪の意識があるかってカウンセラーに聞かれた。ないけどあるって答えた。これでポイントが少し稼げた。

エニィが日本に行ったとカウンセラーから聞いた。ノボルに会いに行ったのだ。ノボルのことを考えると僕の精神が異常に興奮して、アドレナリンを排出する。これが陽性反応と間違えられる。注意しなければ。カウンセラーがテストをしているのかもしれない。

今の僕がしなければならないのは、事件になんの関係もなく、ごく普通の高校生であったことを認めさせることだ。それからノボルをいかにやっつけるかをじっくり考えたい。

ノボルをやっつける方法をあのパンフレットからみつけてある。読んでみて、ノボルの重大なミスに気がついたのだ。それはね、海外帰国子女枠のある日本の大学に入るには、親が二年以上、海外に勤務した者の子弟であることが条件なのだ。ノボルの両親はずっと日本にいる。これは詐欺だ。この証拠を握って日本の大学に乗り込んでやる。僕は密かに自分の頭の冴えに拍手を送っていた。

陽性反応は消えた。学校に復帰するときがきた。しかし、不思議なことがおきていた。療養所のドクターは僕の顔をまともに見なくなった。それどころか看護婦のマーシーが僕の冗談に笑わなくなった。週の初めに出る予定の退院許可がでなかった。そして週末。

「トビー・マクゴーワン、落ち着いてよく聞くんだ。今日、結果が出た。……君は……エイズのキャリアだった。症状が出てきている。注射針を使ってドラッグの回し射ちをやったことがあるかね」

僕はカウンセラーの唇だけを見つめていた。何も耳に入らなかった。絶望のあまり気絶した。気がついて、

「先生、僕は生きています。戦ってみせます。ノボルのことだけれど、殺人犯なの。エニィはだまされている。凄い奴なんだから。テニスのときアイスが出て、僕はバッドのこと嫌いだ。ノボルは詐欺師だってこと……分かる？　分かるよね」

と訴えた。うまく筋道をたてようとしたのだけれどつながらなかった。

カウンセラーは、にっこり笑って、「錯乱」という項にチェックを入れた。そんなんじゃない。僕の言うことは間違っていない。そう叫んだ。右腕に痛みが走った。麻酔を射たれたのだ。

僕、トビー・マクゴーワンは現在、カリフォルニア州ベンチュラ・カウンティの「ドネイ・ヴァレー・ホスピタル」に入院中だ。でも、もう長くない。顔も変わってしまった。声もしわがれた。年寄りみたいだ。親も会いに来なくなった。

「トビー、ドラッグ反応を陰性にして日本に来い。うちの両親も怒りがとけた。エニィと俺は将来を約束した。君に紹介してもらった素晴らしい女性だ。感謝している。毎日が夢のように過ぎていく。楽しくてしかたない」

ノボルからの手紙だった。そこには電話番号が書かれてあった。コレクトコールで日本にかけてやった。ノボルはいた。そばにエニィもいるようだった。これは雰囲気で分かる。

「殺してやる」

「お前、俺を殺したいか。それ以上に俺はお前を殺したかったんだぜ。なぜなら、フリーウエイで、お前にクラックをゴチになって死んだのは俺の妹だ。妹がやけになった理由は、ダッジ、ノートン、イスマエル、そしてお前に回されたからだ。俺は仇をとった」

僕は腰から床に落ちた。

「なぜ、僕を生かしておいたのだ」

「そうだな。お前を生かしておいたのは、妹がお前を好いていたからだ」

僕は喉の渇きを覚えて、なんども喉仏を上下させた。でもとうとう言った。

「どうやって四人を、いや校長も入れて五人を殺したんだ」

「簡単だ。俺は奴等のノボル様殺害計画を知っていたからだよ。なぜ知ったか。それは奴等が盛んに学校の図書館に出入りし始めたからだ。それも読んでいるのは暗殺計画書ばかりだ。そのうち、キヨコがしつこく俺のアメリカ再入国日を聞いてきた。ピンときた。そこで俺は日本に帰らなかった。奴等の動きをレンタカーを借りて探った。ここぞやってやがった。ロスアンゼルスへ出向いて奴等の誘いに乗ってやった。廃坑に俺を捨てるつもりなのに気がついて、どたんばで拳銃を引き抜いてやった。奴等も拳銃をもっていたが、俺の演技にすっかりだまされていた。俺の方が拳銃を抜くのが早かった。腰をぬかしやがった。ダッジとノートンを廃坑に追い落とした。後は、泣き叫ぶキヨコを張り飛ばして、車に押し込めた。それからキヨコとイスマエルにアイスを射ってやった。ノドオフ岳の頂上まで連れていって裸にして放してやった。凍死するのは目に見えていた。次は校長だ。あの狸、何人の日本人留学生を手込めにしたか。俺は完璧な英語をしゃべって校長を呼び出した。俺が日本人だとは気がつかなかった。奥さんが後に証言したけれど、俺のことは一言も出てこなかったろう。それは留学生英語ではなかったからだ。校長は許しをこうた。だが、アイスをかますとおとなしくなった。自分で拳銃の引金を引いたよ。エンジンを切ってサイドブレーキを緩めた。車は自然にクリークに落ちていった」

「人殺し。自首しろ」

「いやだね。それにこれは完全犯罪なんだ。自首なんかするつもりはない。キヨコをなぜ殺してしまったか。こればっかりはわからん。強いていうなら、日本人の面よごしは消えろということかな。それから俺と妹の英語だけれど小学校からアメリカで過ごしているんだ。お前らのスラングが分からないと思っていたのか」

「どうしてアメリカの学校にきていたんだ？」

「家がヤクザなんでね。日本の学校ではヤクザの子は苛められるんだよ。アイスは家に一杯あるぜ、トビー」

僕はその日、カウンセラーに、尊厳死を選びたいと訴えた。だが、「まだ充分に戦っていない」と拒否された。

その夜、僕はバスタブに湯を張り、もちこんだカミソリで手首の動脈を切った。体の力が萎《な》えた。反対に意識が次第にはっきりしてきた。たゆたゆとした気分だった。

そのとき、あのノボルが見せたパンフレットに、「日本は十八歳以下の年齢では大学に入学できない」と載っていたのが、突然思い出されてきた。僕の体はバスタブにズルッと沈んだ。

「ノボルはまだ大学生ではないのだ。今からでも入学を取り消してやれる」

ズルズルと尻から血の湯の中に落ちた。目の上に真っ赤な湯の膜がかぶさった。息ができなくなった。手をのばした。だが、なにもつかめなかった。今度はたっぷりと沈んだ。誰かの悲鳴を聞いたようだった。

帰り花

長井　彬

1924年、和歌山県生まれ。新聞社勤務を経て、定年退職後の'81年、『原子炉の蟹』で江戸川乱歩賞を受賞し、デビュー。史上最高齢の受賞者となった。社会派小説や山岳小説を得意とする。他の著書に、『M8の殺意』、『奥穂高殺人事件』などがある。2002年没。

——日に消えて又現れぬ帰り花　虚子

1

おしゃべりの途中に、瘠《や》せた高木氏が急にせきこんだ。

気がつくと異様な臭いが漂っている。

「火事じゃないか？」

古美術商の水谷尚古《しょうこ》堂が顔色を変えた。

人々は俄《にわか》に周囲を見回した。

入口の方から黄色っぽい煙がうっすら流れてきている。

それから誰がどこへ走ったか、何をしたか、騒ぎの中で、けたたましい鳥のような声を私は聞いた。

閉店したばかりのMデパート八階の催物会場は、こうして一時混乱の渦《うず》となったのである。

その時、デパート内の客はみんな退出したあとで、残っているのは売場の後始末をしている店員だけであったし、すぐさまパニック状態に陥るということではなかった。第一、火事そのものも、調べてみると階段横に積んであった商品がくすぶったに過ぎなかったのである。

それにもかかわらず、関係者がすっかりうろたえてしまったのには大きな理由がある。催物会場で『茶道名宝展』の第一日が終り、国宝、重要文化財を含めた名品の数々がずらりと陳列されたままになっていたからである。

「いやあ、驚きました。一時はどうなることかと思って……」

「しかし、ボヤでよかったですなあ。あれが……」

「もし本物の火事になっていたら……」

とっさに逃げ出したが、騒ぎがおさまってまた会場内に戻った人たちが口々に言った。極度の緊張から解き放たれたものの興奮はさめやらず、皆そろって饒舌《じょうぜつ》になっていた。

「これだけの名品を持ち出すのに、もし粗相《そそう》があったりすれば……」

と、汗を拭《ふ》きながら陶芸家の古沢氏が言う。

「そりゃあ急場のことだから、どんなことになったやら。なにしろ雲隠れのクセを持つ『初花』もあることだし、ま、どさくさに紛失したものもなくってなによりだ」

と小室氏が陳列にちらりと目をやった。コレクターとして有名な人物で、目がギラギラ光っている。

「紛失なんかする筈がありませんわ。この場は私たちだけだったのですもの」

と細い肩で息をして、生真面目に受け答えをするのは笠戸久美である。センスのいい水色のワンピースに真珠のネックレスが涼しい。静脈がすき透るような肌をしていて、古美術よりもバレーやピアノの方が似合いそうな美人だが、実は女流茶人であった。独身で、三十にはまだなっていないらしい。

「私、煙にむせて気分が悪くなってしまいましたわ。森さんはやっぱり責任感旺盛だわ、踏みとどまっていらして……」

森は賞《ほ》められて照れた。この展覧会を主催している中央新聞側の当事者、事業部副部長である。まだ細かく体を慄《ふる》わせていたが、

「火事と知った途端に、私はここで立ちすくんでしまいました。持ち出す手筈をあわてて考えながら、どの方向へ運び出すべきか、思い惑って。結局、火事は大したことじゃないというしらせがすぐに伝わってきましたし、展示品に手をつけることなく済んだのですが、……いやもう、命が縮まりました。展示品にもしものことがあれば、私が腹を切っても済むものじゃないし……」

そう言いながら神経質そうに陳列を眺めわたし、大きな息をついた。

会場の煙はすでに排煙機で追い出され、何事もなかったように並ぶ古今の名品は、周囲の騒がしさとは無関係に、それ自身の静謐《せいひつ》な空間を形づくっている。

私は責任のある立場ではなかったが、同じ中央新聞社の編集委員として言った。

「とにかくよかったよ。ま、持ち出す段になりゃあ、今度の展示は手っ取り早く出来ただろうがね。いつものようにガラス・ケースに収めてあってみろ、どうにもなりはしない。ね、高木さん、まさかさっきのような変事にも備えて、このようなディスプレイを提案されたわけじゃないんでしょう?」

中央新聞では、日本愛陶協会からこの展覧会企画を持ち込まれてそれに乗った時、事業部内ではとくに陶磁器や書画にくわしい者がいなかったので、美術評論家の高木氏に相談したのであった。

高木氏は年来の持論であるとして、陶磁器をガラス・ケースに収めて展示する方法に異論を唱えた。陶磁器は本当は手に取って使ってみなければ本当のよさが分らない、とくに茶道具は茶室の畳の上で鑑賞しなければうそだ、と言うのである。

中央新聞はこの意見を尊重した。まさか手に取れるようには展示しなかったが、会場内に植え込みを作り、その一角をわざわざ茶室風にしつらえた。そこにまず、展覧会の目玉である『初花』の茶入れを栗丸の茶盆に載せて飾り、古伊羅保《こいらぼ》の茶碗、志野の水指《みずさし》『古岸《こ》』と共に展観したのであった。

この凝った展観方式は、会場に落ち着きと風雅な気品を漂わせて第一日から入場者の好評を博したものである。

高木氏は私の顔をじっと見て、肉のそげた頬をゆるませた。しかし何も言わなかった。六十歳を過ぎて骨のとがった痩身《そうしん》が痛々しく、越後上布《えちごじょうふ》の襟元《えりもと》から喉仏《のどぼとけ》がひくひく動いてみえた。

「しかし、なんですね、森さんは運び出す手筈を考えられた、とおっしゃるが、これだけの名器が並んでいて、とっさの場合、まず一番に避難させようと思ったのはどの品でした？」

水谷尚古堂が口をはさんだ。やはり商売人らしいことを考える。

「すっかりうろたえていましたが……手近なところにありましたし『初花』のことがパッとひらめきましたね。重要文化財指定、ということより何より、数百年の間、茶道美学のシンボルとみなされてきた名品ですから」

「成る程、やっぱり『初花』ですか、日本の宝というより、全人類の宝といってもいいでしょうからねえ」

水谷尚古堂は大きく頷《うなず》いて『初花』の方を振り返った。そしてじっと見つめ、

「素晴らしいものですなあ」

と嘆くようになった。

『初花』は、みんなの立っているところから、ほんの少しの空間を置いて、静まり返るように座っていた。茶入れであるから、それは掌《てのひら》に載る小ささである。しかし凛《りん》乎《こ》とした品位を備えている。肩衝《かたつき》という名の器形で、その肩の部分は実にシャープな切れ味を示しているが、といって拒絶的な姿勢を取って周囲になじまないのではない。むしろ優雅で温く、豊かですらある。肩から下、胴にかけての微妙にふくよかな膨《ふく》らみが、そうさせているのであろう。それに加えて、濃いブラウンから紫に変化して三筋に流れる釉色《ゆうしょく》が、譬《たと》えようもなく魅力に富んでいる。

「私は、稀代《きだい》の名器『初花』という名は知っていましたが、今まで拝見する機会がなくて、きょう、この目で見て驚嘆しましたね。われわれ現代の陶芸家がどんなに逆立《さかだ》ちしても、もうこの種のものは作れない」

そう言いながら古沢氏は、もっとよく見ようとして、二、三歩茶室の方へ近づいた。そこからは玉砂利となり、膝ぐらいの高さで四畳半の畳敷きになっている。

古沢氏は玉砂利のところから畳に手をついて『初花』を凝視していたが、その表情

に、

「おや」

という不審の色が突然走った。

そして、同じように畳ぎわに近寄っていた小室氏に何やら小声でささやいた。小室氏は、

「まさか！　そんなことが……」

と、やはり緊張しながらも小声で返事をして、首を横に振っている。

水谷尚古堂がその間に入って、

「滅多なことは言えませんぞ」

と二人に言いながら首を伸ばして『初花』をじっと見つめる。顔面が硬直している。

私は、森副部長といっしょに高木氏と話をしていたが、とっくに古沢氏らの様子に気づいていた。

笠戸久美も雰囲気を悟ったのか、

「何かありましたの？」

と小室氏に尋ねた。小室氏は、

「いや、何でもありません」

と茶室の照明のことなどに話をそらそうと試みた。しかし動揺をおさえるすべはないようであった。ことは重大だったのである。

古沢氏がささやいたのはこうだったのだ。

「この『初花』、火事の前まで展示されていた物と違うようだ。いや、違ってしまったのじゃないですかねえ？」


『初花』というのは、足利義政が命名した。古今集の〝紅のはつ花ぞめの色ふかく思ひしこころわれ忘れめや〟にちなんだものとされている。肩衝茶入れの王者として東山時代の名品カタログ〝大名物《おおめいぶつ》〟に列せられて以来の名器である。

この『初花』、背丈《せたけ》にして九・二センチ程の小さな器物でありながら、何度も歴史の表面に顔を出しては、巨大な経済的価値と等価に取引されたり、政治的ステータスのシンボルになったりしている。小さな壺が、五百年の間〝美の秩序〟の頂点に位置して権威を担《にな》ってきたことになる。

所有者は何度も変った。その交替劇の舞台は常に血なまぐさかったり、薄暗かったようである。手渡す人の手つきも、受け取る人の表情も、時代が下るにつれて何やら後ろめたく、この『初花』の来歴がミステリーじみてくる。

新井白石は、この茶入れを〝楊貴妃《ようきひ》の油壺なりき〟と書いているが、無学も甚だしい。中国産に間違いはないが、唐代の作である筈がない。宋代のものらしいが、何処の窯《かま》かは判然としない。恐らく義政が対明貿易で手に入れた品で、当時の鑑定家である同朋衆《どうぼうしゅう》の相阿弥《そうあみ》、鳥居引拙《とりいいんせつ》らが折紙をつけた。

引拙というのは侘び茶の始祖、村田珠光《じゅこう》の嗣子《しし》であるが、この『初花』を義政から頂戴した。それが京都の富商、大文字屋・匹田宗観《ひきたそうかん》に譲られた。宗観は随分と自慢していたらしいが、その度が過ぎて有名になり過ぎた。永禄十二年（一五六九）に入洛してきた織田信長に召し上げられてしまう。

信長は本当に気に入っていたらしい。鋭い審美眼を持つ人物だけに、東山御物《ぎょぶつ》という権威とは関係なく、この『初花』を愛した。茶会のたびごとに持ち出しては、今井宗久《そうきゅう》や津田宗及に見せびらかしている。長浜城主になったばかりの当時の羽柴筑前守《はしばちくぜんのかみ》、後の豊臣秀吉にも〝これが『初花』だ。お前も城持ち大名になったのだから、これぐらいは覚えておけ〟と見せた筈である。茶頭《さどう》の千利休《せんのりきゅう》も何度かこの茶入れで点茶している。

信長は『初花』を安土城に所蔵していたが、天正六年（一五七八）に、城とともにそれを長子・信忠にまかせた。信貴山《しぎさん》に松永弾正《まつながだんじよう》を亡《ほろぼ》した賞であったが、嗣子信忠の権威のために、天下人のシンボルとして『初花』を役立てたのである。信忠は父に代って『初花』を諸将に陳列していた。

それから四年後の天正十年（一五八二）六月二日に天下が覆《くつがえ》った。本能寺の変である。信長も信忠も殺された。安土城は明智光秀の従弟、光春に落とされたが、すぐ十四日には秀吉勢が押し寄せた。光春は城に火をかけた。この時『初花』は安土城にあった筈だが記録がない。坂本城へ退く光春が抱いていたのかもしれない。

明智光春といえば『湖水渡り』で有名な若武者である。緋おどしの具足に身を固めた彼は、単騎、槍ぶすまの敵陣を破り、雲母《きらら》のように光る琵琶湖へ愛馬を乗り入れる。あれよあれよと騒ぐ敵勢をしりめに、水すましのようにさざ波を分けて湖水を行く。狩野永徳画《えが》く雲龍の陣羽織《じんばおり》は比叡《ひえい》おろしに翻《ひるがえ》り、懐《ふところ》に抱いているのは『初花』である——こんな光景を想像するのは楽しい。

しかし、もしそうならば『初花』はどうなったか？　坂本落城寸前に、光春は寄手《よせて》の大将、堀秀政に声をかけ、城内の文化財管理をそっくり敵に託しているのだから『初花』もその中に入っていることになる。左馬之介光春ほどの男なら、遺言代りにそのくらいのダンディぶりはおかしくないが、どうも勝手な想像のようだ。なぜなら『初花』は秀吉の手元へ行っていないからである。それなら『初花』は安土の城とともに焼亡したと見るのが自然だが、そうでもなかったようだ。

2

『初花』がすり替ってしまった、というのは事実か、どうか。まさか、そんな大それたことが……。現に会場に残っているそれは、贋物《にせもの》じみた卑《いや》しさがいささかもなく、その品格があたりを払っているではないか。それにもかかわらず、言われてみると、何だか火事の前の『初花』とは、どこか違う感じがしないでもない。

そうだとすれば、すり替ったのは火事騒ぎの時しか考えられない。以外の時は、ガードマンが片時も目を離していなかった。火事騒ぎに居合わせて右往左往した人物が怪しい。大それた犯人は関係者の中にいることになる。すでに真物《ほんもの》の『初花』はどこかへ隠してしまって、何食わぬ顔で真贋《しんがん》論争に加わっている筈なのである。

その事を全員が意識するものだから、各人、自分の潔白を目立たせるために不自然に強い主張をしたり、奥歯にものがはさまったような発言になった。

このまま、直ちに警察の手に委ねて徹底的に真相を糾明《きゆうめい》してもらおう、という意見も皆の口から一応は出た。

しかし、ことは余りに重大である。主催者側として森副部長、しらせで駆けつけた山口事業部長は思い悩んだ。私にとっても全く他人事というわけではない。

事件が公けになれば世間は蜂の巣をつついた騒ぎになるだろう。いや、騒ぎになるのは構わぬとして、一体だれが真贋を判定できるのだろうか？

残った『初花』が別物だとしても、これまた本物と甲乙をつけ難《がた》い逸品。制作年代も今出来のものでないことは明らかである。となると、学者がこれを判定できるか？まずは難しかろう。放射性同位元素の測定をやって年代推定を試みてもムダであろうし、乱暴な話だが、壊して破片の土を分析してみても、それで明確な結論が出るとは限らぬのである。

では、美術の専門家なら判定可能であるか？　疑問である。第一、事件に関係してしまった高木氏、水谷尚古堂以上の鑑定家、または小室氏をしのぐほどの鑑賞家は殆《ほとん》どいない。お芝居かどうか知らぬが、高木氏は首をかしげたままでいる。小室氏も弱りきった様子である。〝おかしい〟と言い出した陶芸家の古沢氏ですら、確たる証拠があるわけでなく、時間がたって終りには〝分らなくなった〟と迷う始末ではないか。火事という椿事《ちんじ》に動顚《どうてん》した目で見たから、元のままの『初花』が違って見えたのかもしれなかった。

判定が困難な以上、警察といえども、お歴々の誰かを犯人扱いにすることは容易ではあるまい。こうなると、誰かが真贋の判定を断行しても疑惑が永久に続くだけで、残った茶入れの評価は宙に浮く。そして、茶入れはやはり元の『初花』だったとしたら……。

いつまで議論していても始らぬ。

結局は、警察には極秘に事情を打ち明けるものの、この場は一応、何事もなかったことにして、問題は内部で調査する以外になかった。犯人が存在するとしても、逃げ隠れ出来ない立場の人ばかりである。調査は、私が中心になってやって行くことになった。過去に事件を扱った経験があるからというのである。警察とも連絡を取り、関係者と接触してゆく役割りで、皆は納得した。しかし本人の私は気が重かった。

森副部長が火事の時の模様をこっそり耳打ちしたところでは、『初花』に近づいたのは小室氏で、それに高木氏の行動にも疑問がある、と言う。私自身も記憶をたどってみて、他の人物はまず白であると見込んだものの、まず、犯罪があったかどうかということからして、調べようがないではないか。通常の事件は論理で解くが、この事件は論理の歯が立たぬ地点、感覚しか頼れぬところからスタートしなければならない。

　長時間の論議を終えて、私が会場のデパートを出た時、街は夜になっていた。冷房の密室からネオンの蒸《む》し暑い雑踏に直面すると、疲労が目まいのようにどっと来た。

　タクシー乗場では、小室氏は〝所用がある〟と忙しそうに行ってしまったし、高木氏も〝もう体がもたない〟と車に倒れ込むように去った。事業部の山口と森は会場の後始末に残っているので、私といっしょになったのは古沢、水谷尚古堂、笠戸久美の三人であった。

「気分はよくなりましたか？」

　と私は久美をいたわった。

「ええ、もう……。でも、こんなことになった以上、何事もなかったことに、というのは軽はずみ過ぎやしないかしら」

　納得できかねた様子を示す。

「久美さん、ま、その話は……こんなところではなんだし、落ち着いた場所で」

　と水谷尚古堂が言い出して、四人は築地へ車を走らせることになった。小室氏も高木氏もいないところの方が、私は気が楽だ。

料亭に席を取ると、古沢氏がおしぼりを使いながら早速口火《くちび》を切った。

「久美さんがふっ切れないのは当然だと思いますよ。私だって、今また疑いを強くしている。大きさも形も全く同じだが、どうも釉薬《うわぐすり》の色調が少し沈んでいたようだ。光線の加減かもしれないが……。何より感じが微妙なところで違う」

「そうそう、感じが前の物より鋭くなっているんじゃないですか？」

尚古堂がわが意を得たりとばかり言う。

「その通りです。少し厳しいですね、姿が。あれがイミテーションなら、ずっと昔に余程の工人が造ったに違いない。窯の火の偶然も手助けして、瓜《うり》二つの茶入れが以前から存在していたのでしょう。『初花』とそれに酷似したものが」

ふうむ、そんなに似た物が二つ、昔から伝わるようなことがあるのだろうか？

「そりゃあ、ありますよ。やはり茶入れの名品で『日野肩衝《ひのかたつき》』というのがあって、あれには仁清《にんせい》作のコピーが付いています。ちょっと見ると瓜二つです。保管用の木製ケースを造るための焼形ですがね。そう言えば、さっきの茶入れも仁清じゃないかな？」

と古沢氏は首をかしげる。仁清？　というと、江戸初期の、国宝茶壺などが残っている、あの京焼きの名人のことだろうか？

「そうです、その仁清ですが、古沢さん、仁清なら、大抵は底に印が押してある筈ですよ」

と、尚古堂が私に答える一方、古沢氏に反問する。

「いや、仁清にも印のないものがある。しかし……待てよ」

古沢氏は改めて茶入れを思い浮かべるような目付きになって言った。

「さっきの『初花』は板起《いたお》こしでした。仁清なら底の糸切りが水際立っています。尚古堂さん、そうでしょう？　板起こしはまず漢作とみていい。となると……あれは、やっぱり漢作の『初花』だったのかなあ」

「いやいや、板起こしは大体が漢作ですが、日本の茶入れにも無いではない。仁清にも例外的な作があるかもしれない。逆に、漢作、つまり中国産にも糸切りがある。鶴《つる》首《くび》茶入れの〝養老〟などがそうでしょう。要するに底を見ただけじゃ分りません」

「ふうむ、また分らなくなった。しかしね、問題は肩の部分の内側です。あそこは釉《くすり》がかかっていなくて土見せになっています。勿論、外からは見えませんが、私たちが茶入れを作る時、あそこのロクロびきに神経を使うんです。日本人の鑑賞は実に細かいですからね。昔から壺の内部に指を入れてその土見せの感触を云々します。陶芸作家泣かせです。私も先刻、内側を覗《のぞ》いてみて、指の感覚で確めたのですが……」

「どうでした？」

尚古堂が息をつめる。

「土の粒子は実に細かい。粘りのある土でした」

「ふうむ」

と尚古堂はうなった。

「どういうことなんですか？　その……土が細かいということは？」

私は合点《がてん》がいかずに尋ねた。

「それはですね、漢作は土が細かいんですよ。それに時代の古いものほど肩の内側がなめらかなんですよ」

それなら残った茶入れは中国渡りのもので、やっぱり真物の『初花』なのか。成る程、さすがは実作者の古沢氏である。見るところが実際的だ。

尚古堂が私と久美の双方に言う。

「さっき、古沢さんもおっしゃいましたね、どうも残った茶入れの表情が厳しくなったと。あれは漢作に違いありません。中国の美術は線の強いのが特徴ですね。日本人の作ったものや朝鮮ものは線が柔い。どんなに荒っぽく作ったものでも、民族性は争われないものです。陶器もその例にもれません。茶碗では、楽焼きや李朝ものの暖か味、親しみやすさが珍重《ちんちょう》されても、茶入れとなると漢作が尊ばれるのは、中国特有の厳しい気品、崇高さのせいでしょう。問題の茶入れは『初花』だったんですよ。〝茶入れの王者〟と昔から言われているものは、あれでなくてはかないません」

そうか、そうではあろう、しかし……と私は意見を述べようと思ったが、久美の方が勢いこんで言い出した。

「それなら、第三者の学者や専門家に意見を聞いて、この際きちんとしておいた方がいいのじゃないかしら。改めて〝極《きわ》め〟をつけて置いた方が、うやむやにしておくよりも……」

「それは出来ません」

と尚古堂が言う。

「誰かが鑑定して、真物だと言っても、そんな場合は必ず疑いの方が大きく残って尾を引きます。だから、そうしない方がいいんです」

「どうしてかしら？」

「『初花』は数百年の伝世品《でんせいひん》です。表立った真贋鑑定ともなれば、何やかや問題が出てきます」

「問題が？　何のでしょう？」

「きょうの火事騒ぎだけが問題なのじゃありません。過去何百年の間にはどんなことがあったのか、恐らくきょう以上の事件が何度も発生したことでしょう。それがすべて明確に解決ついているのか、どうか。その真相を今さらどうやって調べ、どうやって結論を出すんです？」

「そんなものでしょうか」

久美はなお、納得しかねる顔をした。

安土の城で『初花』が行方不明になって、裏に何があったのか、それから十ヵ月後の翌天正十一年（一五八三）四月、奇妙なことに突然、傷一つない姿で浜松に現れる。三河の国、長沢の松本念誓《ねんせい》という田舎侍が、本家の徳川家康に献上しているのである。

念誓はこの代償に三河の酒造権を得ているが、家康という現実家は『初花』を握ったからといって、自分で賞愛するような心は持ち合わせていなかった。大体が美などというものに縁が遠い。何に役立てるかをまず考えた。

折りしも秀吉の勢威が確固たるものになりつつあった。その秀吉がついに柴田勝家を越前北ノ庄に亡した報を手にすると、形勢を観望していた家康は早速、この『初花』を戦勝祝のプレゼントとして利用することにした。使者は石川数正であった。それが天正十一年五月二十一日のことであるから、家康はこの時『初花』を一ヵ月しか持っていなかったことになる。抜目なく『初花』の権威を利用したわけである。

　足利将軍以来の権威『初花』をもらった秀吉は〝三河殿のお心遣い、誠に痛み入る〟と大仰に喜んでみせた。必ずしも演技ではない。ハクをつけたくて仕方のなかった、この頃の秀吉、安土城で信長から見せられ、天下人のシンボルとされた名器が自分の手に入ったことが嬉しくてたまらなかったのだ。

　秀吉は、その後も座右《ざゆう》から離さず、天正十三年（一五八五）の禁中茶湯にも、同十五年（一五八七）の北野大茶会にも、同二十年（一五九二）の名護屋山里茶会にもこれを使い、津田宗及などには〝どうだ、安土で見た覚えがあるだろう。あの『初花』がこれだ〟と誇っていたようである。利休は、この有様を黙って見ていたらしい。どうのこうのと口をきいた形跡はない。

　やがて秀吉が没すると『初花』は遺品として養子の宇喜多《うきた》秀家に贈られた。この贈与のお膳立てをしたのが石田三成。それを恩に着たわけでもあるまいが、秀家は関ヶ原の役で三成に加担して敗北する運命となった。敗将の命はないところであったが、ここでも『初花』が一役《ひとやく》買ったらしい。秀家の命乞《ご》いに家康に献上されたのである。

それかあらぬか、秀家は罪一等を減ぜられて八丈島流罪《るざい》で一命が助かる。『初花』は十七年を隔てて再度家康の所有となったわけである。

　時代はさらに動乱して大坂冬の陣、夏の陣で豊臣家が滅亡する。それとともに『初花』の所有者も動く。大坂城攻略戦で真田幸村を討ち取り、城への一番乗りをした家康の孫・松平忠直《ただなお》が『初花』を拝領したのである。元和元年（一六一五）のことであった。

　大体、大坂城は反徳川の巨大な砦《とりで》ではあったが、この時、天下はとっくに徳川氏のものになっており、城は孤立無援、早晩倒れるべきものであった。ここで少し目立った働きをしたからといって、天正や慶長の頃の、伸《の》るかそるかの戦いとは違う。いわば武勇のエキジビションみたいなものだ。家康など歴戦の大人はそう理解しているのに、この若造の忠直は、その辺がわからずに自分こそ日本一の武将と思いこんだ。だから『初花』をもらったくせに期待した領地の加増《かぞう》がなかったことに腹を立てた。家康にすれば、大坂城を落としたからといって、関ケ原の時と違い徳川軍の諸将に分けるだけの領国を手に入れたわけじゃない。〝我慢せい〟と言う代りに『初花』という権威をくれてやったつもりだったのである。諸将をおさめる一つの手であった。

　ところが若大将はそこまで察することが出来ない。いや、祖父の立場より自分の立場ばかりが頭にあった。第一、領地をもらえば部下の将士に分けて、その働きに報いることが出来るのに、小さな壺では部下の人気取りも出来ぬ。

不平と怒りで、忠直は頭がオカしくなった、というのが通説であるが、家来一同を集めると、皆の見守る中で拝領したばかりの『初花』を取り出し、鉄槌《てっつい》で粉々に砕いてしまったという。そして、その破片を手柄のあった者に配った。

「余が大坂城でお前たちと命がけで大手一番乗りをし、真田幸村、御宿正倫《おんじゅくまさとも》ら三千七百五十余の首級を挙げた代償が、この茶入れだ。内府さまがお手ずから下されたこのちっぽけな壺の有難さよ。お前たちにこれを頒《わ》け与えるぞ」

と大声を挙げ、サジで『初花』の粉を少しずつすくっては道化《どうけ》てみせたという。

別説によると、忠直は二条城の恩賞の席に出る時、『初花』をくれるに違いない、と予測して、その時はひとつ皆を驚かしてやろう、と別の茶入れを懐中にして出掛けた。予想が適中すると〝この度の軍功は忠直一人のものではありませぬ。部下の将士面々の働きによるものですから、この『初花』は私一人が占有するわけにはいきませぬ〟と大見得《おおみえ》を切って、すり替えた偽物を芝居気たっぷりに砕いたとも言う。

いや、さらにうがった別説がある。砕いたのは真物の『初花』で、〝若いがあっぱれ部下思いだ〟という評判を当てにしたのだが、反《かえ》って家康の不興《ふきょう》を買ってしまった。一生を権謀術数の中で明け暮れ、七十四歳になってもはや人生のお芝居にあきあきしている、海千山千《うみせんやません》の家康にしてみれば、こちらの思惑も知らず、若僧のくせにへタクソなスタンド・プレーをやるのが見ていられなかった。可愛げのないやつだと顔をしかめたのだろう。

当てがはずれて困ってしまった忠直は〝あれは偽物を使ったお芝居でした〟と詫びを入れ、偽物を作らせて〝本物安泰〟を幕府に届け出たというのだ。

とにかく、忠直が『初花』を打ち砕いたという話は世間にさっと広まった。現在でも菊池寛の名作『忠直卿行状記』とともに有名なエピソードになっているぐらいである。幕藩体制への当てつけが人心に投じたものらしい。

なお、忠直の狂態は初花事件だけにとどまらず、この後も続く。元和八年（一六二二）には、ついに家中取締り不行届《ふゆきとどき》の故をもって豊後《ぶんご》萩原に配流となり、そのまま配所で死んだ。五十六歳であった。

『初花』は本当に破片になってしまったのだろうか。忠直が追放された後の越前松平家には継目《つぎめ》だらけの〝茶壺〟が伝わっていて、これがそうだと書いてある記録もあるが、〝茶入れ〟と〝葉茶壺〟とは大きさからして全然違うし、こじつけの作り話である。ただ、確かなことは、忠直が狂ったとしか思えぬ行動を繰り返したことである。

元来、狂うほどの男は気が小さいのにきまっている。繊細で小心なるが故に部下将士への加増に困り果てたし、大物ぶりたくて仕方がなかったろうし、茶入れ破壊が本当としても、思い詰めた末に芝居をしたという推量が成り立つ。成る程、情緒不安定が甚だしいが、小心な男が、まさか自分と家の存続を賭けて、拝領したばかりの真物の『初花』、天下の美の標準器みたいな名器を粉にしたとは考えにくい。

大体、忠直は衆人環視の中で景気よく『初花』を砕いたというものの、砕く前にその茶入れを念入りに鑑定した者などいるわけはないし、砕いたあとの破片から『初花』の真偽を判別できる家臣などいるわけがない。芝居としても至って簡単な芝居であったろう。

『初花』は粉になっていないとすれば、それはどこに伝わったのだろうか。記録は皆無だが、忠直の所持品はその子の所有に帰した、と見るべきである。しかしながら〝忠直の子〟というのに実は問題があって『初花』の行方はそれにからむ。

3

事件から一週間、世の中は残暑にうだりながら日が過ぎた。

された。

『茶道名宝展』は表面は何事もなく会期を終了して『初花』は丁重《ていちょう》に徳川本家へ返却
私は毎日のように警視庁に顔を出していたが、警察も勝手違いの捜査に戸惑ってい
る様子であった。茶入れの真贋に関しては、さしもの科学警察もお手上げだし、表立
って問題にするわけにもいかない。Mデパート不審火事件として刑事が動員されてい
た。

「警察は、あのボヤを放火と見ているんですね。時間的にも場所的にも、自然発火や
失火とは到底思えない、と言ってました。お蔭で私はしつこく調べられました」
「私もそうなの。任意出頭の参考人といいながら、随分と失礼なことまで聞かれまし
たわ。でも、最後には疑いを解いてくれたようですわ。警察の人は、茶入れのすり替
えがあったとすれば、その犯人はきっと準備行為として火事騒ぎを演出したのだ、と
見ていますのね」

一週間ぶりに顔を合わせた水谷尚古堂と久美は、私にそう言った。
久美は少しけだるそうだった。私が思わず、
「取り調べが厳しくて、工合を悪くされたんじゃありませんか?」
と尋ねた程である。久美は笑って、

「暑さのせいかしら」

　と首を横に振った。

「ところで、放火の疑いは一体誰にかかっているんでしょう？　私も疑いが晴れたようだし……」

　尚古堂が私に聞く。

「小室さんと高木さんが最後に残ったらしい。お二人とも腹を立てて、弁護士に任せたそうですよ。警察もこれ以上は無理押し出来ないようです。聞き込みもはかばかしくないようだし、この線の捜査は壁に突き当った感じですね。結局うやむやに終るのじゃないですか」

「そうでしょうね。ま、何となく納得できぬ点はあるものの、茶入れはイミテーションじゃないんだし、すり替えだとか何とか言ったのはわれわれの錯覚だったのでしょう」

　そう言う尚古堂の話を聞きながら、私は、違う、と思った。

「すり替えは実際に行われた、その筈です」

　私は口に出した。

「え!?　どうして」

尚古堂と久美が私を見つめる。

「尚古堂さんは事件のあとでおっしゃいましたね？　いや、古沢さんも言ってました。茶入れの表情が火事の前より厳しくなった。線が鋭くなった、と」

「ええ、言いましたが」

「目の確かなお二人が揃っておっしゃることは無視できないと、私は思うんです。実は、しろうとの私も、開会した時の『初花』は閉会した時の『初花』より優美だったという感じが拭いきれません」

「ふうむ」

「残った『初花』は非の打ちどころのない名器に見えるわけですね。当然です。真物だからだと思います。しかし、真物だからすり替えがなかった、そうは言えないと考えられませんか？　現に茶入れの表情や線が変っているじゃありませんか」

尚古堂も久美もきょとんとした顔になった。私が何を言っているのか、意味が汲《く》みとれぬ、と言いたげである。

「あ、お分りになりませんか？　私の言っているのは、火事の前の『初花』が贋物だったのじゃないか、ということなんです」

「えっ！　火事の前が贋物？」

尚古堂が驚いて声をあげた。

「じゃあ、誰かが贋物を真物とすり替えた、そうおっしゃるの？　そんなおかしな……」

久美も目を見張って言う。

「『初花』が変化している、火事騒ぎもタイミングがよ過ぎる、すり替えがあったのじゃないか。しかし、残ったのは贋物とは思えない。そう考えたから分らなくなったのです。逆に考えたら、私たちの感覚も納得させられるし、筋も通るのじゃありませんか？」

「じゃあ、わざわざ贋物を盗んで真物を置いて行くなんてことを、誰がしたのかしら？」

「それが分れば、すり替えの理由も分ると思うんですが……」

私は首を振った。

暫くの間、三人とも黙りこくっていたが、

「小室さんという人はどんな人ですか？」

と私は思いついたように尚古堂に尋ねた。

聞かれて彼はもじもじし始めた。

「実業界の大立者《おおだてもの》で、海外にまで名を知られたコレクターでいらっしゃる」

それぐらいのことは私も知っている。

「一般に知られていない面では？」

「奥さんは亡くなられて、お子さんは別に独立されていますがね」

「性格はどんな人です？」

「さあ、ちょっと変った人なんですかね？　いい人なんですが……」

と尚古堂は口ごもる。

「変った人というのはどんな風に？」

「若い時に芸者と心中しそこなって、あの人だけ生き残った、という話もあるし、あの年になっても一途《いちず》な人なんですね。私は比較的長いつき合いですが、商売上で忘れられないこともありました。ま、この辺で勘弁して下さい。悪口じみたことになりそうです」

尚古堂は汗を拭いた。何があったのだろう？

「尚古堂さん、ここだけの話だからいいじゃありませんか。話してくれませんか？」

「困りました。いえね、別に秘密というわけじゃないんです。実はね、四年程前、さるところからかねがね頼まれて探していたのが古備前《こびぜん》の徳利でした。それが運よく私の手に入りました。畠山美術館所蔵の『五郎』に匹敵《ひってき》するような素晴らしい逸品でしてね、さすがの私も、商売気を離れて、売るのが惜しくなりました。店の品を全部処分して隠居してでも……と思うくらいに惚れこんだのです。嬉しかったし、自慢もあって、それを私の宅でつい小室さんのお目にかけました」

「ふうむ」

「小室さんは見るなり気に入ってしまって、自分に譲れとおっしゃる。非売品だ、いや、どうしても売れ、売れない……。押し問答していて酒を呑みながら夜になりました。そこへ私に電話がかかってきて、私はちょっと席をはずしました。その隙に小室さんは徳利を抱いて逃げた」

「えっ？」

久美が驚いたが、私もあきれた。

「タクシーで逃げる小室さんをハダシで追っかけましたがね」

「それで？」

「それっきりです。翌日、小室さんは代金以上の金を使いに持たせて寄越しましたが、徳利の方はダメです。私の負けになりました。もう、あんな逸品、その後も出会うことがありません」

「まあ！」

久美には理解を絶する世界なのだろう。こと古美術となると、堂々たる社会的地位の人がなぜ？　という顔をした。そして、

「小室さんが『初花』を……」

と言い始めたので、私はあわてて言った。

「ちょっと待って下さい。私は小室さんのことをよく知らないので、尚古堂さんに聞いてみただけですよ。いや、小室さんに限りません。関係者すべての……そうですね、出身とか人柄とかを知りたいんです」

「それが必要ですの？」

「そうです」

「じゃあ、私のこともお知りになりたいわけね」

私の言訳をどう受け取ったのか、久美はきっとなった。

「誰もあなたのことを問題にしているわけじゃありませんよ。それより、高木さんです」

鼻白んだ尚古堂が助け舟を出してくれた。私はそれに飛び乗った。

「高木さん、ですか」

「いい人なんですがね、多少無愛想で無口ではあるが……。時には思い切ったことをなさる。戦時中の話ですが、あの人、東大で美術史の講師をなさっていました。ある赤絵茶碗をめぐって教授と意見が違ってしまったんです。誰が何と言おうと、高木さんは、中国の宋時代の物だと主張します。それが通らなくなると、突然東大をやめて浪人してしまいました。そして、当時戦場だった南中国まで出かけて、窯跡《かまあと》から陶器の破片を発掘する作業をなさったのですね。その陶片で自説の正しさを証明しようとなさったわけで、それがたった一個の茶碗のためなんですよ」

「成る程ね」

私は頷いた。

久美は興奮がおさまってきたのか、うつむいて聞いている。

「美術品の世界は常識で計れないところがあるようですね」

「そうです。異性を愛する情念とちょっと似たところがあります。惚れてしまうんです」

尚古堂はそう言った。久美がちらと顔を上げたが、話は続く。

「喜左ヱ門井戸という国宝茶碗がありますね。喜左ヱ門が馬子にまで落ちぶれても、その一碗だけはコモの中で抱いていたという……」

「…………」

久美は黙っている。

「『初花』と同じように茶入れで『油屋肩衝《あぶらやかたつき》』という名品を秘蔵していたのは、有名な茶人大名の松平不昧《ふまい》公ですがね、片時も手離すことが出来ないんです。錠前付の桐タンスを特別に作らせてこれに収め、参勤交代の行列にもこのタンスを担がせて往来しております。茶入れと一緒にそのタンスも美術館に伝わっていますがね、そんなものなんです。分りませんかね？」

と尚古堂は久美の方に顔を向けた。

「分りますけど、私はいや。古美術なんて、まるで魔物みたい。みんなの欲が渦巻いて……。私、茶道具を見るのも嫌いになりそう」

久美はまた少し興奮した声を立てた。

「魔物じゃありませんよ」

と尚古堂は静かに言う。

「魔物は人間の方なんです。本当に美しい物は、人間の欲とは無関係な姿をしているもんです。たとえ血しぶきの中ででも、美しい物は静かな世界を形作っています」

それは本当だ、と思って私は言った。

「だからこそ、人間が惚れて無心の物を魔性にしてしまうんでしょうね。『初花』の周囲には、いつも魔物じみた人間がいたわけだと思います。それが今度の事件に関係を持っている筈です」

『初花』の拝領者、松平忠直には嫡子《ちゃくし》の光長がいた。話は少し逆戻りするが、忠直失脚後に越前藩主となったのは、この光長ではなくて、忠直の弟、忠昌である。越後の高田から移封《いほう》されている。以後、越前藩主の家系は忠昌の子孫が継承してゆくが、例の継目だらけの茶壺が伝わっているというのは、この方の松平家である。

光長の方は忠昌と入れ替りに高田に移された。本家と分家の主客転倒だが、光長はなにしろ、家康の曾孫、母が三代将軍家光の姉だから、その身分は大変なものである。彼は高田に移ってから三位中将に進められ、格式は御三家に次いで四家と称せられる程の勢威を振るった。

ところが、光長の一子が夭折《ようせつ》した後に後継ぎがない。困って家臣の永見長頼の子、万徳丸を養子にした。万徳丸は実は光長の甥《おい》に当る。つまり、光長の父・忠直が豊後の謫地《たくち》で儲けた三人の子のうちの長兄が長頼で、この時すでに死亡していたので、万徳丸が継承者となったのである。

この万徳丸が松平綱国と名を改め、二十二歳の天和元年（一六八一）のこと、高田藩は将軍継嗣問題のとばっちりを受け、お家騒動が洗い立てられた。またもや家中取締り不行届ということで、光長は幕府から伊予松山に流されてしまう。従四位下侍従兼三河守となっていた綱国も、備後《びんご》福山藩に配流の運命を辿《たど》る。ここで越後松平家はいったん廃絶したのである。『初花』がこの時どこにあったかが興味の的であるが、公式の記録に出なくなってからすでに久しい。六年後の貞享《じようきよう》四年（一六八七）に光長父子は許されて官位も旧に復するが、この時も『初花』の消息は記録の上から姿を消したままであった。

それが元禄十一年（一六九八）に突如、幕府の公式記録に『初花』が登場する。松平忠直が打ち砕いたといわれる元和元年以来、八十三年たっている。即ち、柳営の『上御道具記』に〝初花元禄十一年十二月六日松平備前守上〟と記載され、また『名物記』には〝初花元越前家　松平備前守所持今御城ニアリ備前守上ル即日金四万両被下ト御勘定御帳面ニ有之〟と出てくるのである。松平備前守なる人物については何の注釈もなく、献上の理由も全く記されていない。現代の美術書、辞典類では申し合わせたように、この松平備前守を上総《かずさ》大多喜の藩主としているが、そうとすれば『初花』の出現は全く謎めいてくる。

　何かがあった筈である。四万両という代償も破天荒《はてんこう》の金額ではないか。ちなみに、松平不昧公が天明三年（一七八三）に冬木家から買い取った『油屋肩衝』の茶入れが代金千五百両ということであった。

　とにかく、四万両という耳をそばだたせる評価を受けた茶入れが出現した。元越前家の『初花』と称せられ、無傷の完品である。

『初花』が最初、その所在をくらましたのは、安土城焼亡の時であったが、再び世間に姿を現すまでには十ヵ月しかなかったし、それを再見した人も利休や津田宗及のほかにも、しかるべき人物が沢山いた。秀吉も勿論、真偽を疑ってもみなかった。

　元禄十一年の『初花』は八十年ぶりの出現である。八十余年といえば三世代が交替している。実物を見た記憶のある人は幕閣《ばっかく》にいなかった筈である。茶会にも出た記録はないし、名前を聞き知っているだけであったろう。仮に記録があっても、当時はカラー写真などあるわけはなく、毛筆で走り書きした略図と簡単な寸法書だけである。

本当に『初花』だったのか？

　その後、この『初花』という四万両の茶入れは柳営御物として将軍代々に伝わり、いまだに徳川宗家の重宝となっている。重要文化財には昭和三十四年（一九五九）十二月十八日に指定された。中央新聞主催の『茶道名宝展』が借り出して展観したものが、これであった。

4

元禄十年、備後福山の冬は暖かった。十一月に入っても小春の日が続いている。書院から見ていると、庭石を嚙《か》んでいた赤とんぼがツイと空中に浮かんで、塀ぎわの山吹の枝にとまった。そこに時ならぬ黄色い花が三、四輪笑っている。綱国は、

「帰り花か」

とひとりつぶやいた。お側付《そばつき》の本多頼母《たのも》が、

「は?」

と主人の顔を見上げるのに、

「穏やかだな」

と言い直した。そして急に思いたったように、こうつけ加えた。

「『初花』の茶入れを出してくれ。見とうなった」

頼母の立ち去って行く足音を聞きながら、綱国はさいぜんから心を占めている問題

をもう一度思案した。

実は十日程前になるが、江戸の光長から使者が来た。〝『初花』を携《たずさ》えて江戸表に出てきてくれないか〟という頼みであった。光長は罪を許されて江戸に帰ってから、二人目の養子として奥州白河藩主の次男、長矩《ながのり》を迎えていたが、この五月、正式に家督を譲り、新しく城地獲得の運動をさせていた。福山藩の隣国、美作《みまさか》の津山をねらっている様子であるが、今一歩のところまで漕ぎつけたらしい。

勿論、結城秀康公以来の名家再興というのが看板だが、ここで名器『初花』を献上することによってダメ押しをしようということのようであった。それが念頭にあったので、先程のつぶやきが漏れたのである。

「天下は余を忘れても『初花』を放っては置かぬらしい」

綱国は改めて、ここ三十年近くの過去を噛みしめた。

綱国が光長の嗣子となって越後松平家二十六万石を継ぐことに決まったのは十五歳の時であった。対抗馬として野心満々の叔父もいたし、家老の子、小栗大六もうわさに上っていた。家中の勢力はそれぞれそれを担いでいたが、綱国には他の者が持っていない切札があって、最後にモノを言った。『初花』である。

『初花』がどうして綱国の手元にあったかというと、それにはわけがある。

越前少将忠直の奥方が二代将軍秀忠の娘で家光の姉であることは先に述べたが、忠直はこの幕府のお目付のような形の妻が大の苦手で、コンプレックスのはけ口を侍妾《じしょう》に求めた。奥方の方も夫忠直にすっかり愛想をつかして子供を溺愛《できあい》することで日を送っていた。

忠直の失脚した直接のきっかけも、実は側妾《そばめ》に見返られてプライドの傷ついた奥方が、夫忠直の成敗を幕府に直接訴えたことからである。だから、忠直が配所に赴く時も、『初花』——一度は打ち砕いたことにしたものだが——を奥方が当時十歳の光長という場所には残していかなかった。

忠直は豊後で、おふりという側女との間に二男一女を儲けて死に、『初花』は長兄の長頼に譲られたままとなった。その長頼の一子が綱国で『初花』を相続していたのである。

綱国は言ってみれば『初花』のおかげで越後松平家の嗣子となったのだが、その後この相続者争いが尾を引いて越後騒動と名付けられる内紛が起こり、それが五代将軍綱吉にとがめられる破目《はめ》となる。

綱国は、そんな権力争いにうんざりしていた。おのれの運命が他人の思惑だけで変転してゆく、しかもおのれには口をはさむすべもない、もう真っ平だと思っていた。

ことに福山に来てからは、その温暖な風土も気に入っていたし、藩主の水野勝種にも気が置けずに居られた。屋敷の近くには瑞雲山龍淵寺《ずいうんざんりゆうえんじ》という臨済宗の寺があり、住持《じゆうじ》の愚徹和尚《ぐてつおしよう》とはウマが合い、時には『初花』を使って茶会をやり、その席には愚徹を呼んで禅話を聞くのを楽しんでいた。三千俵の合力米《ごうりきまい》が幕府から給せられるので、勝手元に困りもしなかった。

幕府から十年前に罪を許されても福山に居ついてしまったままで、病気と称して頑強に動かない。困った光長が二番目の養子を立てる、と言ってきた時も、

「どうぞ御随意に」

と言って知らぬ顔。その夜は『初花』で茶をたて、盧山《ろざん》外集の、気に入りの七絶を床にかけた。

「十年枕上塵中夢　半夜燈前物外心」

という墨跡が綱国の心を現わしているようであった。

綱国は、祖父忠直が元和の昔に『初花』を打ち砕いたという話を聞いてはいたが、その真偽はともかく、この茶入れに執心して閑日月を楽しむ心は変らなかったのである。

気がつくと、頼母が手をついていた。

か？」

「『初花』はお茶室の方にお出ししました。吉之助に控えさせております。それから、ただいま愚徹和尚が御機嫌お伺いに参上しておりますが、いかが致しましょうか？」

綱国はちょっと考えて、通すように言った。

愚徹は格別の用事を持ってきたのでもなく、碁を囲みにやってきたのであった。平常、綱国が黒を持っていい勝負である。

この日は『初花』のことが頭の隅から去らず、気がたかぶっていたせいか、精神の集中を欠いて綱国の形勢はかんばしくない。途中でどう見ても地が足りないと見た綱国は、黒の死に石を牽制《けんせい》の道具に使って白地に打ち込んだ。

「さあ、どうなるかな？」

「これは、愚僧の白石が危くなるではありませんか。遠慮申し上げていては愚僧の負けになります。どちらが生きるか、さあ大変なことになって参りました」

「うむ、二つの黒石のうち、どちらかが生きればよいのだが……」

打っているうちに、牽制に使った死に石が息を吹き返した。

「打ち込みの黒は犠牲に遊ばしますか。となると愚僧の方も生きますが、さあ、どちらが広うございますかな？　これは細かくなりそうでございます」

綱国は碁盤にかがみ込むようにして暫く熱中した。最後にダメをつめて計算してみると綱国の方が一目多かった。さすがに気の晴れた思いである。

「殿様は最近ご上達になりました。以前はムリな石にでも執着をお持ちになって、結果は御損をなさるのでしたが、近ごろは全く巧《うま》くお捨てになります。本日も愚僧がさばかれてしまった形で、残念でございました。この次は対策を考えて参りますから、御油断なきように」

愚徹はそう言って笑った。

綱国は碁が終ると、また『初花』のことを思い出したが、石を納めながら愚徹は世間話に移った。

「お城の方では、皆々様が御心配なようでございます」

「松之丞《まつのじょう》殿がお悪いのか？」

綱国も気にした。

福山藩では、この八月に四代藩主の水野勝種が病死した。五代目を継いだ松之丞はまだ当歳のひ弱い乳児に過ぎない。もしものことがあれば水野家は断絶の危機にさらされる。そうなれば綱国とても、今までのように呑気《のんき》に福山に居られなくなる。

「愚僧が先程、御家中の方にお聞きした話では、またお熱を発せられた、とのことでございます。万一のことが起こりますと、御一族の勝長様がいらっしゃるのですが……」

「先代御死去の折は、幕府は勝長殿跡目に難色を示したというではないか。むつかしいことにならねばよいが……。大名の後継ぎというものは厄介なものであるな。囲碁に例えては不穏当だが、はっきり目を持たぬ石はどうなるか分らない。いくら大石でも、目が無くなれば結局は生きがない……」

「殿さまは、先程うまく振り替られました。死んだと思っていた黒石がいつの間にか生き返って、目が出来ているので、あわてて防戦に回ったのでございます。あの振り替りは愚僧の失敗でございましたな」

勝つと思った碁を失って残念だったのか、それとも話の内容が深刻になるのを避けたのか、愚徹はもう一度話題を碁に戻した。が、綱国は、何か考えこむ様子で、

「振り替りか、ふむ」

とつぶやいたので愚徹はあわてた。松平家が綱国という養子を捨てて、長矩に跡目を譲った事実を思い出したからである。それを当てこすられた、と綱国は受け取ったらしい。愚徹は続ける言葉に苦しんだ。

しかし綱国は別のこと、『初花』を考えていた。

「振り替り……成る程」

もう一度繰り返す綱国へ、愚徹は何とか他の話題を提供しようとした。

「お城の方にくらべて、御当家では立派なお世継ぎがいらっしゃるので、大変結構なことでございます。御家中の間で、若君の御聡明さが評判でございます」

わが子を賞められて悪い気のする親はいないが、綱国は笑いながら淋しい目をした。

「いやいや、領国を持たぬ大名は世継ぎに何をやってよいものやら……。余のところには『初花』ぐらいしか譲るものがなくて、困ったものだ。余自身は、和尚も知っての通りにわがまま気楽に過ごすことにしているが、あれの将来を考えてやらねばならなくなってきた。ところで、和尚は道具類にくわしいが、やきものの上手は今どこにいる？　やはり瀬戸焼か？」

尋ね方が唐突《とうとつ》だったので、愚徹は面くらった。ともあれ、話はきわどい所からそれたようであるし、折角の質問である。

「さあ、愚僧の聞くところでは、最近は瀬戸よりも京焼の方が評判が高いようでございますな。仁和寺《にんなじ》の宮様から御扶持《ごふち》を頂いていた清右ヱ門と申す陶工の二代目が、先代をしのぐ名手と聞きます」

「ふむ、和尚の申すのは仁清《にんせい》のことだな。二代目も名手か。その者は茶入れなど上手か？」

「茶碗などよりも茶入れや壺の方が得意だそうでございます。お求め遊ばすので？」

「うむ、振り替りだ」

綱国はあいまいに笑った。

「は？」

愚徹は禅問答のような謎に首をひねった。


それから三日後の早朝、前髪立ちの少年武士が駕籠《かご》わきに二人の供をつれて、福山の西町にある綱国の屋敷を出た。旅装束《しょうぞく》である。東町の総門では与力が走り出て、

「これは参州様の嘉藤治殿」

とあいさつするのに軽く頷いて笠間街道を東に向った。

一行は十日余を経て京の西山、仁和寺門前にある陶工、野々村清右ヱ門の入口に立った。応対に出た弟子は、嘉藤治の羽織に三ツ葉葵《あおい》の紋をみつけると、這いつくばるようにして奥へ案内した。一行が客間で床に飾られた友禅振袖《ゆうぜんふりそで》のような茶壺を眺めて

いるところへ、衣服を改めた主人が入ってきた。年かさの侍が本多頼母と名乗って用件を切り出した。

「若殿の御姓名はわけあってお許し願いたいが、名工清右ヱ門殿の評判を頼って、じきじきに御依頼に来られた。実は茶入れを一つ欲しい」

「茶入れ、でございますか？　京焼を御所望なのでございますね。どのような御注文で？」

清右ヱ門は嘉藤治の方に尋ねた。やはり葵の紋所が気になっている。先方が名乗らぬ以上、重ねて質問してもムダであろう。公卿《くげ》衆の関係なら多少は憶測できるものの、武家衆のことは見当がつかない。しかし、相当の屋敷の若殿であることは間違いなく、返事の代りに頼母の方に合図した。

頼母は首からひもで下げ、懐中深く納めていた包みを取り出して、清右ヱ門の目の前で解いた。二重のふくさからうるし塗りの挽家《ひきや》が現れ、その中から茶入れが出た。大層な品らしい。

「この茶入れと同様のものが欲しいのだが……いかがなものだろうか？」

「同様のもの、でございますか？　手に取って拝見しなければ御返事できませんが、よろしゅうございますね」

念を押した上で、清右ヱ門は息をつめて茶入れを見た。

行灯《あんどん》の灯影に揺らぐ茶入れは優美を極めていた。飾り正面に施釉《せゆう》が三筋流れ、薄柿色から紫色に微妙に変化して、色濃い状態で留っている。胴ひもは絶妙の位置に一本。素地は紫の漉《こ》し土で柔い味がある。すべての点で完全無欠の茶入れであった。古来、茶入れの王者と言われる『初花』のことは清右ヱ門も知識として持っている。

「漢作の逸品……のようにお見受けしましたが、御銘は？」

と一応尋ねた。

「銘か、家重代のものであるが……」

嘉藤治は言いかけたが『初花』と言うわけにはいかない。父の綱国から口止めされてきている。

「銘は……無い」

と答えた。

「左様でございますか。これ程の品が無銘とは……うむ」

と清右ヱ門はうなる。

「それで、同様のものが作れるか？　代金はいくらでもよい」

頼母が横から急いで口を添える。

「私の先代は殿上方からの御依頼で、名物茶入れの焼形をいくつかお納めしておりますが、私は正直申しまして、先代ほどの修業がございません。この機会に、お手本にさせて頂くのは大変幸せでございます。こちらからお願いしてでもと思うくらいでございます」

「ならば引き受けてくれるのだな」

と嘉藤治と頼母は顔を見合わせた。

「ただし、でございます」

清右ヱ門が言った。

「これと全く同様のものと仰せられても、それはむつかしゅうございます。私が一心に作ろうとすればする程、出来ましたものは漢作というより仁清になってしまうのは仕方ございません。口はばったいようでございますが、私よりヘタな者が、お手本に似せよう似せようとして、一見そっくりの物を作りましても、それは漢作ともつかず、誰作ともつかず、ただ、いかがわしい茶入れになりましょう。私なりのものでよろしければ……」

「結構だ」

嘉藤治があるじの自信を汲み取って答えた。そして頼母が言いにくそうに、

「ここに、もし唐土《からつち》の用意があるのなら、それで作ってもらいたいが……」

と注文をつけた。清右ヱ門は何となく事情を察して、

「唐土はございませんが、なるべく似たものを心掛けますから、この茶入れは暫く拝借するわけには参りませせぬか？　そうでございますな、ざっと十日もお貸し願えればお返しできます」

「新しい茶入れの出来上がるのは？」

「三ヵ月程の余裕を頂きとうございます。窯の火は、その時々の調子でございますから、いくつかを作って焼いてみなければ、これはと思うものが取れません」

成る程そんなものか、と主従は納得した。

それから連日、頼母は陶房にやってきては清右ヱ門の作業を見守った。実は、お手本にしている茶入れが心配だったらしく、十日程してそれが戻ると、

「来年、新しい茶入れが出来上がるころ、受取りに上京するから」

と言い置いて姿を見せなくなった。

嘉藤治一行が福山に帰ると、綱国は待っていたように江戸の光長に使を出した。使者の趣きは、

「『初花』は差し上げることにする。ただし現在は大坂のさる商人に預けてあるので、送り届けるのは来年になる。結城松平家の再興に役立てて欲しい。自分一身のことは何の注文もないが、一子嘉藤治をよろしく頼む」

というものであった。

光長の周辺では、今すぐにのどから手が出ていたが、江戸と福山では談判もままならない。やむなく柳営をその条件で口説いた。先に『初花』を献上して引替えに封土《ほうど》を得る、というのはいかにも露骨すぎて世間への聞こえが悪い、むしろ、新封されたあとで、さり気なく献上した方が将軍家としても松平家としてもすっきりしている、という理由をつけた。勿論、仲に立つ柳沢出羽守には音物《いんもつ》を相当に積んだが、光長の亡母の繋《つな》がりを利用して大奥を攻めたてたらしい。

「来年の初釜には、ぜひ高名な『初花』の茶入れを」

という希望が大奥に高まったという。

裏にそんなことがあって、光長の二度目の養子、備前守長矩は元禄十一年正月十四日に美作津山に封ぜられ十万石を領した。一方、福山の方では水野家の松之丞が死んで家が断絶したこともあり、綱国は津山に移り住んだ。まだ三十九歳であるが、隠居した先代藩主という形である。一子の嘉藤治は安藤姓を継ぎ、一千石で城代家老となった。

『初花』はまだ綱国が握っている。新藩主の長矩は江戸屋敷にいたままで、お国入りをしたこともなく、津山では綱国にものの言える人物がいないから、いくら江戸表から使者が来ても、二階から目薬のたぐいである。

事実は、京の仁清からなかなか注文の品が出来たと言ってこなかったかららしい。綱国は、まさか仁清の方を江戸へ送るつもりではなく『初花』に似たものが手元にないと淋しいらしい、と嘉藤治は想像していた。

が、将軍家との約束は約束で、ごま化し通すわけにはいかない。元禄十一年も十月の末になって、京へ催促に行っていた本多頼母がやっと新しい茶入れを持ち帰った。早速、挽家に入ったまま綱国に届けられ、綱国はその出来ばえにすっかり満足したとのことであった。

『初花』は江戸へ送られた。長矩は、初釜に間に合ったので胸を撫でおろして献上の手続きを取った。先に述べた柳営の記録がそれである。引替えに下賜《かし》された四万両というのは、実は長矩お国入りのための仕度金《したくきん》であったらしいが、江戸城の御金蔵からは実際どのくらいの黄金が出たのかは分らない。柳沢や大奥などにも流れたことは想像に難くない。

ただ、大事なことは、江戸へ送る前に『初花』を見た嘉藤治が、

「何だか、お手本に京へ持参したものと違うような気がする」

と内心つぶやいて首をかしげたことだ。

後の話になるが、綱国は四十九歳で僧籍に入り更山《こうざん》と号し、嘉藤治よりも長生きした。そして『初花』そっくりの茶入れを『帰り花』と銘打って楽しんだという。

5

「そうですか、一昨日お帰りになった？　福山や津山までお出かけだったとは知りませんでした。疲れていらっしゃるところをお呼び立てしたようで……しかし、よくそこまでお調べになりました」

水谷尚古堂は、茶事に招いた私にそう言った。

茶事といっても格式張った茶会ではなく、客も私と久美の二人だけである。Mデパートの初花事件から二ヵ月近くたつが、その後の話をしたくて、私邸に呼んだらしい。

そう広くない庭にくぬぎが五、六本、初秋の風に吹かれている。空気が澄んでい

て、どこかで鳥の声が聞こえる。

「で、その『帰り花』は綱国の子孫に伝わりましたの？」

久美が話の結末を尋ねた。

「子孫といえば、嘉藤治が養子に入った安藤家しかないのですが、安藤はその後に綱国の旧姓・永見を名乗ることになり、明治維新後は松平姓に戻っています」

「『帰り花』はその松平家に？」

「私もそう思ったんです。津山で永見家の蔵帳を探し出したんですが、それらしい品は一度も記載されていません」

「…………」

「綱国という人は、大名稼業にふつふつ愛想をつかしていたようですね。息子の嘉藤治が死んだあとで、その子の安藤近倫《ちかとも》、つまり綱国の孫が津山藩主の継嗣に擬せられるんですが、その時、綱国が猛然と反対して沙汰止みにしています。そんな綱国ですから『帰り花』をかつての『初花』のように政治権力のシンボルにしたくなかったのでしょう、いろいろ調べてみると、どうやら『帰り花』は綱国ゆかりの、ある女性のところへ行ったようです」

「ゆかりの女性、というと娘？　それとも？」

久美の目がきらきら光った。

「さあ、それがよく分らないんです。昔の記録は女性については全く簡単で、高貴な家の系図でも『女子』とだけしか記載されていないので、綱国が『帰り花』をやった女性も、彼の娘なのか、それとも愛した女性なのか、身分も名前も、すっかり二百五十年の歳月に埋もれてしまっています」

「じゃあ『帰り花』も世の中に埋もれてしまった、とおっしゃいますのね？　その女性といっしょに」

久美が大きな息をついた。

私が言った。

「安心しましたか？」

「え⁉」

「あなたは、どうして岡山県、いや津山の出身であることを隠しているんです？」

「何ですって、久美さんは津山の出身だったんですか？」

尚古堂が驚いて声をあげた。

「私は綱国の菩提寺《ぼだいじ》の過去帳を調べて、笠戸という姓を発見したんです。ひょっとして、とあなたのお母さまの出身を調べてみると、津山じゃありませんか。あなたが自分の過去を隠す理由が分ったような気がしました」

ただささえ色白の久美の顔面から血がひいた。

「わかりました。私に疑いをおかけになったのですわね。おっしゃる通りに、私の家は津山から出ております。だから私が『帰り花』を持っていて『初花』とすり替えたと想像なさったのでしょう。誤解ですわ。私が過去を隠していたのは……言ってしまいます。私、いまの家元の娘です。表向きはそうじゃありません。このことは世間のうわさでささやかれているのかもしれませんが、私は自分の口からそれを言いたくなかったんです」

尚古堂が口をはさもうとしたが、久美は食ってかかるように言った。

「出身が津山だというだけで、どうして私がすり替え犯人なんですか？　私がなぜ『帰り花』と『初花』をすり替えなきゃあいけないんですの？」

久美の目は青く光っていたが、犯人の目ではなかった。違う、私は頭《こうべ》を垂れた。

「思い違いでした。許して下さい。苦心の調査が最後になって歴史の闇に呑まれてしまったので、ついあせって勝手な想像を働かせてしまいました」

「間違いだとおっしゃるのね」

「いやあ、実は二人の人に的を絞って、半信半疑であなたをためさせてもらったんです。本当に失礼しました」

　私は手をついた。

　尚古堂がもう一度何か言おうとしたが、久美はなおも迫った。

「間違いだと認めて下されば、もう言いませんわ。でも、一つだけお聞きしたい。私が津山出身だというだけで疑いをかけられたのですか？　ほかに理由があったんですか？　私が『初花』の贋物と真物をすり替えなければいけない理由です」

「失礼ついでに言わせてもらいます。あなたが、実は家元のお嬢さんだと知ったので、そこから動機を想像したんです」

「隠し子なら、すり替えをするとおっしゃるの？」

「いや、勝手な推測でした。私自身のひがみ根性のせいです」

「どういうことなの？」

「この世は、実力がありながら認めてもらえない人々で満ち満ちています。みんな陽の当らないところで、じっと忍んでいると思うんです。そんな人々でも、機会があるか、努力するかで陽の当る場所へ出られないこともありません。しかし、あなたのような立場の方は、表面に出るわけにはいかないと思うんです。始めから世間に認められてはいけないんです。不当だと私は思います。仕方がありません」

「…………」

「あなたは、真物でありながら日蔭の存在である『帰り花』を日夜眺めて、自分の身を仮託された。自分の代りに、せめて『帰り花』を正当な、日向《ひなた》の存在にしてやろう、そう考えられたのじゃないか、と思ったんです」

「同情されていたみたいで変な気持ち」

と久美は仕方なさそうに少し笑って言った。

「でも、私がそんなこと考える筈がありませんわ」

「そうですか？」

「私がもし『帰り花』を持っていても……そうですわね、どうしたかしら？　好きな人にあげてしまったかしら。どんな女にとっても、美術品より何より、生身の人間の愛情の方が大切ですわ」

私はもう一度、久美に失礼をわびた。尚古堂がほっとして私に言った。

「さっき〝二人の人に的を絞った〟とおっしゃったが、もう一人は？」

「実は、津山ではないが、偶然のようにやはり岡山県出身の人です。高木さんです」

「やっぱり高木さんでしたか」

と尚古堂は待っていたように頷いた。

「私はね、商売柄で、飾り前に三筋の釉なだれのある肩衝茶入れのことを同業者に当って回っていたんです」

「みつかったんですね？　そんな茶入れを扱った業者が」

　私も久美も乗り出した。

「ええ、数日前にみつかりました。東京の美術商じゃなくて、岡山に住む、所謂〝風呂敷美術商〟というか、店を持たずにコレクターの間を回る連中の一人です。数年前のことだが、中国筋の旧家から出たものを扱った、というんです。納めた先が高木さんらしいんです」

　私は久美と顔を見合わせた。

「評論家の先生方は、自分では美術品などお買いにならぬもんです。いろんなむつかしいことをおっしゃるだけでね。だから私は、その話を聞いた時、妙なこともあるもんだ、これは……と思いました。お二人の意見をお聞きして、ときょうお招きしたようなわけだったんですが、しかし、先程の話から数年前のその茶入れは『帰り花』だった、といま確信しました」

「ふむ、銘があったのですか？　その茶入れに？」

「無銘だったそうです。だからこそ問題です。『帰り花』は仁清だったのか『初花』

だったのか、それとも全然別の茶入れに替っていたのか……」

「やっぱり高木さんだったのか」

と私は思わずつぶやいた。

「それが何であれ、高木さんのところには、とにかく茶入れが一つある筈ですわね。それを拝見に伺いましょうよ。私だって一度は疑われた身だし、見たいわ」

久美が勢いこんだ。

「さあ、高木さんが素直に見せますかね？　茶入れは買わなかった、とおっしゃるか、買ったけれど手離してしまったとおっしゃるか……。美術品の行方というものは、その跡をたどるのが難しいものなんです。警察でも殆ど不可能でしょう。高木さんは勿論、そんな事情は御存知ですから、何とおっしゃるか……」

尚古堂のいう通りであろう。しかし、

「とにかく、見せてくれるか、くれないかは別として、あすにでも高木さんのところへ行きましょう」

私はそう言った。

夜になって私は新聞社に戻った。書きかけの原稿を仕上げてしまおうとデスクに向った時、社内刷りの朝刊早版が配られてきた。

一面からざっと目を通した。格別の記事は載っていなかった。最後に社会面をめくって一番下段に視線を走らせ、脇に押しやろうとして、ハッとした。

「高木謙三氏（美術評論家）二十四日午後三時十分、胃ガンのため東京築地のガン・センターで死去、六十二歳。告別式は二十六日午後一時から築地本願寺で。自宅は世田谷区奥沢二〇の四の三。喪主は長男克美氏。

同氏は東洋美術の権威で、文化財保護審議会委員を長く勤めた人。中国古陶磁にかけては氏の右に出る人はないといわれ、長く重要文化財の認定に当たってきた……」

小さな顔写真が添えられた死亡記事だった。

そう言えば思い出した。高木氏は胃をいためていたのだった。『茶道名宝展』の時に、本人が言っていた、胃で入院していたが、退院してからボツボツだ、と。そう言いながら死期を悟っていたのではなかろうか。死を前にした思い切った行為が、あのすり替えだったのに違いない。

これで『初花』の謎は永久に解けない、と私は思った。

翌々日は冷い雨が降った。

私が築地の告別式に行ってみると水谷尚古堂も久美も、それから小室氏も中央新聞の学芸部や事業部の連中も来ていた。

読経《どきょう》が続くうちに、久美と前後して焼香を済ませ、本堂の階段を下りてくると、尚古堂が待ち構えていて物蔭に呼んだ。

「高木さんは、死の床で肩衝の茶入れを握っていたらしいですよ」

と声をひそめる。

「茶入れを？」

「一昨日の昼ごろ、呼吸が切迫して親戚や縁者がかけつけた時には、何と呼びかけても眼を閉じたまま、意識は暗く濁ってしまっていたようです。左手の静脈から点滴が続けられていましたが、それでも右手には、何日も前から茶入れをつかんだままだったそうです」

「…………」

「それが、脈搏の途絶える前、目を開いて何か言おうとしたらしい。御子息が耳を寄せると、こう言ったそうです。蔭の身で置いておけなかった、と」

「蔭の身で置いておけなかった、そうおっしゃったんですの？」

久美が繰り返すと、ちらと私の顔を見た。

「そうなんです。御遺族から聞きました。御遺族には何のことやら、さっぱり意味がわからないらしいが……」

と尚古堂は、いったん大きくなった声をまたひそめた。

「ふうむ」

「言い終ると、茶入れがぽとりとベッドの上に落ち、高木さんは肩を動かして祈るような形を取ろうとしたらしい」

祈ろうとしたのだろうか？　瘠せさらばえた高木氏が肩をそびやかしている姿が網膜に浮かんで、私は絶句した。

雨脚の音にまじって、本堂からはまだ読経の声が流れてくる。

「その茶入れはお棺の中へいっしょに？」

暫くして久美が尋ねた。

尚古堂は頷いた。

「お通夜に行って御遺体を拝んだんですが、その時に見てきたんです」

「どうでした？」

私は息をつめた。

「実に優美な、素晴らしい物でした。パッと見ただけで、勿論、手に取るわけにもいかなかったんですが、あれは確かに『茶道名宝展』の第一日に出ていた方だと、私は思うのですが……。しかし、火事の後で私たちが見たものと瓜《うり》二つでした」

そうだろう、やっぱりその筈だ。

「茶入れにはね、高木さんが作らせた箱がありましたが、高木さんは自分で箱書をしているんです。『帰り花』となっていました」

「『帰り花』ですか⁉」

成る程、真相がはっきりした、と思った。蔭の身で置いておけなかった、ということか。高木氏は『初花』が重要文化財に認定された昭和三十四年末に、すでに文化財保護審議会委員になっていた。贋物の方を重文に指定した責任者であった筈だ。彼が後になって真物に出会い、自分のミスに気付いたとしても、もはやどうしようもなかったであろう。真物を日蔭者の地位から救い出すには非常手段しかなかった。それに、責任感もさることながら、彼はどちらかの茶入れに惚れていた……それが古美術の世界なのだ。

うつむいて考えていた久美が、顔を上げてぽつりと言った。

「蔭の身で仕方のないことなのに……」

「ふむ、そうかもしれません。茶入れは蔭の身だろうが何だろうが、無心ですからね。だけどね、人間が抱く責任感や愛情はいろんな形を取ろうとするものですよ」

私はそう言ったが、雨音の中で声が暗くくぐもった。

「それで、私たちはどうするべきでしょう？　『帰り花』は、いや『初花』と言った方がいいのでしょうか、茶入れは、このままでは灰になってしまう」

尚古堂は本堂の方を気にして言った。

読経が終ったらしく、階段の上から弔問客《ちょうもんきゃく》の群れが流れ出してくるのが見えた。

出棺は間近であった。

マッチ箱の人生　阿刀田高

1935年、東京都生まれ。国会図書館司書を務めながら、執筆活動を開始。'69年『ブラックユーモア入門』がベストセラーとなり、専業作家に。'79年「来訪者」で日本推理作家協会賞短編賞、'79年短編集『ナポレオン狂』で直木賞、'95年『新トロイア物語』で吉川英治文学賞を受賞。

「まだ十二時半なのね」

奈緒子がカウンターの中にいるチーフに声を掛けた。

「そうですねえ。今日は水曜日ですから」

チーフはグラスの曇りを拭うのに余念がない。

同じ一週間のうちでも、やけにお客の集まる日もあれば、さっぱりお客の現われない日もある。ほかの店の事情はよくわからないが、四ツ谷のスナック・バー〝奈緒子〟では水曜日あたりが魔の日になることが多かった。

十一時にアルバイトの女の子を帰し、あとはママとチーフの二人だけ。奈緒子はトランプの一人占いをやっていたが、それも飽きてしまい、

――もうぼつぼつ店じまいでもしようかしら――

そう思い始めたときに、入口のほうからかすかな風が吹き込み、影法師みたいにそ

っと人影が一つ入って来た。

「あら、いらっしゃい」

奈緒子の顔に明るい愛敬が色を差す。

とたんに店の中が華やかに変わった。

「一ぱいだけ飲めるかな」

「いいわよ、どうぞ。一ぱいと言わずどんどん飲んでくださいな」

客はコートも脱がずに遠慮がちに腰をおろしたが、

「駄目よ、はい、コートを脱いで」

と、むりやりママに脱がせられた。

「お飲み物は？」

「ジン・トニック。ママもなにか飲んで」

「じゃあ、いただくわ。小森さんにジン・トニック。私は薄い水割り」

チーフに注文を伝えてから振り向いて、

「今日はどうした風の吹きまわし？」

「友だちのとこへ。この近くのマンションにいるんだ。急用があって。そのついでにちょっと」

「ご挨拶ね。奈緒子に会いたくなって、くらい言ったらどうなの」

「じゃあ、奈緒子に会いたくなって来た」

「馬鹿」

たった一人の客でも客さえあれば酒場は酒場らしい雰囲気に変わるものだ。

「はい、お待ちどおさま」

「あ、どうも。もう店を閉めようとしていたんじゃなかったのかい」

「ううん、そうでもないの。どうぞごゆっくり。一時半頃まではいつもやっているんだから」

客はジン・トニックを半分ほど飲み干してから、

「ああ、疲れた」

と呟いて、ソファの肩に体を預け、目を閉じた。

それから店の中をグルリと見廻して、

「なんか寒いな。三月が来るのに」

「今年はなかなか暖かくならないわね」

「地球はこれから冷える傾向に向かうらしい」

「本当なの？」

「とにかくここ二十年くらい暖かい冬が続いただろ。今度は寒い冬が何十年か続く」

「厭あねえ」

月並みな会話がしばらく続いて、客がポケットの中から煙草を取り出した。

それがこの夜の奇妙な会話のきっかけだった。

奈緒子がマッチを捜したが、さっきテーブルの上をきれいに片づけてしまったので見当たらない。男がポケットの中からどこかの喫茶店のマッチを取り出した。

その箱の中に吸い殻が一つ、いびつな形にねじれて押し込んである。灰皿がなかったので、ここに入れておいたのだろう。奈緒子が覗き込んで、

「礼儀正しいのね」

と、言う。

「あ、これか。スモーキン・クリーンてやつかな」

「お訪ねになったお友だちは男性ね。しかも留守だったみたい」

奈緒子はからかうような笑顔を作って言う。

「えっ？　どうしてわかる」

「ウフフ。わかるわ。多分、その吸い殻はマンションのドアの前で待っていたとき吸ったのだと思うわ。近くに灰皿がなかったから。ほかのところだったらポイと捨てる

ところだけれど……きれいなマンションなので良心がとがめちゃったりして」

「なるほど、当たっている。しかし、どうして訪ねた相手は男性とわかるんだ？」

「吸ったタバコが一本だけだから。女の人ならもっとしつこく待つんじゃないかしら、小森さんとしては」

「ふーん、たいしたものだ」

「それにこんな時間に訪ねる女の人、いないんじゃないの」

「言ったな」

「図星でしょ」

「まあ、そうだ。よく当たってる」

「偶然当たっただけかもしれないけど……」

「なかなか観察が細かい」

「ずっと昔、似たようなことがあったの。忘れられないわ。凄い話だから」

「なんだい？」

「そうねえ、もう時効だから話してもいいのかしら」

「いいんじゃないのかな。昔、昔の物語ならば」

男は引き込まれるようにママの顔を凝視した。奈緒子はそれを片頬で受けて、カウ

ンターのほうを向き、

「チーフは今日なにか用があったのよねえ。もう帰ってもいいわ。小森さんの飲み物くらい私でもなんとかなるから」

と、告げた。

チーフはもうすでにきれいになったグラスをなおしきりに拭っていたが、その実心中ではその言葉を待っていたらしい。

「すみません。じゃあ一足先に失礼させていただきます。ジン・トニックをもう一つ作って行きましょうか」

「いや、いい。これからは水割りを飲む」

と、小森がママを制して答えた。

チーフは、

「すみません」

と、もう一度奈緒子に丁寧にお辞儀をして出て行った。階段を駆け昇る音が聞こえた。

奈緒子はそれを聞きながら、

「さて、もう少し飲みましょうか」

「おっ、すごいね」

「どこまで話したっけ？」

「まだ、なにも話さない」

「ああ、そう。十年くらい前なの。もっと昔かもしれないけど」

「うん」

「ここの店じゃなく、前の店をやっていた頃だったわ。岩手の実家のほうで法事があって、朝一番の列車で帰ったの。店が終ってから、ほんのちょっと眠っただけで」

奈緒子の年齢は三十四、五歳だろうか。三年前には銀座でバーを開いていた。それが四ツ谷へ移ったのはどういう事情だったのか。前の店はただの雇われママで、今度の店は自分の店だという噂を聞いたことがあるけれど、それが本当かどうかはわからない。

生家は盛岡にあって、東京のN女子大を卒業している。それがどうして水商売の世界に足を踏み入れるようになったのか、そのあたりの経緯もあまりつまびらかではない。賢い、話上手のママとして客たちの評判はよかった。

「ろくに眠っていないから、もう列車に乗ったとたん、動き出す前からトロトロと眠っちゃったわ。発車まぎわにだれかが隣のシートにすわったのは知っていたけど、その人の顔もろくに見なかったわ」

奈緒子は水割りをやめ、広口のグラスに氷をいっぱい入れ、ストレートのウイスキイを注ぎ込む。早い時間にはほとんどアルコール類を口にしないが、夜が更けると仕事抜きの酒を飲むことがあった。

小森が〝奈緒子〟に通うようになったのはここ一、二年のこと。一ヵ月に二、三回は顔を出している。色気や恋気で来るわけではない。ママと話していると、なにげなく楽しい。良質な陶器に触れたときのように人生の手触りが感じられるのだ。

とりわけ今夜のように周囲も静まり返り、地下の酒場で二人だけ顔をつき合わせているときはくつろげる。小森は〝節煙をしなくては〟と思いながら何本目かのタバコに火をつけた。

「検札の車掌さんに起こされて目をあけたら、隣の席に女の人がすわっていて、スポーツ新聞の芸能欄を見ていた。なんとかいう歌手が結婚したとかいう話よ。新聞のインキが赤いマニキュアの指先につくのを気にしていたわ。年は二十七、八くらい。無造作に髪を束ねて、貧血気味の冴えない顔してたけど、わるい器量じゃないわね。鼻筋が通って、眼が大きくて、着ているものも、わりとセンスがいいし……同業者だなって思ったの」

「わかるのか」

「わかるわね、ヤッパリ。夜のお仕事の匂いみたいなものがあるのよ。ホステスって普段はあんまりお化粧をしてないわ。特に午前中なんか、まあ、たいていは眠っているんでしょうけど、起きてても見られたもんじゃないわ。その時の人もね、なんだか不健康な顔つきしてて、そのうえ新聞を見てても心ここにあらずって感じなのね。〝親でも危篤なのかしら〟なんて思ったわ」

「うん」

「そのうちにその女の人、タバコを喫おうとしてマッチを取り出したの。それを見て私、びっくりしちゃったのよ。初めはなにげなく隣からそのマッチを見てたんだけど、次の瞬間には、ドッキンよ。〝これ、どういうことなの〟って考え込んじゃったわ」

「どうして？」

「だって、その人がバッグの中から出したマッチ、私のお店のマッチなんですもの」

「なるほど、あんたが列車の座席で使っていたのが、なんかの拍子で隣の女性に渡ったんじゃないのか」

「そうじゃないわ。私、タバコ吸わないから、ほとんどマッチは持たないわ。それに、そのマッチ箱の中にね、今さっきのあなたと同じように、タバコの吸い殻が一つ押し込んであったの。女の人、取り出してアームのところの灰皿に捨てたけど、ちょっと紅のついてるのが見えたわ。それからして私が持って来たものじゃないわよ」

「フーン、で、その人、あんたの店のお客さんじゃないんだな」

「もちろん、おたがいに知らない顔よ」

「共通のお客さんがいるってわけだ」

「そういうことなんでしょうけど……でも、も一つ不思議なことがあるのよ」

と、奈緒子は小首を傾げる。

話のあいまに活発な身振りが入るのもこの人の特徴の一つだ。

「なんだい？」

「実はそのマッチ、私の店で作ったばかりだったのよ」

「ほう？」

「まだ使っていないって言ってもいいくらい。くわしく話すわ」

「うん」

「もう一ぱい、水割り作りましょうか」

「ああ、そうして」

どうせもう遅くなりついでだ、ママのよもやま話を聞くのも一興だろう、と小森は思った。

初めマッチ箱を見たとき奈緒子は、

——いい色だな——

と、思った。もとより自分の店のマッチだなんて考えもしなかった。鮮かな紺色。色の感触がやわらかい。バック・スキンのような手触りの紙を使っているのだろう。

——店の新しいマッチと同じだわ——

隣席の女の手の中で外箱が滑り、白い頭の軸木が見えた。軸木はぎっしり詰まっていて、その端《はし》っこに短いタバコの吸い殻が押し込んである。

女がマニキュアの爪先で、それをつまんで灰皿の中に捨てた。吸い口に染みたほのかな紅色は、灰皿の掃除をするときなどに、よく見るものだ。

——このごろ女の人のタバコ喫《の》みもすっかり増えてしまって——

と、ぼんやり思った。

女はマッチを一本抜き取り、外箱を閉じた。

その時に外箱の図案がはっきりと見えた。細い、流れるような筆致で白く抜いた

〝奈緒子〟の文字。あやうく、

「どうして？」

と、声をあげるところだった。あわてて息を飲んだ。

なぜあれほど狼狽したのか、思い返してみると、それも興味深い。

おそらく奈緒子はその女を気に入っていなかったのだろう。同業者には好感より嫌悪が先に立つ。もともとこの仕事は好きで入ったものではないから（水商売なんて、好きで入る人がいるのかしら？）ホステスの八割がたは好きになれない。とりわけ自分より三、四歳若い連中は礼儀知らずで、生意気で、いつも先輩たちをおびやかすライバルで、若さの魅力も持っていて、二、三の例外を除けばよい印象を持ちにくい。

「どう？」

と、聞かれれば、無条件に、

「嫌い」

と、答えて、それでおおむね当たっている。

そんな女と列車の席で乗り合わせ、言葉をかける気にはとてもなれない。

しかも奈緒子は人見知りをするところがあるし、長いあいだ水商売をやっているうちに軽率に感情をあらわにしない習慣も身についてしまった。

女が自分の店のマッチを握っているのを知っても、まず理性の瞬間的な抑制力が働いて、素知らぬ態度を取ってしまったのだろう。

しかし、脳味噌のほうはめまぐるしく活動せずにはいられない。

奈緒子は横目で相手を観察し、脳裏にさまざまな思考を集めた。

――おかしいわ。あのマッチを持っているなんて――

古いマッチが底をつきかけたので、新しいマッチを注文した。

約束の期日が来ても製品が届かない。業《ごう》を煮やして電話をしたら、

「仕事が立て込んでいるんで、今日中になんとか見本だけお届けする」

と、頼りない返事。見本だけ持って来てもらっても仕方がない。しかし、甘い顔するとつけあがるから、

「じゃあ、十個でも二十個でも今夜中に届けて。持って来ないと、もう注文はしないわよ」

と、脅してやった。

そこで届いたのが、まだ糊の乾かない二十個の見本だった。

――それで、どうしたんだったかな――

奈緒子は昨夜の情景を反芻《はんすう》してみた。

長っ尻の客がいて午前三時頃まで店を開いていた。見本のマッチを使ったのは、閉店にそう遠くない頃、十二時は過ぎてからだったろう。

「どう？　少しデザインを変えたの」

と、言えば、

「うーん、地味だけどいいじゃないか」

と、カウンターの客が首を伸ばした。

「まだ見本なのよ」

「一つもらうよ」

客に配ったのは三個だけ。

その客たちは、商事会社に勤める梅崎。広告会社を経営している竹野。そして放送タレントの布田。店が終ったとき十七個残っているのを数えたのだから、配った数の記憶に間違いはない。

昨夜と言っても厳密に言えば、今朝のこと。今から数時間前である。

三人の客は前後して帰ったが、あれからどこか他所《よそ》の店に——たとえば飲みに行ったり、食事をしに行ったりする可能性は極端に乏しい。朝の三時を過ぎて営業している店は少ないし、それに、三人はそれぞれにもう〝できあがって〟いた。

想像できるのは、三人のうちのだれかが、今、隣の席にいる女と会ったということ。そこでマッチ箱が男の手から女へ渡った。女はそれをハンドバッグへ入れてこの列車に乗った。違うだろうか。

言い換えれば、女が今このマッチを持っているのは、今朝の三時から五時くらいまでのあいだに、梅崎、竹野、布田のだれかと会ったからだと考えてよい。しかもその時刻が真夜中の延長であることを考えれば、会ってただコーヒーを飲んだり、おしゃべりをしただけではあるまい。男と女の営みがあったと考えるほうが自然だろう。

――さて、だれかな?

奈緒子は勘ぐってみないわけにはいかなかった。

梅崎は浅黒い面差しの好男子。三十四、五歳だろう。長く独身生活を謳歌していたが、近く結婚するとか。

竹野はなかなか羽振りのいい中年男。妻も子もあるはずだ。

布田はテレビの司会役などで昨今ようやく名が知られ始めた男。甘いマスクで、洋服の着こなしもいい。家族関係はよくわからないが、同棲している女くらいいそうな感じだ。

さながら身上調書でも眺めるように、三人の男たちについての情報が頭に浮かんだが、いずれも夜遊びの好きなプレイボーイたち。示しあわせて明けがたにデートをする相手くらい、一人二人いたっていっこうに不思議がない。

むしろ奈緒子は、

――この女はだれの好みだろうか――

と、一種の嗅覚のようなものを拠《よ》りどころにして思案をめぐらしてみた。

竹野は自分で小さな広告会社を経営しているだけあって、〝女道楽も甲斐性のうち〟といったところがある。好きな女ができると、よく〝奈緒子〟に連れて来た。奈緒子が〝この女とはできてるな〟と睨んだ女だけでも、四、五人はいる。嗜好はいろいろ。若い女もいれば、三十過ぎの人もいる。細身の人もいれば肥ったタイプもいる。かならずしも美人ばかりとは限らない。悪く言えば、女ならだれでもいいといったところがなくもない。

だから、その点では、隣の席の女が竹野の好みではないと言い切るわけにはいかないのだが、奈緒子は小さく首を振った。

――竹野さんじゃないわ――

竹野は朝の三時から五時までの間なんて、そんなまともじゃない時間にあわただしく女と会ったりはしない。奈緒子は格別に竹野と親しい関係ではないが、直感としてこれは確信が持てる。夜遊びをしてもせいぜい三時頃まで。翌日が目茶苦茶になるほど不健康なことはしない。女と会うなら、夕食を取りホテルを予約してゆったりと楽しむタイプだ。

布田には、テレビ界の浮き沈みの中で生きて来た男独特の、得体の知れないところがあって、彼とこの女なら似合いの組合わせと言えないこともない。彼の仕事も昼夜の区別のない世界だから、夜明け前のデートもおおいにありうるだろう。

――待って。布ちゃんは肌の白い女が好きだって言ってたけど――

隣席の女は少なくとも色白のほうではない。だが、色白の女が好きだからと言って、かならずしもいつも色の白い女の恋人となれるわけでもあるまい。

奈緒子は梅崎のほうへと想像を移した。

梅崎はエリート・サラリーマンの部類だろう。万事そつがなく、話もおもしろい。だが唇が薄く、どこか酷薄な印象で、奈緒子は、

――この男、あんまり人がらはよくないんじゃないのかな――

と思ったりしたものだが、女性関係の噂はあまり聞いたことがなかった。ああ、そうだ。近く結婚するとか聞いたわ。その相手は和服のよく似合う良家のお嬢さんだとか。だれかが冷かしていたっけ。

隣の女は、むしろ流行のドレスなどを巧みに着こなしそうな様子で——事実、その時着ているスーツも、白地に黒縞のなかなかシックなものだったが——和服によろしい面差し、体つきではない。

——まあ、恋人とはまったく別なタイプを好む男というのもいるのだから——

奈緒子の推理はここで中断した。

——そう言えば、テレビの番組で奥さんを五人並べておいて、背後に同じく五人の男を並べておいて、どれがどの奥さんのご主人か、それを当てさせるゲームがあったっけ——

あの番組の場合は、ヒントを与えられたり質問をしたりするので、そのことからある程度の見当はつく。奈緒子が見たときには百パーセントの的中率だった。なんのヒントもなく、ただ人相を見ただけではああも的確には当たるまい。何年か生活をともにした夫婦でさえそうなのだから、情人と情婦のあいだなどでは余計わからないだろう。

——いずれにせよ、また店に現われたとき直接尋ねてみればいいんだ——

と、思う。

まあ、竹野は除外しよう。どうも彼ではないらしい。

本命は布田。対抗は梅崎。

両方ともに鎌《かま》をかけてみよう。

「いい女《ひと》見ちゃったのよ。鼻筋の通った、眼の大きな人。洋服の趣味がとてもすてきじゃない。黒白のペンシル・ストライプなんか着ちゃって。赤いマニキュアがまたキュッと似合うのよねえ」

そう言ってやったら、どんな反応を示すか。

その様子で布田の相手か、梅崎の相手か、判明するにちがいない。

こうした話題でお客をからかうのは、酒場のママの楽しみの一つでもある。他人の色事についての噂話は事実おもしろいし、またお客のほうは、一見迷惑そうな顔を作っていても本当はうれしがっているのだ。営業のためにも、こうしたくすぐりは悪いものじゃない。

そんな想像が奈緒子の心に昇り、そのうちにまた眠くなった。

カクン、カクンと顎を揺するように心地よく眠ったように思う。

隣の席の女が列車を降りたのは白石駅だった。蔵王山の宮城県側からの登り口に当たる。雪をかぶった山並みが朝日に映って眩ゆい。奈緒子が降りる駅まではまだ四時間ほどあるだろう。動き出した窓から見ると朝の駅に迎えの人の姿があった。

「なるほど。一箱のマッチでいろいろ推理をしてみたわけだな。シャーロック・ホームズばりだな」

カウンターの席で小森が体を前後に揺すりながら言う。

「ううん。そうでもないわ。朝早い列車は駅の売店もあいてるのが少ないのよね。週刊誌を買いそこねて退屈だったでしょ。たまたま私の店のマッチを持っている人なんかと乗り合わせちゃったから、頭の体操をやってみたわけね」

「で、どうだった？　推理と現実との関係は」

「ええ、それがとんでもないことが起きちゃったの」

奈緒子が上唇を噛みながら声をひそめた。

「ほう、なんだ」

「死んだわ」

「死んだ？　だれが」

「殺されたわ。三人の中の一人が」

「へーえ」

「それも時間的に言えば、あの日私の店から帰ったすぐあとで……。女の人と列車で会うすぐ前に……。午前三時から五時までのあいだに」

「だれなんだ？　殺されたのは。そんな噂話だれからも聞かなかったなあ」

「小森さんは、前のお店の頃お客さんじゃなかったし」

「うん」

「東京では人ひとり殺されるような事件は年中あるわ。年中新聞に載ってるわ」

「そりゃそうだ」

「それに……話は少し脚色してありますし」

と、奈緒子は笑う。

「なるほど」

「三人の中のだれだと思います？　殺されたのは」

「わからん。オレは昔から確率の算術は弱かった。もったいぶらずに教えてくれ」

「梅崎さんよ。K商事に勤めている人」

「ふーん。エリートさんか」

「そう。ニュースを聞いたのは、法事から帰って三、四日たった頃、水曜日か木曜日だったわ。死体が発見されるまで日時がかかったの。彼、マンションで一人暮らしだったのね」

「ふん」

「新聞にちょっと出たらしいけど、私は知らなかったわ。お客さんが来て〝K商事の梅崎さんて、ここのお客さんだろ〟〝そうよ、どうして？〟〝知らないのか〟〝なーに？〟〝先週の土曜日変死したらしいぞ〟〝えーッ〟てなものよ。驚いたわ。話をよく聞いてみれば、土曜日の朝早くのことじゃない。殺人らしいとも言うし。〝梅崎さん、いつ来たっけなあー〟って、思い返してみたら、土曜日の午前三時近くまで店にいたわけでしょ。そのすぐあとに死んだ計算になるのよね」

「だれが殺したんだ？」

「それがわかれば世話はないわ。死因は睡眠薬を多量に飲んで。事故死の可能性もまるでないわけじゃなかったけど、警察の心証は他殺だったみたい。睡眠薬なんか梅ちゃん常用していなかったし、自殺の理由もこれと言ってなかったのね」

「刑事が来た？　あなたのところへも」

「来たわ。目つきが陰険で、お巡りさんなんかとはぜんぜん違うわね。梅崎さんが店を出た時間を根掘り葉掘り聞いて行ったわ。〝だれかに電話をかけなかったか〟とか〝そのあとだれかと会うとか言ってなかったか〟とか……」

「なんて答えた？」

「べつに。〝さあー、わかりません〟だけよ。本当になにもわからなかったんですもの。その時はただ驚いてしまって」

顔見知りの人が変死をする。それはやはりショッキングな出来事だ。まして殺人の疑いがあるとなると……。

刑事は二度ほど奈緒子のところへ訪ねて来た、と言う。一度は店のほうへ。もう一度はマンションのほうへ。初めは梅崎が店にいたときの様子を中心に質問をされ、次には梅崎の友人、知人について尋ねられた。

奈緒子は当然のことながら事件の経過に興味を持った。新聞記事を熱心に探してみた。

ところが一介のサラリーマンの死はさして新聞記者の注意を引くものではなかったらしい。死体発見の日を除けば、ほとんど記事らしい記事は載らなかった。そのことは警察当局の関心の薄さを示しているようにも思えた。

人間が一人死んでいるのだから、警察もそう手軽く扱うはずはなかろうが、結果は事故か自殺か他殺か一般には知らされないまま迷宮入り、うやむやになってしまった。書類の上ではなにか決着がついているのだろうが。

小森は首筋をトントン叩《たた》きながら、

「犯人が見つからん事件もあるんだな」

と、怪訝《けげん》な声で呟く。

「そりゃあるでしょう。警察は女性関係に狙いをつけていたみたいだったけど……」

「なるほど。ところで……」

と、小森は大袈裟な身ぶりで奈緒子の顔を覗き込む。

「なーに？」

「ママは当然なにか意見があるんだろ。その事件について。ここまで話したところをみると」

「うん、ご明察よ」

「例のマッチのことか、店の」

「そう。私、あとで他の二人から……つまり布田さんと竹野さんからマッチを回収したの。ついでにマッチの製造元のほうにも尋ねてみたわ。余計に見本を作って使ったりしなかったか、って。もちろん答は〝ノウ〟よ。だから梅崎さんが死んだ朝、列車の中で女の人が持っていたマッチは、梅崎さんからその人へ渡ったものだったのね。九十九パーセントまでそうなの」

「うん、うん」

「梅崎さんが店を出たのが午前三時少し前。マンションは巣鴨よ。女が上野で列車に乗ったのが六時十八分。このあいだに二人が会っていると考えちゃいけないかしら」

「まあ、いいだろう。可能性はおおいにある。二人は相当に深い仲だったのかな」

「当然でしょう。会った場所は梅崎さんの部屋ね。死んだのがそこなんだから。深い仲じゃなきゃ、そんなところでそんな時刻に会わないわ。合い鍵を持っていて忍んで来るような間柄だったでしょうね。だれにも知られない極秘の関係だったと思うけど」

「うん」

「ホステスには、時々あるものなのよ。極秘の男関係というのが。友だちのお客を取っている場合とか、男が会社のお金を使う上で秘密にしておかなければいけない関係とか……ほかにもいろいろ理由があって」

「そりゃ、あるだろう」

「でも、梅崎さんはエリートさんだったわ。すてきな結婚話をどこかから持ち込まれて今までの女と別れたくなった。女としては、それが憎いのね。だから……」

「憎いから殺すのか。怖いな」

「ありうるでしょ」

「なくはない」

「でも、これはただの想像。一番のキイ・ポイントは梅崎さんとその女が際どい時間に会っていたということ」

「そうだな」

「女がタバコの吸い殻を……自分が吸ったタバコの吸い殻をマッチ箱の中にしまって来たのは、部屋を汚しちゃいけないって、そんなただの身嗜《だしな》みのせいじゃないわ。男が眠ったあと、遺留品がないかよく確かめ、気がついてそこにあるマッチ箱につめて持ち出したのね、きっと。自分の唾液のついたタバコを」

「喫ったタバコは一本だけかな」

「そうでしょう。そんなにタバコをよく喫う女性じゃなかったけど、いずれにせよ、そう長いこと梅崎さんのところにいたとは思えないわね」

「ママが気づいたのは、それだけかい？」

俗に〝どんどんよくなる法華《ほっけ》の太鼓〟という言葉があるけれど、ママの話は最後のほうに進むほどおもしろくなる。それが話上手のこつなのかもしれない。小森はもう少し話の先があると判断した。

「ううん、もっとあるわ」

「なんだい？」

「その女の人、列車の中で新聞を読んでいたの」

「ああ、聞いた」

「スポーツ新聞。あの日の朝の新聞だったわ。なんとかいうタレントさんの結婚式のことが出てたから間違いないの」

「その新聞は男のマンションから持って来たものだった、って推理するのかな」

「ううん、そうじゃない。そんなことするわけないじゃない。彼女はなんの痕跡も残さず逃げ出すことだけ考えていたはずだから。それに……男の部屋にいた時刻に朝刊が来ていたかどうかもあやしい」

「そうだな」

「彼女はいったん自分の家に戻ったと思うの。戻って家を出るときに自宅のポストから新聞を持って出たのよ。このことから彼女の住まいが梅崎さんのマンションからそう遠くないってことがわかるのよ」

「待てよ。飛躍があるみたいだな。その新聞は駅で買ったのかもしれないぜ。いくら早朝でも新聞売りくらいは出ている」

「違うわ。あれは自分の家に届いた新聞ね、テレビとラジオの番組表が、すっかり一日分書いてあったから。東京に住んでいる人ならみなさん気づいていらっしゃると思うけど、宅配のスポーツ新聞と駅売りのスポーツ新聞はそこが違うでしょ。宅配のほうはテレビ・ラジオ欄が一日分しっかり書いてあるけど、駅売りのほうは夜の分だけでしょ。彼女が見てたのは宅配のほうでしたの」

「鋭いな、観察が」

「さあ、どうかしら。それで、私、実は梅崎さんのマンションを知っているの。べつにお訪ねしたことがあるわけじゃないわよ。豪華なマンションでね、一時、話題になったわ。お友だちが住んでいて、玄関にはいつも夜警の人が目を光らせているの。朝帰りをするとジロリと睨むんですって」

「うん？」

「あの朝だって当然監視していたはずだわ。刑事さんもだれか来た人がいないか、だれか出て行った人がいないか、しつこく尋ねたはずだわ。それでも女の名があがらなかったのは、女がそのマンションの住人だったからだと思うの。梅崎さんの部屋から近いという条件も、これならば文句なしに充たしているし……」

小森は急にクックッと独り笑いでもするように笑った。いかにも愉快そうに。

「どうなさったの？」

「いや、ママのことだ。もしかしたら、彼女が——列車で会った女が本当にそのマンションに住んでいるかどうか確かめに行ったんじゃないかと思って」

今度は奈緒子のほうが花のように微笑《ほほえ》んだ。

「小森さんもなかなか見るとこ見ているほうなのね。そうなの。私って、馬鹿らしいほど野次馬的なところがあるのよ。事件のほとぼりがさめた頃、私、見に行ったのよ。彼女はホステスさんでしょ。直感的にそう思ったって言ったでしょ。ホステスさんならわりあいと出勤の時間は見当がつくの。調べに行ったその日に見たわ。間違いなく梅崎さんのマンションの住人でしたわ。となると、私の推理も捨てたものじゃないかも」

「おもしろいな。しかし、なぜその女が梅崎という男を殺したのか」

「愛のもつれ、かな。例えば、女のほうは一生懸命愛したのに男のほうはただの遊びにしかすぎなかった。月並みかしら。いろいろな物語を想像してみたけど、これはなんの証拠もないから、説得力がないの。はっきり言えるのは、二人があの朝会ったということだけ。だれにも知られないように、二人の密会がそれまでにもきっと続いていただろうってことだけ」

「同じマンションの中だから世話がない」

「そうね」

小森はさっきから心に引っかかっていたことを改めて聞いてみた。

「いずれにせよ、女がマッチを持っていたのは有力な手がかりだ。それにもかかわらずママはそのことを警察に告げなかった？」

「いけなかった？　善良なる市民として」

「いや、べつに」

むしろ日本人ほど警察に協力的な民族はめずらしい。小森もそれほど官憲に対して律義なほうじゃない。

気がつくと、いつもの閉店時間はとうに過ぎていた。

奈緒子が氷入れを片づけ、戸棚の中からハンドバッグを取り出した。〝もう帰りましょう〟という合図なのだろう。

小森はタンブラーの底に残った水割りを飲み干して立ち上った。

「さて、行こうか」

「送ってちょうだいね」

「ああ、どうせ通り道だ」

タクシーが走り出しても、奈緒子は首をすくめるようにしてなにか思案していた

が、

「さっきの話だけれど」

と、呟く。

「ああ」

「私の推理、本当に当たっているかしら」

「当たっているかもしれない。かなり適中率は高そうだ」

「恐ろしいわね」

「恐ろしい」

小森は、殺人もさることながら、そこまで推理しながら今日までだれにも話さずにいたママの沈黙に対してもいささか無気味なものを覚えたが、それについてはなにも言わなかった。黙って鋭く観察し、その結果得たものをけっして外に漏らさない、それが奈緒子のやりかたなのだろう。

「私、もう一つ、見たものがあったの」

「ほう」

「列車が白石の駅に着いたとき……」

「白石？　ああ、女が降りた駅だね」

「そう。プラットホームに、じいちゃんが孫を連れて迎えに来ていたわ。四歳くらいの女の子。彼女はホステスの顔から急に母親の顔に変って笑ったわ」

ああ、そうか、それが奈緒子に沈黙を守らせた理由だったのか。

小森はふと唐突な連想を抱いて尋ねてみた。

「ママは子どもを持ったことはないんだよなあ」

「…………」

奈緒子は片頬で笑っただけだった。

解説

恩田 陸

過去の日本推理作家協会の年鑑ともいえるアンソロジーから更によりぬきを選ぶこの企画、第三弾は私こと恩田陸がブレンダーを務めさせていただくことになった。

私の担当年度は一九七二年（私は小学校二年。初めて西暦を認識した年だった）、一九八二年（私は高校三年。受験勉強にあえぎつつも読書にいそしんでいた）、一九九二年（『六番目の小夜子』で小説家デビューした）。三年分、まとめて四十六編読み返し、いやはや、読み応えじゅうぶんでとても面白かった。やっぱりミステリーは面白い。そこからこの八編を選ぶのは、泣く泣く落したものも多かったが、苦しくも楽しい作業となった。

方針として、時代性を重視するや否やについて悩んだが、私はなるべく普遍性のある面白さに重点を置いた。００１の東野さんは堂々たる正統派の作品、００２の宮部さんは時代性を念頭に置いた作品を選んでおられたので、お二人とはまた違うテイストのものを選んだつもりである。

また、せっかく手に取っていただくのだから、それぞれの短編が足がかりになるような、多彩なミステリーの世界へのささやかなブックガイドを付けてみた。紹介した本の中には、もう書店では入手できないものもあるが、興味をお持ちになったら、図書館で探してみてほしい。

それでは、本文をお読みになったあとでどうぞ。

「死者の電話」佐野洋

不思議な導入部に始まり、「えっ？　いったいこの話、どうなってるの？」というドライブ感の強烈な、ミステリー短編のお手本のような一編である。佐野洋さんはもはや名人級の方なので、年鑑にも毎回選出されていて、異常なほどの（！）ハイレベル。この場を借りて、どこかで改めて短編ベスト版を作ってほしいと切望するものである。

こういう「（読者を）いったいどこに連れていくんだ？」というサスペンスを味わ

いたい方には、北川歩実さんの本をお薦めする。『透明な一日』『真実の絆』など、どれも「どうなってるの？」と引き込まれること請け合い。東野圭吾さんの『むかし僕が死んだ家』や、井上夢人さんの『オルファクトグラム』『メドゥサ、鏡をごらん』、山田正紀さんの『妖鳥』『螺旋』もよいし、飛び切りトリッキーな折原一さん『沈黙の教室』も、とことん引きずり回される楽しさ満載である。

「一匹や二匹」仁木悦子

仁木さんは私にとって大事な作家である。私が十代のころは、社会派ミステリーやハードボイルドのほうが隆盛で、女性や子供の活躍する、仁木さんの作品のようないきいきとした明るいミステリーは貴重だった。ご本人は難病のため、幼少の頃からほとんど病院暮らしだったと聞くとなおさらだ。仁木さんといえばなんといっても『猫は知っていた』だが、『林の中の家』なんかも渋い。仁木さんが好きなら、宮部みゆきさんの『淋しい狩人』や『ステップファザー・ステップ』も好きだろうし、松尾由美さんの「安楽椅子探偵アーチー」シリーズも楽しい。加納朋子さんの『ななつのこ』をはじめとする連作短編や、倉知淳さんの「猫丸先輩」シリーズもぜひ。

「眠れる森の醜女」戸川昌子

こちらはぐっとオトナの味わい。顔を手術した身元不明の女とくれば、セバスチアン・シャブリゾの名作『シンデレラの罠』が真っ先に頭に浮かぶが、本篇もサスペンスといかがわしさが満載。ズバリ「色と欲」を描かせれば、戸川さんの右に出る者はいない。かといって決して下品にはならず、人間の欲望に対する冷徹な観察眼と、それでいてどこかにおかしみを秘めているのがたまらない。『大いなる幻影』や『火の接吻』もどうぞ。

また、こういうのが好きなあなたは、ぜひ皆川博子さんの『聖女の島』、そして『死の泉』も読んでほしい。もしくは、赤川次郎さんの初期の傑作『マリオネットの罠』、柴田よしきさんの『少女達がいた街』、小池真理子さんの『夜ごとの闇の奥底で』、ついでに海外のものでアイラ・レヴィン『死の接吻』、クリスチアナ・ブランド『猫とねずみ』も気に入ると思う。

「純情な蠍」天藤真

今回、過去のアンソロジーを読んでいて、ひとつ懐かしく感じたことには、ほんの少し前には「艶笑譚《えんしょうたん》」なるジャンルがあったということである。要はお色気とユーモア。今はほぼ絶滅したが、かつては一ジャンルとして成立していたのだ。今回ページの都合で残念ながら収録できなかった胡桃沢耕史さんの作品も、明るく洒脱でキャラクターも魅力的。入手しにくくなったけれど、「翔んでる警視」シリーズなど、見掛けたらぜひお手に取ってご覧ください。この作品も、天藤さんの天性の明るさとサービス精神が遺憾なく発揮されている。天藤さんといえばオールタイムベスト級の大傑作『大誘拐』、脳性マヒの男の子が探偵役を務める『遠きに目ありて』もぜひ。こういうテイストがお気に召せば、泡坂妻夫さんの『乱れからくり』や「亜愛一郎シリーズ」は必読。

「奇縁」高橋克彦

高橋克彦さんといえば、浮世絵ミステリーや、『総門谷』『竜の柩』などの歴史伝奇小説、ホラー短編「紀憶」シリーズなど代表作がたくさんあるが、このじわじわと怖さが染みてくる短編は実に私の好み。私は高橋さんの同窓会ミステリー『パンドラ・ケース』が密かにお気に入りで、その系統といえるかも。こういうのが好きなあなた、西澤保彦さんの傑作『依存』をぜひ。シリーズもののひとつだが、独立しても読める。

また、たぶんあなたは私と同様、「藪の中」的ミステリーが好きなのだと思うので、小峰元さん『アルキメデスは手を汚さない』、貫井徳郎さん『プリズム』、連城三紀彦さん『白光』、浅田次郎さん『珍妃の井戸』なんていうのもこの範疇に入るかも。

「アメリカ・アイス」馬場信浩

時代性は考慮しないといいつつ、唯一入れてみたのがこの短編。かつて「留学」が、何か不祥事をやらかした子息子女のほとぼりが冷めるまでの逃避として使われていた時代、ＹＥＮが力を持ちアメリカに大学の分校をこぞって作り、集団でやってきた日本人留学生が不気味がられていた時代、というのがあったのである。この話のポイントは、「復讐譚」であるということ。タイトルも当時を感じさせ、皮肉。

これが気に入ったのであれば、平石貴樹さん『笑ってジグソー、殺してパズル』『だれもがポオを愛していた』をお薦めする（単なるアメリカ繋がりだけど）。

「帰り花」長井彬

私は美術ミステリーというのが大好きだ。古本、絵画、骨董の真贋ものとかだーいすき。長井さんは社会派ミステリーを書く人だと思っていたので、この短編は嬉しい驚き。なんとも完成度の高い、美しい短編だと思う。このジャンルは傑作が多く、先ほど紹介した高橋克彦さんの浮世絵推理三部作をはじめ、北森鴻さんの「狐罠」シリーズなどどれも外れなし。黒川博行さんの『文福茶釜』、服部真澄さんの『清談佛々堂先生』、紀田順一郎さんの「古本屋探偵」シリーズ、ちょっと変わったところでは村田喜代子さんの『人が見たら蛙に化れ』、梶山季之さん『せどり男爵数奇譚』など、読めば読むほど知識もついて楽しさ倍増。ついでに漫画ですが細野不二彦さんの『ギャラリーフェイク』は読み出したらやめられない、非常にレベルの高い美術モノの傑作（文庫で二十三冊もあるぞ！）。

「マッチ箱の人生」阿刀田高

私はなんのかんの言っても一番好きなのは安楽椅子探偵ものである。この短編は、ちょっとひねってあるが、その美しいお手本。阿刀田さんには、『Aサイズ殺人事件』という、坊さんが探偵役の、安楽椅子探偵ものの傑作がある。安楽椅子探偵ものというとジョセフィン・テイ『時の娘』、クリスティ『ミス・マープルと13の謎』、アイザック・アシモフ「黒後家蜘蛛の会」シリーズなど海外の古典が浮かぶが、日本では都筑道夫さんの「退職刑事」シリーズと鮎川哲也さんの「三番館のバーテン」シリーズが有名。鯨統一郎さんの『邪馬台国はどこですか？』や丸谷才一さんの『横しぐれ』もこの仲間。エドワード・D・ホックの『サム・ホーソーンの事件簿』はもはや神業の域に入る、驚きの短編のオンパレードなので、お見逃しなく！

こうしてみると、どちらかといえば謎解きが主眼の、本格ミステリー寄りになったような気がする。

入れられなかったものの中にも、まだまだ、「誘拐ものに外れなし！」とか「復讐もののエクスタシー！」とか「コン・ゲームはスマートに！」などなど、紹介したいものがいろいろあったけど、今年はこのあたりで失礼する。

最近はあまりにも出版点数が多く、書店の店頭のラインナップの入れ替わりが激しいので、ついつい新刊を追いかけることに汲々としてしまうが、本はどこにも逃げはしない。

過去にも素晴らしい作品はいくらでもあるので、どうぞこの中にひとつでもお気に入りの作品を見つけたら、そこからあなただけの本棚を広げていってくださいますように。

＊掲載作品は、左記の講談社文庫からの再収録です。

「眠れる森の醜女」　戸川昌子
『意外や意外　ミステリー傑作選7』（一九七七年一月発行）

「死者の電話」　佐野洋
「一匹や二匹」　仁木悦子
「純情な蠍」　天藤真
「帰り花」　長井彬
「マッチ箱の人生」　阿刀田高
『とっておきの殺人　ミステリー傑作選17』（一九八七年四月発行）

「奇縁」　高橋克彦
「アメリカ・アイス」　馬場信浩
『あの人の殺意　ミステリー傑作選29』（一九九五年十一月発行）

おことわり

本作品中に、今日では差別表現として好ましくない用語が使われています。しかし、作品が書かれた時代背景、および著者が差別助長の意図で使用していないことなどを考慮し、あえて発表時のままといたしました。この点をご理解下さるよう、おねがいいたします。

（編集部）

恩田陸《おんだりく》 選《せん》　スペシャル・ブレンド・ミステリー　謎《なぞ》003
日本推理作家協会《にほんすいりさっかきょうかい》 編《へん》

講談社文庫
定価はカバーに
表示してあります

2008年9月12日第1刷発行

発行者——野間佐和子
発行所——株式会社　講談社
東京都文京区音羽2-12-21　〒112-8001
電話　出版部（03）5395-3510
　　　販売部（03）5395-5817
　　　業務部（03）5395-3615
Printed in Japan

デザイン—菊地信義
本文データ制作—講談社プリプレス管理部
印刷———信毎書籍印刷株式会社
製本———株式会社国宝社

落丁本・乱丁本は購入書店名を明記のうえ、小社業務部あてにお送りください。送料は小社負担にてお取替えします。なお、この本の内容についてのお問い合わせは文庫出版部あてにお願いいたします。

ISBN978-4-06-276153-6

講談社文庫刊行の辞

二十一世紀の到来を目睫に望みながら、われわれはいま、人類史上かつて例を見ない巨大な転換期をむかえようとしている。

世界も、日本も、激動の予兆に対する期待とおののきを内に蔵して、未知の時代に歩み入ろうとしている。このときにあたり、創業の人野間清治の「ナショナル・エデュケイター」への志を現代に甦らせようと意図して、われわれはここに古今の文芸作品はいうまでもなく、ひろく人文・社会・自然の諸科学から東西の名著を網羅する、新しい綜合文庫の発刊を決意した。

激動の転換期はまた断絶の時代である。われわれは戦後二十五年間の出版文化のありかたへの深い反省をこめて、この断絶の時代にあえて人間的な持続を求めようとする。いたずらに浮薄な商業主義のあだ花を追い求めることなく、長期にわたって良書に生命をあたえようとつとめるところにしか、今後の出版文化の真の繁栄はあり得ないと信じるからである。

同時にわれわれはこの綜合文庫の刊行を通じて、人文・社会・自然の諸科学が、結局人間の学にほかならないことを立証しようと願っている。かつて知識とは、「汝自身を知る」ことにつきていた。現代社会の瑣末な情報の氾濫のなかから、力強い知識の源泉を掘り起し、技術文明のただなかに、生きた人間の姿を復活させること。それこそわれわれの切なる希求である。

われわれは権威に盲従せず、俗流に媚びることなく、渾然一体となって日本の「草の根」をかたちづくる若く新しい世代の人々に、心をこめてこの新しい綜合文庫をおくり届けたい。それは知識の泉であるとともに感受性のふるさとであり、もっとも有機的に組織され、社会に開かれた万人のための大学をめざしている。大方の支援と協力を衷心より切望してやまない。

一九七一年七月

野間省一

講談社文庫 最新刊

伊坂幸太郎　魔王
不穏な世の中の流れ、それに立ち向かう二人の兄弟の物語。文学の可能性を追求した傑作。

倉知淳　猫丸先輩の空論
不可解な「本格」的状況を童顔探偵・猫丸先輩がすらりと解決！　人気シリーズ第2弾。

二階堂黎人　軽井沢マジック
特急、ベッド、屋根の上。軽井沢は死体がいっぱい。名探偵水乃サトルが誕生した傑作長編。

神山裕右　サスツルギの亡霊
死んだはずの兄から届いた一葉のはがき。導かれるように向かった南極で見た真実とは。

小前亮　李《り》世《せい》民《みん》
唐の太宗・李世民が、大陸の覇権をとるまでをダイナミックに描いた中国歴史長編小説。

不知火京介　女《おんな》形《がた》
京都と東京の舞台で演じていた名優の父子が怪死した。驚きに満ちた歌舞伎ミステリー。

和久峻三　伊豆死刑台の吊り橋　〈赤かぶ検事シリーズ〉
伊豆城が崎の吊り橋にぶらさがる男女の死体。同じ場所での無理心中事件との関連を追う！

門倉貴史　新版 偽造・贋作・ニセ札と闇経済
経済学の分析手法を使って、ニセモノを分析！ニセモノ裏経済のしくみを浮き彫りにする。

日本推理作家協会 編　恩田陸 選　謎003　〈スペシャル・ブレンド・ミステリー〉
大好評のベスト・オブ・ベストのアンソロジー。今回の選者は恩田陸。贅沢な時への扉。

グレッグ・ルッカ　飯干京子 訳　哀国者
東欧で潜伏生活を送るアティカスに、一通のメールが届く。人気シリーズ待望の最新作。

講談社文芸文庫

古井由吉

夜明けの家

生死の境が緩む夜明けの幻想を語った表題作を始め、「祈りのように」「山の日」など、「老い」を自覚した人間の脆さと、深まる生への執着を日常の中に見据えた連作集。

解説=富岡幸一郎　年譜=著者

ふA6

978-4-06-290025-6

川村二郎

白山の水

鏡花をめぐる

鏡花の世界を地誌的・民俗学的に読み解く長篇エッセイ。作品の幻想性の深奥にある北陸の山と水、それらを宰領する精霊たちのうごめきを感じとる、巡歴の記録。

解説=日和聡子　年譜=著者

かG3

978-4-06-290024-9

山崎正和

室町記

日本史上稀にみる混乱の時代——室町期は今日の日本文化の核をなすものが多数創造された時代でもあった。この豊かな乱世を鮮やかに照射する画期的な歴史評論。

解説=本郷和人　年譜=編集部

やM1

978-4-06-290026-3

講談社文庫　目録

西村京太郎　寝台特急「北斗星」《ロイヤル・トレイン》殺人事件
西村京太郎　十津川警部 姫路・千姫殺人事件
西村京太郎　十津川警部の怒り
西村京太郎　新版 名探偵なんか怖くない
西村京太郎　十津川警部「荒城の月」殺人事件
西村京太郎　宗谷本線殺人事件
西村京太郎　奥能登に吹く殺意の風
西村京太郎　特急「北斗1号」《スーサイド・トレイン》殺人事件
西村京太郎　十津川警部「悪夢」通勤快速の罠
西村京太郎　十津川警部 五稜郭殺人事件
西村寿行　異常者
新田次郎　聖職の碑《いしぶみ》
日本文芸家協会編　愛 染 夢 灯 籠〈時代小説傑作選〉
日本推理作家協会編　犯罪ロードマップ〈ミステリー傑作選1〉
日本推理作家協会編　殺人現場へどうぞ〈ミステリー傑作選2〉
日本推理作家協会編　ちょっと殺人を〈ミステリー傑作選3〉
日本推理作家協会編　あなたの隣に犯人が〈ミステリー傑作選4〉
日本推理作家協会編　犯人ただいま逃亡中〈ミステリー傑作選5〉
日本推理作家協会編　サスペンス・ゾーン〈ミステリー傑作選6〉

日本推理作家協会編　意外や意外〈ミステリー傑作選7〉
日本推理作家協会編　殺しの一品料理《ア・ラ・カルト》〈ミステリー傑作選8〉
日本推理作家協会編　犯罪ショッピング〈ミステリー傑作選9〉
日本推理作家協会編　闇のなかのあなた〈ミステリー傑作選10〉
日本推理作家協会編　どんでん返し〈ミステリー傑作選11〉
日本推理作家協会編　にぎやかな殺意〈ミステリー傑作選12〉
日本推理作家協会編　凶器は狂気〈ミステリー傑作選13〉
日本推理作家協会編　犯罪見本市〈ミステリー傑作選14〉
日本推理作家協会編　殺しのパフォーマンス〈ミステリー傑作選15〉
日本推理作家協会編　故意・悪意・殺意〈ミステリー傑作選16〉
日本推理作家協会編　とっておきの殺人〈ミステリー傑作選17〉
日本推理作家協会編　花には水、死者には愛〈ミステリー傑作選18〉
日本推理作家協会編　殺人者へのレクイエム〈ミステリー傑作選19〉
日本推理作家協会編　死者たちは眠らない〈ミステリー傑作選20〉
日本推理作家協会編　殺人はお好き？〈ミステリー傑作選21〉
日本推理作家協会編　二転・三転・大逆転〈ミステリー傑作選22〉
日本推理作家協会編　あざやかな結末〈ミステリー傑作選23〉
日本推理作家協会編　頭脳明晰、特技殺人〈ミステリー傑作選24〉
日本推理作家協会編　誰がための殺人〈ミステリー傑作選25〉

日本推理作家協会編　明日からは、殺人者〈ミステリー傑作選26〉
日本推理作家協会編　真犯人は安眠中〈ミステリー傑作選27〉
日本推理作家協会編　完全犯罪はお静かに〈ミステリー傑作選28〉
日本推理作家協会編　あの人の殺意〈ミステリー傑作選29〉
日本推理作家協会編　もうすぐ犯行記念日〈ミステリー傑作選30〉
日本推理作家協会編　死導者がいっぱい〈ミステリー傑作選31〉
日本推理作家協会編　殺人前線北上中〈ミステリー傑作選32〉
日本推理作家協会編　犯行現場にもう一度〈ミステリー傑作選33〉
日本推理作家協会編　殺人博物館へようこそ〈ミステリー傑作選34〉
日本推理作家協会編　どたん場で大逆転〈ミステリー傑作選35〉
日本推理作家協会編　殺ったのは誰だ!?〈ミステリー傑作選36〉
日本推理作家協会編　殺 人 哀 モ ー ド〈ミステリー傑作選37〉
日本推理作家協会編　殺 人 者〈ミステリー傑作選38〉
日本推理作家協会編　完全犯罪証明書〈ミステリー傑作選39〉
日本推理作家協会編　密室+アリバイ=真犯人〈ミステリー傑作選40〉
日本推理作家協会編　殺 人 買 い ま す〈ミステリー傑作選41〉
日本推理作家協会編　罪深き者に罰を〈ミステリー傑作選42〉
日本推理作家協会編　嘘つきは殺人のはじまり〈ミステリー傑作選43〉
日本推理作家協会編　終 日 犯 罪〈ミステリー傑作選44〉

講談社文庫　目録

日本推理作家協会編　殺人作法〈ミステリー傑作選45〉
日本推理作家協会編　零時の犯罪予報〈ミステリー傑作選46〉
日本推理作家協会編　トリック・ミュージアム〈ミステリー傑作選〉
日本推理作家協会編　殺人の教室〈ミステリー傑作選〉
日本推理作家協会編　殺人格差〈ミステリー傑作選〉
日本推理作家協会編　孤独な交響曲《シンフォニー》〈ミステリー傑作選〉
日本推理作家協会編　犯人たちの部屋〈ミステリー傑作選〉
日本推理作家協会編　仕掛けられた罪〈ミステリー傑作選〉
日本推理作家協会編　1ダースの殺意〈ミステリー傑作選・特別編1〉
日本推理作家協会編　殺しのルート13〈ミステリー傑作選・特別編2〉
日本推理作家協会編　真夏の夜の悪夢〈ミステリー傑作選・特別編3〉
日本推理作家協会編　57人の見知らぬ乗客〈ミステリー傑作選・特別編4〉
日本推理作家協会編　自選ショート・ミステリー〈ミステリー傑作選・特別編5〉
日本推理作家協会編　自選ショート・ミステリー2〈ミステリー傑作選・特別編6〉
日本推理作家協会編　謎　001〈東野圭吾選スペシャル・ブレンド・ミステリー〉
日本推理作家協会編　謎　002〈宮部みゆき選スペシャル・ブレンド・ミステリー〉
日本推理作家協会編　謎　003〈恩田陸選スペシャル・ブレンド・ミステリー〉
二階堂黎人　地獄の奇術師
二階堂黎人　聖アウスラ修道院の惨劇

二階堂黎人　ユリ迷宮
二階堂黎人　吸血の家
二階堂黎人　私が捜した少年
二階堂黎人　クロへの長い道
二階堂黎人　名探偵水乃サトルの大冒険
二階堂黎人　名探偵の肖像
二階堂黎人　悪魔のラビリンス
二階堂黎人　増加博士と目減卿
二階堂黎人　ドアの向こう側
二階堂黎人　魔術王事件(上)(下)
二階堂黎人　軽井沢マジック
二階堂黎人編　密室殺人大百科(上)(下)
西澤保彦　解体諸因
西澤保彦　完全無欠の名探偵
西澤保彦　七回死んだ男
西澤保彦　殺意の集う夜
西澤保彦　人格転移の殺人
西澤保彦　麦酒《ばくしゅ》の家の冒険
西澤保彦　幻惑密室

西澤保彦　実況中死
西澤保彦　念力密室！
西澤保彦　夢幻巡礼
西澤保彦　転・送・密・室
西澤保彦　人形幻戯
西澤保彦　ファンタズム
西澤保彦　生贄を抱く夜《よ》
西村健　ビンゴ
西村健　脱出　GETAWAY
西村健　突破　BREAK
西村健　劫火1　ビンゴR《リターンズ》
西村健　劫火2　大脱出
西村健　劫火3　突破再び
西村健　劫火4　激突
西村健　笑い犬
楡周平　青狼記(上)(下)
西村滋　お菓子放浪記
西尾維新　クビキリサイクル〈青色サヴァンと戯言遣い〉
西尾維新　クビシメロマンチスト〈人間失格・零崎人識〉

西尾維新　クビツリハイスクール〈戯言遣いの弟子〉
貫井徳郎　修羅の終わり
貫井徳郎　鬼流殺生祭
貫井徳郎　妖奇切断譜
貫井徳郎　被害者は誰？
法月綸太郎　雪密室
法月綸太郎　誰《たそ》彼《がれ》
法月綸太郎　頼子のために
法月綸太郎　ふたたび赤い悪夢
法月綸太郎　法月綸太郎の冒険
法月綸太郎　法月綸太郎の新冒険
法月綸太郎　法月綸太郎の功績
法月綸太郎　新装版　密閉教室
乃南アサ　鍵
乃南アサ　ライン
乃南アサ　窓
乃南アサ　不発弾
乃南アサ　火のみち(上)(下)
野口悠紀雄　「超」勉強法
野口悠紀雄　「超」勉強法・実践編
野口悠紀雄　「超」発想法
野口悠紀雄　「超」英語法
野沢尚　破線のマリス
野沢尚　リミット
野沢尚　呼《よ》人《ひと》
野沢尚　深紅
野沢尚　砦なき者
野沢尚　魔笛
野沢尚　ひたひたと
野沢尚　ラストソング
野口武彦　幕末気分
のり・たまみ　2階でブタは飼うな！〈日本と世界のおかしな法律〉
野崎歓　赤ちゃん教育
半村良　飛雲城伝説
原田泰治　わたしの信州
原田泰治・原田武雄　泰治が歩く〈原田泰治の物語〉
原田康子　海霧(上)(中)(下)
林真理子　星に願いを
林真理子　テネシーワルツ
林真理子　幕はおりたのだろうか
林真理子　女のことわざ辞典
林真理子　さくら、さくら〈おとなが恋して〉
林真理子　みんなの秘密
林真理子　ミスキャスト
林真理子　ミルキー
林真理子・山藤章二　チャンネルの5番
原田宗典　スメル男
原田宗典　私は好奇心の強いゴッドファーザー
原田宗典・文　かとうゆめこ・絵　考えない世界
馬場啓一　白洲次郎の生き方
馬場啓一　白洲正子の生き方
林望　帰らぬ日遠い昔
林望　リンボウ先生の書物探偵帖
帚木蓬生　アフリカの蹄《ひづめ》
帚木蓬生　アフリカの瞳
帚木蓬生　空夜
帚木蓬生　空山

講談社文庫　目録

坂東眞砂子　道祖土《さいど》家の猿嫁
花村萬月　皆月
花村萬月　惜春
林　丈二　犬はどこ？
林　丈二　路上探偵事務所
原口純子と中華生活ウォッチャーズ　踊る中国人
はにわきみこ　たまらない女
畑村洋太郎　失敗学のすすめ
遙　洋子　結婚しません。
遙　洋子　いいとこどりの女
花井愛子　ときめきイチゴ時代〈ティーンズハートの1987～1997〉
はやみねかおる　そして五人がいなくなる〈名探偵夢水清志郎事件ノート〉
はやみねかおる　亡霊《ゴースト》は夜歩く〈名探偵夢水清志郎事件ノート〉
はやみねかおる　消える総生島〈名探偵夢水清志郎事件ノート〉
はやみねかおる　魔女の隠れ里〈名探偵夢水清志郎事件ノート〉
はやみねかおる　踊る夜光怪人〈名探偵夢水清志郎事件ノート〉
橋口いくよ　アロハ萌え
服部真澄　清談　佛々堂先生
半藤一利　昭和天皇ご自身による「天皇論」

秦　建日子　チェケラッチョ!!
端田　晶　もっと美味しくビールが飲みたい！〈酒と酒場の耳学問〉
早瀬詠一郎　早《さ》烏《がらす》〈裏十手からくり草紙〉
平岩弓枝　花嫁の日
平岩弓枝　結婚の四季
平岩弓枝　わたしは椿姫
平岩弓枝　花祭
平岩弓枝　青の伝説
平岩弓枝　青の回帰(上)(下)
平岩弓枝　青の背信
平岩弓枝　五人女捕物くらべ(上)(下)
平岩弓枝　はやぶさ新八御用帳(一)〈大奥の恋人〉
平岩弓枝　はやぶさ新八御用帳(二)〈江戸の海賊〉
平岩弓枝　はやぶさ新八御用帳(三)〈又右衛門の女房〉
平岩弓枝　はやぶさ新八御用帳(四)〈鬼勘の娘〉
平岩弓枝　はやぶさ新八御用帳(五)〈御守殿おたき〉
平岩弓枝　はやぶさ新八御用帳(六)〈春月の雛〉
平岩弓枝　はやぶさ新八御用帳(七)〈寒椿の寺〉
平岩弓枝　はやぶさ新八御用帳(八)〈春怨 根津権現〉

平岩弓枝　はやぶさ新八御用帳(九)〈王子稲荷の女〉
平岩弓枝　はやぶさ新八御用帳(十)〈幽霊屋敷の女〉
平岩弓枝　はやぶさ新八御用旅(一)〈東海道五十三次〉
平岩弓枝　はやぶさ新八御用旅(二)〈中仙道六十九次〉
平岩弓枝　はやぶさ新八御用旅(三)〈日光例幣使道の殺人〉
平岩弓枝　新装版 おんなみち(上)(中)(下)
平岩弓枝　極楽とんぼの飛んだ道〈私の半生、私の小説〉
平岩弓枝　ものは言いよう
平岩弓枝　老いること暮らすこと
東野圭吾　放課後
東野圭吾　卒業〈雪月花殺人ゲーム〉
東野圭吾　学生街の殺人
東野圭吾　魔球
東野圭吾　浪花少年探偵団
東野圭吾　しのぶセンセにサヨナラ〈浪花少年探偵団・独立編〉
東野圭吾　十字屋敷のピエロ
東野圭吾　眠りの森
東野圭吾　宿命
東野圭吾　変身

講談社文庫　目録

東野圭吾　仮面山荘殺人事件
東野圭吾　天使の耳
東野圭吾　ある閉ざされた雪の山荘で
東野圭吾　同級生
東野圭吾　名探偵の呪縛
東野圭吾　むかし僕が死んだ家
東野圭吾　虹を操る少年
東野圭吾　パラレルワールド・ラブストーリー
東野圭吾　天空の蜂
東野圭吾　どちらかが彼女を殺した
東野圭吾　名探偵の掟
東野圭吾　悪意
東野圭吾　私が彼を殺した
東野圭吾　嘘をもうひとつだけ
東野圭吾　時生
広田靚子　イギリス花の庭
日比野宏　アジア亜細亜 無限回廊
日比野宏　アジア亜細亜 夢のあとさき
日比野宏　夢街道アジア
平山壽三郎　明治おんな橋
平山壽三郎　明治ちぎれ雲
火坂雅志　美食探偵
火坂雅志　骨董屋征次郎手控
火坂雅志　骨董屋征次郎京暦
平野啓一郎　高瀬川
平山譲　ありがとう
平田俊子　ピアノ・サンド
藤沢周平　義民が駆ける
藤沢周平　新装版 春秋の檻〈獄医立花登手控え㈠〉
藤沢周平　新装版 風雪の檻〈獄医立花登手控え㈡〉
藤沢周平　新装版 愛憎の檻〈獄医立花登手控え㈢〉
藤沢周平　新装版 人間の檻〈獄医立花登手控え㈣〉
藤沢周平　新装版 闇の歯車
藤沢周平　新装版 市塵(上)(下)
藤沢周平　新装版 決闘の辻
藤沢周平　新装版 雪明かり
古井由吉　野川
福永令三　クレヨン王国の十二か月
船戸与一　山猫の夏
船戸与一　神話の果て
船戸与一　伝説なき地
船戸与一　血と夢
藤田宜永　樹下の想い
藤田宜永　艶《つや》めき
藤田宜永　異端の夏
藤田宜永　流砂
藤田宜永　子宮の記憶〈ここにあなたがいる〉
藤田宜永　乱調
藤川桂介　シギラの月
藤水名子　赤壁の宴
藤原伊織　テロリストのパラソル
藤原伊織　ひまわりの祝祭
藤原伊織　雪が降る
藤原伊織　蚊トンボ白鬚の冒険(上)(下)
藤田紘一郎　笑うカイチュウ
藤田紘一郎　体にいい寄生虫〈ダイエットから花粉症まで〉
藤田紘一郎　踊る腹のムシ〈グルメブームの落とし穴〉

講談社文庫　目録

藤田紘一郎　ウ ッ ふ ん
藤田紘一郎　イヌからネコから伝染《うつ》るんです。
藤本ひとみ　聖ヨゼフの惨劇
藤本ひとみ　新・三銃士　少年編・青年編〈ダルタニャンとミラディ〉
藤野千夜　少年と少女のポルカ
藤野千夜　夏の約束
藤野千夜　彼女の部屋
藤沢　周　紫の領分
藤木美奈子　ストーカー・夏美
藤木美奈子　傷つけ合う家族〈ドメスティック・バイオレンスを乗り越えて〉
福井晴敏　Twelve Y.O.《トウェルブワイ・オー》
福井晴敏　亡国のイージス(上)(下)
福井晴敏　川の深さは
福井晴敏　終戦のローレライ I～IV
福井晴敏　6ステイン
福井晴敏作 霜月かよ子画　C-blossom《シーブロッサム》〈case《ケース》729〉
藤原緋沙子　遠花火〈見届け人秋月伊織事件帖〉
藤原緋沙子　春《はる》疾《は》風《やて》〈見届け人秋月伊織事件帖〉
藤原緋沙子　暖《ぬくめ》鳥《どり》〈見届け人秋月伊織事件帖〉

福島　章　精神鑑定　脳から心を読む
椹野道流　暁天の星〈鬼籍通覧〉
辺見　庸　永遠の不服従のために
辺見　庸　いま、抗暴のときに
辺見　庸　抵抗論
星　新一　エヌ氏の遊園地
星 新一編　ショートショートの広場①～⑨
保阪正康　昭和史 七つの謎
保阪正康　昭和史 忘れ得ぬ証言者たち
保阪正康　昭和史 七つの謎 Part2
保阪正康　あの戦争から何を学ぶのか
保阪正康　政治家と回想録〈読み直し語りつぐ戦後史〉
保阪正康　昭和の空白を読み解く〈昭和史 忘れ得ぬ証言者たち Part2〉
保阪正康　「昭和」とは何だったのか
保阪正康　大本営発表という権力
堀　和久　江戸風流女ばなし
堀田　力　少年魂
星野知子　食べるが勝ち！
北海道新聞取材班　追及・北海道警「裏金」疑惑

北海道新聞取材班　日本警察と裏金〈底なしの腐敗〉
北海道新聞取材班　実録・老舗百貨店凋落〈流通業界再編の光と影〉
堀井憲一郎　『巨人の星』に必要なことはすべて人生から学んだ。あ。逆だ。
堀江敏幸　熊の敷石
本格ミステリ作家クラブ編　紅い悪夢の夏〈本格短編ベスト・セレクション〉
本格ミステリ作家クラブ編　透明な貴婦人の謎〈本格短編ベスト・セレクション〉
本格ミステリ作家クラブ編　天使と髑髏の密室〈本格短編ベスト・セレクション〉
本格ミステリ作家クラブ編　死神と雷鳴の暗号〈本格短編ベスト・セレクション〉
本格ミステリ作家クラブ編　論理学園事件帳〈本格短編ベスト・セレクション〉
本格ミステリ作家クラブ編　深夜バス78回転の問題〈本格短編ベスト・セレクション〉
星野智幸　毒身
本田靖春　我、拗ね者として生涯を閉ず(上)(下)
本田　透　電波男
松本清張　草の陰刻
松本清張　黄色い風土
松本清張　黒い樹海
松本清張　連環
松本清張　花氷
松本清張　遠くからの声

講談社文庫　目録

松本清張　ガラスの城
松本清張　殺人行おくのほそ道(上)(下)
松本清張　塗られた本
松本清張　熱い絹(上)(下)
松本清張　邪馬台国　清張通史①
松本清張　空白の世紀　清張通史②
松本清張　カミと青銅の迷路　清張通史③
松本清張　天皇と豪族　清張通史④
松本清張　壬申の乱　清張通史⑤
松本清張　古代の終焉　清張通史⑥
松本清張　新装版大奥婦女記
松本清張　新装版増上寺刃傷
松本清張他　日本史七つの謎
丸谷才一　恋と女の日本文学
丸谷才一　闊歩する漱石
丸谷才一　輝く日の宮
麻耶雄嵩　翼ある闇〈メルカトル鮎最後の事件〉
麻耶雄嵩　夏と冬の奏鳴曲《ソナタ》
麻耶雄嵩　木製の王子

松浪和夫　摘出
松浪和夫　非常線
松浪和夫　核の柩
松井今朝子　仲蔵狂乱
松井今朝子　奴《やっこ》の小万《こまん》と呼ばれた女
松井今朝子　似《に》せ者《もん》
町田　康　へらへらぼっちゃん
町田　康　つるつるの壺
町田　康　耳そぎ饅頭
町田　康　権現の踊り子
町田　康　浄土
舞城王太郎　煙か土か食い物〈Smoke, Soil or Sacrifices〉
舞城王太郎　世界は密室でできている。〈THE WORLD IS MADE OUT OF CLOSED ROOMS〉
舞城王太郎　熊の場所
舞城王太郎　九十九十九
舞城王太郎　山ん中の獅見朋成雄《しみともなるお》
舞城王太郎　好き好き大好き超愛してる。
松尾由美　ピピネラ
松久　淳・田中　渉・絵　四月ばーか

松浦寿輝　花腐《くた》し
真山　仁　ハゲタカ(上)(下)
真山　仁　ハゲタカ2(上)(下)
真山　仁　虚像の砦
毎日新聞科学環境部　理系白書〈この国を静かに支える人たち〉
毎日新聞科学環境部　「理系」という生き方〈理系白書2〉
前川麻子　すきもの
町田　忍　昭和なつかし図鑑
松井雪子　チル☆
牧　秀彦　裂《れっ》帛《ぱく》〈五坪道場一手指南〉
三浦哲郎　曠野の妻
三浦綾子　ひつじが丘
三浦綾子　岩に立つ
三浦綾子　青い棘《とげ》
三浦綾子　イエス・キリストの生涯
三浦綾子　あのポプラの上が空
三浦綾子　小さな一歩から
三浦綾子　増補決定版　言葉の花束〈愛といのちの792章〉
三浦綾子　愛すること信ずること

2008年9月15日現在